MĘŻCZYŹNI, KTÓRZY NIENAWIDZĄ WILKÓW

LARS LENTH

MĘŻCZYŹNI, KTÓRZY NIENAWIDZĄ WILKÓW

PRZEŁOŻYŁA
Elżbieta Ptaszyńska-Sadowska

Wydawnictwo Literackie

Tytuł oryginału:
Menn som hater ulver

Wydanie pierwsze

This translation has been published with the financial support of NORLA.
Tłumaczenie dofinansowane w ramach programu dotowania tłumaczeń literatury norweskiej NORLA (Norwegian Literature Abroad).

ISBN 978-83-08-06859-5

Historia, którą przeczytasz, jest oparta na autentycznych wydarzeniach — doszło do nich w Østerdalen po roku 2010. Ze względu na żyjących autor zmienił przebieg poszczególnych zdarzeń, daty i dane geograficzne, ponadto wygląd, wykształcenie, zawód, hobby i nazwiska niektórych osób. Z szacunku dla zmarłych — zarówno zwierząt, jak i ludzi — postanowił przedstawić całą resztę dokładnie tak, jak wyglądała w rzeczywistości.

Problem ze światem polega na tym,
że ludzie inteligentni są pełni wątpliwości,
podczas gdy głupi są zbyt pewni siebie.

Charles Bukowski

1

MÓWI SIĘ, że długa i bezlitosna zima w Østerdalen albo cię zabije, albo zahartuje. Wielu jednak nie wie, że także ta cieplejsza pora roku w dolinie może okazać się ciężką próbą i dla ludzi, i dla zwierząt.

Trzymając synka za rączkę, Phung Johansen szła przez rzadki sosnowy las na północ od Elverum z wiklinowym koszykiem na grzyby w dłoni. Słabe promienie słońca padały ukośnie między wysokimi, smukłymi, gładkimi pniami sosen i tworzyły smugi na wilgotnym poszyciu, miękkiej mozaice złożonej z chrobotka reniferowego, zbutwiałych gałązek, mchu, krzaczków borówek i brusznic.

Dla Phung największą zaletą Østerdalen było to, że mogła wyjść z domu prosto do lasu i znaleźć w nim to, co jej rodzinie potrzebne jest do życia, zarówno jedzenie, jak i lekarstwa. Wszystko było nieskazitelnie czyste i nietknięte ludzką ręką — zupełnie inaczej niż w dużym mieście, w którym dorastała.

Phung spojrzała na synka i mocniej ścisnęła jego rączkę. Podniósłszy wzrok na matkę, zmrużył oczka, a na wypchanej jagodami buzi pojawił się szeroki uśmiech.

Po ulewnych deszczach i kilku ciepłych dniach istniała spora szansa na to, że w tych miejscach, co zawsze, wyrosły nowe zastępy kurek. Na łysiczki lancetowate na terenach dawnych pastwisk dalej na południe wciąż jeszcze było za wcześnie, ale przecież zawsze można mieć nadzieję.

Chłopiec był już na tyle duży, że bardzo się przydawał podczas wędrówki po lesie; jego ciekawskie, czujne spojrzenie potrafiło wytropić rośliny, zwierzęta i różne zjawiska w przyrodzie, których ona nie zauważała.

Gdy zbliżali się do pasa gęstego, liściastego lasu, kryjącego jedno z najbardziej niezawodnych miejsc występowania piestrzenicy kasztanowatej w gminie Elverum, Phung usłyszała jakiś dźwięk, wyraźny trzask, i nagle poczuła, że ktoś ich obserwuje.

Ostrożnie postawiła koszyk na biało-zielonych porostach, przyciągnęła chłopca do siebie i zmrużywszy oczy, wpatrzyła się w ciemność między pniami brzóz — dojrzała tam jakiś ruch i cienie, zarejestrowała odgłosy życia.

— Halo?! — zawołała, lewą dłonią osłaniając oczy przed słońcem. — Jest tam kto?

Chłopiec zerknął na mamę. Dostrzegł w niej jakąś zmianę. Podrapał się za uchem i lekko zakołysał. Ona zaś spojrzała na syna i przyłożyła wyprostowany palec wskazujący do ust. Następnie pochyliła się nad nim, chwyciła go w pasie i posadziła sobie na ramionach, po czym zaczęła się cofać ze wzrokiem wciąż utkwionym w brzozach i mroku jakieś pięćdziesiąt metrów przed nimi.

Siedział nieruchomo, nie płakał, nie zadawał pytań, chociaż czuł pod sobą drżące ciało matki.

Wtedy wyszły z cienia: pięć podnieconych, rozjuszonych, wielkich, jasnych bestii z jęzorami na wierzchu. Zjeżyły sierść, zadarły ogony, wyszczerzyły zęby i zawarczały.

— Nie bój się — szepnęła Phung. — One nie są groźne.

Odwróciła głowę i spod przymrużonych powiek spojrzała na drzewa za nimi. Wszystkie miały gałęzie wysoko, na samej górze, z wyjątkiem garbatej starej sosny stojącej nieco z boku. Phung wiedziała, że to ich jedyny ratunek: wdrapać się na którąś z grubych gałęzi sterczących z pnia kilka metrów nad ziemią.

Nie odrywając wzroku od zwierząt, posuwając się bokiem jak otumaniony krab na drewnianym pomoście po długim, słonecznym dniu spędzonym w plastikowym wiadrze, dotarła wreszcie do starej sosny i stanęła twarzą do pnia.

— Złap się za małe gałązki — powiedziała do syna. — Potem stań mi na ramionach i wciągnij się na grubą gałąź.

Chłopiec posłusznie wykonał polecenie i ostrożnie ustawił nóżki po obu stronach jej głowy. Wtedy chwyciła go za pięty, objęła dłońmi małe stopy w plecionych sandałkach własnej roboty i wspiąwszy się na palce, uniosła go najwyżej, jak mogła; z całej siły, na jaką stać było jej drobne ciało, pchała go do góry, by mógł złapać obiema rączkami gałąź, wciągnąć się na nią i usiąść.

— Trzymaj się mocno — powiedziała, patrząc na niego.

Próbowała się uśmiechnąć, zdejmując z szyi batikowy szal, ale zdradziły ją oczy. Syn nie odpowiedział na jej uśmiech, tylko spoglądał na przemian to na matkę, to na śliniące się i warczące zwierzęta, które podeszły znacznie bliżej.

Phung podjęła nieudaną próbę wspięcia się na sosnę, pień jednak okazał się zbyt gładki, a zbutwiałe kikuty starych gałęzi łamały się po kolei, gdy tylko je chwytała; usiłowała też podskoczyć, ale nic to nie dało — wszystko znajdowało się zbyt wysoko albo było zbyt śliskie. Chłopiec wyciągnął rękę, aby jej pomóc, nie chwyciła jej jednak, obawiając się, że mogłaby go ściągnąć.

Phung odwróciła się i spojrzała we wlepione w nią ślepia, przenosząc po kolei wzrok z jednego zwierzęcia na drugie. Otoczyły ją półkolem, przestępowały z łapy na łapę, warczały. Czuła ich zapach — mokrej sierści, śmierci, czegoś dzikiego, odrażającego i obcego. Drobna kobieta uniosła w obronnym geście ramiona i zaczęła wywijać szalem; starała się sprawiać wrażenie jak największej, tupała, wymachiwała nogami i podskakiwała, krzycząc na całe gardło.

Zwierzęta nic sobie z tego nie robiły; wlepiały w nią bursztynowe ślepia, które nie zdradzały ani strachu, ani żadnych innych emocji; odbijał się w nich jedynie pierwotny instynkt, bezlitosny zew natury.

Podniosła na sosnę wilgotne oczy, usiłowała się uśmiechnąć do synka drżącymi wargami.

Jest bezpieczny, pomyślała. Teraz możecie sobie podchodzić.

I zrobiły to. A echo rozniosło się ponad potokami, jeziorami i bagnami, rozniosło się po lasach, borach i puszczy, rozbrzmiało na wrzosowiskach, w zaroślach i wąwozach, wzdłuż ścieżek, leśnych duktów i zardzewiałych torów kolejowych.

* * *

Kilka minut po tym, jak zwierzęta zniknęły, dwoje silnych, spieczonych słońcem ramion chwyciło skulonego małego chłopca i ostrożnie zdjęło go z gałęzi, na której siedział. Dziecko popatrzyło apatycznie na to, co pozostało z jego matki, a potem na wysokiego mężczyznę z siwym zarostem i z wężem wytatuowanym na szyi, w okrągłych damskich okularach przeciwsłonecznych i żółtej zydwestce na głowie.

2

— KTO JĄ ZNALAZŁ? — Asystentka naukowa Emma Vase stała, z ręką pod brodą, i spod przymrużonych powiek przyglądała się nędznym ludzkim pozostałościom leżącym na dywanie z chrobotka alpejskiego. Ona i reszta zespołu z uniwersytetu w Hedmark z oddziałem w Evenstad, który to zespół prowadził projekt „Wilki Północy", została wezwana w trybie pilnym, aby potwierdzić, że doszło do ataku wilków i że pierwszy raz od tysiąc osiemsetnego roku w Norwegii człowiek został zamordowany przez te zwierzęta.

— Przypadkowy spacerowicz — odpowiedział komendant policji i lensman Embret Tomteberget, barczysty, wysoki mężczyzna z czworokątną, ciemnorudą bródką. Miał na sobie czarną skórzaną kurtkę z napisem „Policja" na plecach, czarne spodnie i czarną czapkę z państwowym godłem. — Jej syn siedział na drzewie. — Wskazał na starą sosnę, po czym pokręcił głową. — Pewnie wszystko widział.

Dochodziła godzina ósma wieczorem, było jeszcze widno i w słońcu przyjemnie ciepło, lecz chłodne podmuchy od północy przypominały, że lato chyli się już ku końcowi. Emma skrzyżowała ręce na piersiach i skuliła ramiona, nie mogąc oderwać wzroku od zwłok, krwi i wnętrzności porozwlekanych naokoło. Żałowała, że nie wzięła puchowej kurtki zamiast jasnozielonej wiatrówki, żałowała, że w ogóle kiedykolwiek zaczęła studiować biologię.

— Czyli jest świadek?

— Ma tylko pięć lat. — Tomteberget zdjął czapkę i grzbietem dłoni przetarł spocone czoło. — Brutalne wejście w życie.

— Słucham?

— Mówię, że to brutalne wejście w życie.

Emma zerknęła na komendanta, który nic innego nie robił, tylko nieprzerwanie wpatrywał się w zwłoki, jakby miał przed sobą współczesne dzieło sztuki i nic z niego nie rozumiał.

— Z jakiego materiału są te spodnie? — spytał.

— Wygląda na aksamit — odpowiedziała Emma i nachyliła się, aby przyjrzeć się z bliska. — Albo może welur?

— Dziecko nie powinno patrzeć, jak jego matka jest pożerana przez wilki — stwierdził Tomteberget. — To powinno być jedno z gwarantowanych praw człowieka.

Emma pokręciła głową, po czym spojrzała na czubki drzew, których zarysy raz się wyostrzały, raz zamazywały, i przykucnęła. Oprócz babci, którą nawet pocałowała w trumnie, nigdy wcześniej nie widziała nikogo martwego.

— Właśnie rozmawiałem z ojcem, to znaczy z mężem… z jej mężem — Tomteberget wskazał na zwłoki.

— Zna go pan?

— Nie bardzo. — Komendant włożył czapkę i przeciągnął po nosie kciukiem i palcem wskazującym. — Mówił, że żona i chłopiec wybrali się na grzyby. Robili to w każdy wtorek i czwartek. Ona podobno bardzo lubiła zbierać grzyby.

— To na Filipinach są grzyby? — Podeszła do nich młoda kobieta w policyjnym mundurze. Funkcjonariuszka Sigrun Wroldsen miała niebieskie oczy, była niskiego wzrostu i nieco pulchna. Spod policyjnej czapki wystawały jasne włosy zebrane w krótki koński ogon. Rzuciwszy okiem na ciało leżące na ziemi, zmarszczyła mały, zadarty nos.

Tomteberget spojrzał na nią.

— Skąd wiesz, że była z Filipin?

— Strzeliłam.

Emma Vase podniosła się z kucek i przewróciła oczami.

— Równie dobrze mógłbym powiedzieć, że jesteś z Belgii, bo wyglądasz na Europejkę — rzucił Tomteberget.

— A co złego jest w Belgii? — spytała Wroldsen.

— Masa rzeczy. — Komendant przymknął oczy. — Ale nie o to chodzi. Wszystkich mierzysz jedną miarą i myślisz, że wszystkie skośnookie kobiety we wsi muszą być z Filipin.

— No bo są — odparła Sigrun.

— Pudło — odpowiedział Tomteberget. — Ta była z Drammen.

— Skośnookie? — zdziwiła się Emma, przenosząc spojrzenie z mężczyzny na szczątki. — Uważam, że ma ładne oczy.

— Ładne oko — poprawiła ją Wroldsen. — Jednego brak.

— Wrony — powiedział komendant.

Stali w milczeniu, patrząc na to, co pozostało z Phung Johansen z Drammen.

— Ten się śmieje, kto się śmieje ostatni — odezwała się po chwili funkcjonariuszka Wroldsen.

— A z czego tu się śmiać? — spytał Tomteberget.

— Od dawna przestrzegałam przed nimi. — Wroldsen gwałtownie wciągnęła powietrze, aż zabulgotało jej w nosie. — Miłośnicy wilków okrzyknęli mnie paranoiczną wiejską idiotką i nic sobie nie robili z tego, co mówiłam. A to była tylko kwestia czasu.

— Przejdźcie się, Wroldsen, po zaroślach — przerwał jej komendant. — Może znajdziecie coś ciekawego.

Gdy policjantka się oddaliła, Tomteberget zwrócił się do badaczki:

— Jak pani uważa, to rzeczywiście wilki?

— Dopóki nie ma wyników DNA, trudno powiedzieć na pewno, ale strzępy sierści pochodzą od wilka, co do tego raczej nie ma wątpliwości.

Komendant przykucnął, podniósł z ziemi pojedynczy kłaczek, uniósł go pod światło i przyjrzał mu się uważnie.

— No, bo co innego mogłoby to być?

— Wilki nie atakują ludzi niesprowokowane — powiedziała Emma.

— Może zostały sprowokowane?

Chudy jak szczapa dwumetrowy mężczyzna w butach myśliwskich wypucowanych na błysk, w świeżo wyprasowanych spodniach polowych i zielonym wełnianym swetrze z suwakiem pod szyją podszedł do nich, utykając na jedną nogę.

— Jak długo ona tu leży? — spytał profesor Bjarne Gilbert, badacz wilków. Miał dzikie oczy, a jego bujna, siwa grzywa powiewała na wietrze.

— Według lekarza medycyny sądowej od południa — odpowiedziała Emma.

— Kto ją znalazł?

— Jakiś włóczęga — wyjaśnił Tomteberget. — Cały w tatuażach.

— Miejscowy?

— Nigdy wcześniej go nie widziałem. Wparował na komisariat z dzieciakiem na rękach. Powiedział, że znalazł go siedzącego na drzewie i niósł z lasu przez całą drogę.

— Widział, co się stało? — Gilbert przykucnął przy zwłokach.

— Ten mały na pewno.

— Pytam o faceta.

— Nie jest zbyt rozmowny. Zatrzymaliśmy go do jutra na komisariacie.

— Jezu Chryste! — wykrzyknął profesor, badając wzrokiem to, co jeszcze nie tak dawno było żywym człowiekiem; blisko osadzonymi, bursztynowymi oczami uważnie oglądał ciało od stóp do głów. — Przecież to jest Phung Johansen.

— Znał ją pan? — spytał komendant.

— Znam jej męża, należy do stowarzyszenia.

— Mieszkańcy Prowincji w Obronie Zwierząt Drapieżnych?

— Zgadza się.

— Ile miała lat? — zainteresowała się Emma.

— Była bardzo młoda, to jeszcze prawie dziecko — odparł komendant. — Ona i jej mąż mają małe gospodarstwo w Åście. Kozy, kury z wolnego wybiegu, krowy. — Utkwił spojrzenie w profesorze Gilbercie. — Uprawiają jakieś nie wiadomo co. Ekologicznie.

Emma wyczuła pewną wrogość w jego głosie.

— Produkują własny ser — uzupełnił profesor.

— Między innymi — rzucił Tomteberget.

— Ser? — zainteresowała się Emma.

— Coś w rodzaju norweskiej fety — wyjaśnił komendant. — Koziej.

— Wygląda na to, że teraz Lyder Johansen będzie musiał produkować te sery sam — zauważył Bjarne Gilbert, drapiąc się po długim, spiczastym nosie.

Stali i patrzyli na zmaltretowane ludzkie ciało. Chrobotek reniferowy dookoła niego był czerwony od krwi. Po zwłokach łaziły mrówki i chrząszcze, muchy, komary i gzy brzęczały w powietrzu. Słońce zniknęło na zachodzie za białymi chmurami, nagle zrobiło się ciemniej i chłodniej.

— Weźcie próbki DNA, skąd tylko się da, i zróbcie dokładne zdjęcia wszystkich ran — polecił profesor.

— Ran jest więcej niż ciała, nie ma połowy torsu. — Emma przygryzła wargę i spojrzała na obłoki przeciągające po wieczornym niebie.

— Staraj się patrzeć na to jak na owczą tuszę — rzekł Gilbert. Podszedł do młodej asystentki, objął ją i pogłaskał po plecach, jakby była kotem. — Pomyśl o wszystkich zwierzętach, które zjadła.

Emma bez przekonania próbowała odsunąć go od siebie, ale trzymał ją mocno.

— Co pan chce przez to powiedzieć?

— Wszyscy jesteśmy częścią natury, małymi elementami wielkiego krwiobiegu. — Poklepał ją po ramieniu. — Jemy i jesteśmy zjadani.

W końcu Emma uwolniła się z objęć profesora i otarła łzę płynącą po policzku.

— Wydaje mi się, że ona była wegetarianką — wtrącił Tomteberget. — Weganką.

— Ehe — bąknął Gilbert. — Więc pomyśl o wszystkich zwierzętach, które zjadła, zanim ujrzała światło.

Pokręciwszy głową, komendant ruszył energicznym krokiem w stronę policyjnego radiowozu, zaparkowanego dwieście metrów dalej przy leśnej drodze.

Gdy policjant znalazł się poza zasięgiem głosu, Gilbert odwrócił się do Emmy i spojrzał na nią. Jego oczy błyszczały w półmroku niczym latarnie.

— Czy zdajesz sobie sprawę, co to oznacza?

Emma skinęła głową.

— Chyba nic gorszego nie mogło się wydarzyć.

Oboje stali wpatrzeni w zwłoki. Wiatr szarpał świeżo umytą, bujną czupryną Gilberta, targając we wszystkich kierunkach.

— Jeśli w nocy będziesz miała problemy z zaśnięciem, klucz leży pod owczą czaszką po prawej stronie drzwi — powiedział Gilbert, nie podnosząc wzroku znad zmasakrowanego ciała.

Emma spojrzała na podstarzałego profesora. Potrzebowała trochę czasu, aby przetrawić to, co właśnie usłyszała od swojego mentora.

— Mam tabletki nasenne — odparła w końcu. — To mi wystarczy.

— Nienawistnicy marzyli o tym trzydzieści lat — rzekł Gilbert.

— Owszem — odpowiedziała Emma. — Czyli mamy problem.

3

GDY LEONARD VANGEN wyskoczył z pociągu na peron dworca Elverum, dzięki czerwonym butom marki Masai o pięciocentymetrowej zelówce wylądował na ziemi miękko i prawidłowo anatomicznie. Masai Barefoot Technology — nieprzyzwoicie drogie, wyprofilowane obuwie o kabłąkowatej podeszwie, w którym każdy wygląda jak idiota, doskonały przykład na to, ile człowiek jest gotów zrobić, byle tylko pozbyć się bólu kręgosłupa.

Drobny letni deszczyk moczył asfalt, łaskotał go w twarz i wyostrzał zapachy wiszące nad miastem, stanowiące egzotyczną mieszankę aromatu iglastego lasu, woni tłuszczu z ulicznych knajpek i odoru spalin.

Ruszył w poszukiwaniu komisariatu policji. Wiedział, że musi znaleźć się po drugiej stronie Glommy, przejść przez most dla samochodów i pieszych, jedną z dwóch równoległych przepraw przez najdłuższą i najszerszą norweską rzekę. Kiedy dotarł na drugi brzeg, przystanął i się rozejrzał. Pomiędzy anonimowymi budynkami z cegieł i betonu stały przytulne stare domy z drewna, a także wielkie centrum handlowe obłożone modnymi drewnianymi panelami, z dużym napisem ELVERUM AMFI, za tym wszystkim zaś rozciągały się jak okiem sięgnąć łagodne wzgórza porośnięte lasami. Elverum otaczało morze drzew.

— Gładka i brudna Glomma przecina Elverum jak otwarta rana — bąknął Leo pod nosem. Prześmiewcze ballady pieśniarza Olego Pausa, męska drużyna piłki ręcznej i kawiarnia Elgstua to jedyne skojarzenia, jakie miał z Elverum. Było to miasto, które mijał po drodze, zmierzając ku czemuś większemu i ważniejszemu w Trondheim, Oslo, Szwecji albo jadąc do domku letniskowego w Rendalen.

Rino Gulliksen nie był rozmowny przez telefon, powiedział jedynie, że został zatrzymany przez policję i że potrzebuje pomocy. Leo nie miał od niego żadnego znaku życia od czasu, kiedy wszyscy sądzili, że przepadł w trakcie powodzi w Storbørii dwa lata temu. Wyparł gościa z pamięci, starał się zapomnieć.

Leo przeciął bardzo ruchliwą drogę krajową numer dwadzieścia pięć zdecydowanym krokiem — na tyle zdecydowanym, na ile pozwalały mocno wygięte podeszwy. Ekspedientka w sklepie obuwniczym wyjaśniła mu, jak powinien chodzić oraz jak powinien myśleć, aby maksymalnie wykorzystać przymioty tych butów; mówiła coś w stylu, że buty to przedłużenie ciała, a on sam jest integralną częścią wszechświata.

Dwa małe kółka walizki w kolorze limonki turkotały po asfalcie, gdy kołysząc się, przeszedł na drugą stronę Storgata. Przez chwilę usiłował wyglądać na pewnego siebie i wyluzowanego, ale potem uzmysłowił sobie, że przecież nikt go w Elverum nie zna. Czyli może się odprężyć. Nikt za nim nie idzie. Nikt się nim nie interesuje.

Główna ulica była pełna małych, dziwnych sklepików, punktów z kebabem, znajdował się też przy niej już niedziałający indyjski fast food, po obu stronach sąsiadowały ze sobą stare okazałe domy z drewna i nowsze, brzydkie budynki z betonu i cegły. Gdy Leo mijał cukiernię, taką jak za dawnych lat, z wyrobami wystawionymi w okiennej witrynie, skusił się i wszedł do środka. Zamówił zieloną herbatę i bułeczkę z rodzynkami, chociaż tak naprawdę najbardziej miał ochotę na czarną kawę, ale wolał nie dostarczać jeszcze więcej paliwa autonomicznemu układowi nerwowemu.

Zostawiwszy kartonowy kubek na ladzie, aby herbata naciągnęła we wrzątku, wziął walizkę i poszedł do toalety, wygrzebał z portfela schowanego w zewnętrznej kieszeni tabletkę uspokajającą — rivotril w dawce dwóch miligramów — i połknął ją, popijając wodą z kranu.

Rzucił okiem na swoje odbicie w popękanym lustrze nad umywalką: podpuchnięte oczy, wybałuszone jak u niczego nieświadomego karmazyna wyciągniętego z morskiej głębiny.

Rino Gulliksen nigdy by nie zadzwonił, gdyby sprawa nie była poważna. Co on zrobił? Co nagadał policji? I co on, Leo, ma jej, na litość boską, powiedzieć?

Po powrocie z łazienki wziął kubek i bułkę w jedną rękę, a walizkę w drugą. Odgryzłszy kęs bułeczki, starał się przeżuwać spokojnie, jeść powoli, czuć smak, być tu i teraz, a nie tylko zapychać sobie dziób.

Zapytał dziewczynę za ladą, gdzie jest komisariat policji.

— Zaraz za rogiem — odpowiedziała z uśmiechem, wskazując ręką.

Była mniej więcej w wieku Siri, miała ten sam kolor włosów co ona i mówiąc, patrzyła mu prosto w oczy, pewna siebie i oczekująca wiele od życia, tak jak to powinno być u dwudziestolatek.

Kiedy wyszedł z powrotem na ulicę, zauważył, że substancja czynna zawarta w leku, klonazepam, powoli, ale niezawodnie zaczyna działać, mrowienie w ciele ustępowało i dłonie przestawały się pocić. Poczuł się odrętwiały i w miarę bezpieczny. Świat nie wydawał się już taki groźny.

Po wejściu do dwupiętrowego budynku z czerwonej cegły, w którym mieścił się komisariat policji, Leo został uprzejmie przywitany przez dyżurną jasnowłosą funkcjonariuszkę z kucykiem i prymką snusu pod wargą. Ściany pokoju, do którego go zaprowadziła, były wyłożone zielonymi panelami, w oknie wisiały białe koronkowe firanki. Za uporządkowanym biurkiem siedział facet zbliżający się do czterdziestki, ubrany w świeżo wyprasowaną policyjną koszulę. Przeglądał jakąś gazetkę myśliwską i jednocześnie jadł kanapkę z żółtym serem i ogórkiem. Na widok gościa odłożył pisemko i przedramieniem otarł okruchy z ust, po czym wstał, wyciągnął rękę i się przedstawił. Komendant policji i lensman Embret Tomteberget miał życzliwe spojrzenie oraz mocny, ciepły uścisk dłoni i lekko pachniał tanią wodą po goleniu.

— Nie był zbyt rozmowny — zaczął komendant. — Powiedział tylko, że będzie mówić jedynie w obecności pełnomocnika Leonarda Vangena z Lilleaker.

— Adwokata — sprecyzował Leo. — Jestem adwokatem.

— Otóż to — odparł Tomteberget, siadając z powrotem za biurkiem. — A jaka to właściwie różnica?

— Aby można się było nazywać adwokatem, trzeba mieć na koncie co najmniej trzy sprawy przeprowadzone przed sądem.

— Rozumiem — bąknął komendant, sięgnął po ołówek i zapisał coś w dużym czarnym zeszycie.

— Nie każdy to wie — rzekł Leo.

— Wobec tego gratuluję — powiedział Tomteberget z obojętną miną.

— Czego? — zdziwił się Leo.

— Że przeprowadził pan trzy sprawy przed sądem.

Leo usiadł na drewnianym krześle pod ścianą, obok postawił walizkę; nie bardzo wiedział, czy komendant się z niego nabija, czy nie. Zerknął na zdjęcia nad szafą między oknem a regałem: ukazywały mężczyznę z gigantycznym szczupakiem, kobietę z nędznym lipieniem pospolitym, mężczyznę ze strzelbą i zabitym łosiem, mężczyznę ze strzelbą, psem i martwą sarną oraz mężczyznę ze śrutówką, głuszcem i psem myśliwskim na ptaki — w przeróżnych wariantach.

Jedna fotografia się wyróżniała, tylko ona była oprawiona i pożółkła, wyglądała na starą, z lat siedemdziesiątych albo osiemdziesiątych ubiegłego wieku: gromada szczerzących zęby, rosłych facetów w pełnym rynsztunku myśliwskim, a przed nimi na pryzmie śniegu skudlony wilk z kołkiem w pysku.

— Co to jest? — spytał Leo, wskazując na zdjęcie. — Chyba już to gdzieś widziałem.

Lensman podniósł wzrok znad zeszytu.

— To wilk z Vegårshei, zastrzelony dziesiątego stycznia tysiąc dziewięćset osiemdziesiątego czwartego roku.

Leo przypominał sobie bestię, która nie wiadomo skąd pojawiła się w Sørlandet w latach osiemdziesiątych, kiedy wszystkim się zdawało, że wilki w Norwegii zostały wytrzebione. Cały naród śledził nagonkę na to zwierzę, która trwała ponad rok. Adwokatowi nasunęło się kilka pytań, lecz ich nie zadał.

— Początkowo myślałem, że to jakiś zbieracz jagód z Litwy czy z Łotwy — wtrącił komendant ze wzrokiem utkwionym w zeszycie. — I że nie zna norweskiego. I dlatego się nie odzywa.

Leo nie skomentował, tylko patrzył na mężczyznę siedzącego naprzeciwko niego.

— A potem nagle bardzo jasno się wyraził, że chce rozmawiać z panem.

— Co on zrobił?

Lensman odłożył ołówek, odsunął na bok zeszyt, oparł się wygodnie na krześle i splótł ręce za głową, odsłaniając duże, ciemne plamy potu pod pachami.

— Wparował tu wczoraj po południu z pięcioletnim chłopaczkiem na rękach. Po paru chwilach opowiedział nam, gdzie go znalazł, i że au pair dzieciaka leży nieżywa na wrzosowisku.

— Au pair?

— To oczywiście bzdura. W Elverum nie ma żadnych au pair.

— Czyli on sam do was przyszedł?

Komendant skinął głową.

— Okazało się, że tamta kobieta była matką małego i że na jego oczach została zaatakowana przez wilki i rozerwana na strzępy.

— Przez wilki? — Leo uniósł brwi. — Myślałem, że wilki nie napadają na ludzi.

— To pierwszy taki przypadek od tysiąc osiemsetnego roku, tak więc faktycznie nie jest to częste zjawisko. — Tomteberget podniósł się i okrążył biurko. — Proszę za mną.

Przeszli do przyległego pokoju, w którym Rino stał przy oknie w brązowych kaloszach, czerwonych szortach Adidasa i brudnej kamizelce z owczej skóry na ogorzałym gołym torsie. Odkąd Leo widział go ostatni raz, zgubił parę kilogramów i stracił albo zgolił włosy, ale szeroka twarz nadal była pokryta dzikim siwym zarostem, skrywającym emblemat Partii Centrum wytatuowany na lewym policzku. Wyglądał jak zapaśnik albo facet w karnawałowym przebraniu ekscentrycznego eremity. Na widok Leonarda jego twarz się rozjaśniła.

— No, to proszę mi powiedzieć: kto to jest? — Komendant stanął pośrodku pomieszczenia, biorąc się pod boki.

— Stary przyjaciel. — Leo skrzyżował ramiona na piersi i odchrząknął. — Ostatnio trochę przeszedł, stracił robotę.

— Zawsze jest taki gadatliwy? — spytał Tomteberget.

— Kiedy robi się ciężko w mieście, „kiedy świat robi mi na złość, a robi mi na złość, kiedy tylko ma do tego okazję", wtedy zawsze ucieka na łono przyrody. — Leo zachichotał, zakołysał się w swoich butach Masai i zerknął na komendanta, spodziewając się jakiejś reakcji, lecz się nie doczekał. Rozłożył szeroko ramiona. — *Baśń o młynku?* Asbjørnsen?

Tomteberget nic nie powiedział.

— Asbjørnsen, pisarz — dodał Leo. — No wie pan, Asbjørnsen i Moe*.

— Rozumiem — rzucił komendant i mierząc wzrokiem Rina Gulliksena, wsunął sobie pod wargę porcję białego snusu Skruff z mentolem.

— On potrzebuje tylko trochę ciszy i spokoju — wyjaśnił Leo.

— Ale dlaczego nie chce powiedzieć, kim jest? Przecież nie zrobił nic nielegalnego, wręcz przeciwnie.

— Ma na imię Even. — To pierwsze imię, jakie przyszło Leo do głowy, jakby zawisło w powietrzu. — On tak po prostu czasami ma... ten Even.

— Otóż Even jest potencjalnym świadkiem rozszarpania człowieka przez wilki na norweskiej ziemi pierwszy raz od ponad dwustu lat — wyjaśnił lensman.

— Gówno widziałem — odezwał się Rino Gulliksen. Stał przy oknie i patrzył przez nie na brązową rzekę i las po drugiej stronie.

— Jezu — Tomteberget otworzył szeroko oczy, jakby chciał w ten sposób podkreślić, że jest zaskoczony. — On mówi.

— Mówiłem, co się wydarzyło — kontynuował Rino Gulliksen. — Znalazłem dzieciaka na drzewie. To, co zostało z tamtej kobiety, leżało na ziemi pod drzewem. Było za późno. Nic

---

* Peter Christen Asbjørnsen i Jørgen Moe, autorzy zbioru norweskich podań ludowych opublikowanych po raz pierwszy w 1841 r. (wszystkie przypisy pochodzą od tłumaczki).

nie mogłem zrobić. Chciałem tylko, żeby dzieciakowi nic się nie stało.

— To brzmi potwornie — powiedział Leo.

— Ale po co te tajemnice? — spytał komendant. — Dlaczego nie chciał pan powiedzieć, kim pan jest? Co pan robił w lesie? Dlaczego nie ma pan żadnego dokumentu tożsamości?

Rino odwrócił się do nich.

— Jestem na biwaku. Wszystkie moje rzeczy zostały w namiocie.

— Nie mógł pan powiedzieć tego wcześniej? — Lensman podrapał się po karku. — To by nam zaoszczędziło sporo nerwów.

— Wszystko w porządku? — zainteresował się Leo.

— Nigdy nie czułem się lepiej — odparł Rino. — *I'm in my prime.*

Tomteberget wyszczerzył się w kierunku Leo i uniósł wysoko palec wskazujący.

— Doc Holliday w *Tombstone*!

Rino mrugnął do lensmana.

— Niniejszym potwierdzam, że ten człowiek to Even Smith — rzekł Leo mocnym i wyrazistym głosem adwokata. — Mój klient może, jeśli to konieczne, złożyć odciski palców.

— Nie ma potrzeby — odparł Tomteberget, przenosząc spojrzenie na potężną postać przy oknie. — Ale proszę nie opuszczać gminy Elverum. Gdyby pojawiło się coś nowego, odezwiemy się.

— *Listen, Mr. Kansas Law Dog, law don't go around here* — rzekł Rino z silnym amerykańskim akcentem.

— Świetnie — rzekł Leo i wyciągnął rękę do komendanta. — Dziękuję.

— Ja również — odpowiedział komendant, ściskając mu dłoń. — Mam nadzieję, że nie będziemy musieli się już spotykać.

4

— PEŁNO ŚLADÓW UKĄSZEŃ i wyraźnych uszkodzeń w strukturze kości. — Balder Brekke studiował zdjęcia zwłok na ekranie komputera, powiększał detale. Dwudziestotrzyletni asystent naukowy z Rasty w Østerdalen był ubrany w biały fartuch i w coś, co przypominało przezroczysty czepek pod prysznic. — Podręcznikowy przypadek. Właśnie w taki sposób zabijają wilki.

Pomieszczenie było sterylne: białe kafelki na podłodze i na ścianach, jaskrawe jarzeniówki pod sufitem oświetlające każdy milimetr powierzchni. Laboratorium w Evenstad zostało zbudowane pod koniec ubiegłego stulecia w celach badawczych w ramach skandynawskiego projektu naukowego „Wilki Północy".

Asystentka Emma Vase siedziała na metalowym taborecie pochylona nad mikroskopem, umieszczonym na aluminiowym blacie. Miała taki sam strój jak Balder, ponadto białe drewniaki i jasnoniebieską maseczkę zakrywającą usta.

— Nie ma najmniejszych wątpliwości, że sierść pochodzi od wilków. A obrażenia na ciele ofiary jednoznacznie wskazują, że to ich robota. — Uniosła wzrok znad mikroskopu. — Było ich kilka, co najmniej pięć, ale żaden z naszych, ich DNA nie zgadza się z bazą danych.

— Skąd, u diabła, wzięła się tutaj ta wataha? — spytał Balder.

— Możliwe, że samica z pary Kynna wymieniła sobie wysterylizowanego partnera na innego i miała nowy miot — odparła Emma.

— To byśmy o tym wiedzieli.

— Dlatego mówię tylko, że to możliwe.

— Właśnie że niemożliwe, do cholery. — Profesor Bjarne Gilbert pociągnął łyk bonaquy o smaku cytrynowym; cały czas chodził tam i z powrotem, trzymając się za brodę, mrużąc oczy i nucąc *I'm Your Captain* razem z Grand Funk Railroad.

— Jutro z samego rana wyślę wszystkie próbki do laboratorium — poinformowała Emma. — Trzeba będzie uzbroić się w cierpliwość.

— Prawdopodobnie można przyjąć, że to zabłąkane sztuki ze Szwecji — oznajmił Balder.

Gilbert przestał nucić i utkwił wzrok w młodym asystencie, jakby ten obraził go w najbrutalniejszy sposób.

— I ty, i ja wiemy, że wataha wilków, i to jeszcze ze Szwecji, nie mogłaby „błąkać się" po terenie gminy Elverum, tak żebyśmy jej nie odkryli.

— Musiały umknąć nam spod radaru — podpowiedział Balder.

— Nonsens. — Profesor mrugnął do Emmy. — Doskonale wiecie, że nigdy nie zaatakowałyby ludzi w ten sposób, dwojga ludzi, i to w biały dzień.

Balder zerknął na Emmę i uśmiechnął się ostrożnie.

— W takim razie co to niby było?

Profesor poczłapał do okna i odwróciwszy się do nich plecami, popatrzył na pole i gęsty las iglasty za szybą. Po kilku długich sekundach powiedział:

— W gąszczu sztywnych praw i regulacji czyha szary cień.

Zrobił sztuczną pauzę. Balder i Emma znowu wymienili spojrzenia.

— Wpatruje się w nas bursztynowymi oczami i przypomina nam, że granice między gatunkami i rasami, między tym, co dzikie i poskromione, między naturą a kulturą, między zagrożeniem a nieszkodliwością wcale nie są takie wyraziste, jak nam się wydaje.

Balder zmarszczył czoło.

— Skąd to?

— Napisałem kiedyś coś takiego w komentarzu do „Aftenposten".

— I co to ma oznaczać? — spytała Emma, zdejmując maseczkę.

— A jak myślicie? — Profesor odwrócił się do nich.

— Nie mam pojęcia — przyznał Balder.

— Czasami na końcu tunelu nie ma żadnego światełka — rzekł Gilbert. — Tylko jest jeszcze ciemniej.

Emma zsunęła się z taboretu i stanąwszy pośrodku pomieszczenia, oparła ręce na biodrach.

— Dlaczego mówi pan zagadkami? Sierść pochodzi od wilków, co do tego nie ma wątpliwości.

— Słyszę, co mówisz — odparł profesor, mrugając do niej. — Ale czym tak naprawdę jest wilk?

— Czyli pan sugeruje, że to nie były wilki? — spytał Balder.

— Mówię jedynie, że powinieneś mieć otwarty umysł.

Asystent zachichotał i pokręcił głową.

— To jest potencjalna katastrofa — wtrąciła Emma.

— Kryzys na całego — dodał Gilbert, popijając wodę z butelki. — Tego nie przewidziałem.

— Wie pan, że Bonaqua należy do Coca-Coli i czerpie wodę z Glommy? — powiedział Balder. — Pije pan wodę z Glommy, będącą własnością Amerykanów, i płaci pan za to sześćdziesiąt koron za litr.

— Już jej stąd nie pobierają — zauważyła Emma. — Teraz czerpią ją z miejsca, które nazywają źródłem z Telemarku.

— Ale to nadal jest The Coca-Cola Company? — spytał profesor.

— Tak — potwierdził Balder. — A my narzekamy, że benzyna kosztuje czternaście koron za litr.

— Odezwał się pan politycznie poprawny — powiedziała Emma.

Gilbert podszedł do zlewu i demonstracyjnie wylał do niego wodę mineralną, po czym napełnił butelkę wodą z kranu i postawił ją z hukiem na szafce.

— Dopiero w tysiąc dziewięćset dziewięćdziesiątym trzecim roku pies domowy, *canis familiaris*, został przeklasyfikowany na *canis lupus familiaris*, naukowcy bowiem ustalili, że wilk i pies to jeden gatunek.

— Pan mówi do nas? — spytała Emma.

— Krzyżówki wilka z psem to nie hybrydy, tylko bękarty — kontynuował Gilbert. — To elementarna biologia.

— Przecież wszyscy to wiemy — odpowiedział Balder. — Do czego pan zmierza?

— W którym miejscu przebiega podział, w czym tkwi różnica między wilkiem a psem? — Profesor puścił oko do Emmy. — I kogo właściwie należy chronić przed kim? Zastanówcie się nad tym chwilę.

— Z pana nogą już lepiej? — spytała Emma. — Przestał pan kuleć.

— Ból przychodzi i mija — odparł Gilbert.

— Wiem tylko tyle, że przeciwnicy wilków wpadną w amok — zauważył Balder.

— Wystrzelają wszystkie co do jednego w promieniu dziesięciu kilometrów, a całe norweskie społeczeństwo będzie bić im brawo na stojąco — dodała Emma.

— Właśnie na to czekali wuj Viggo i jego banda — powiedział Gilbert, utkwiwszy wzrok w Balderze, i podniósł wysoko palec wskazujący. Żyły na jego szyi wyraźnie nabrzmiały. — Musimy zrobić wszystko, co w naszej mocy, żeby to powstrzymać.

— Ale jak? — rzuciła Emma. — Przecież to, co się tutaj wydarzyło, wydaje się całkiem oczywiste.

— No, nie wiem — odparł profesor. — Musimy wywołać w ludziach wątpliwości.

— Kto miałby to zrobić? — zaciekawił się Balder.

— Ty — oznajmił Gilbert.

— A kto się będzie przejmował tym, co ja powiem? — Balder skrzyżował ręce na piersi. — Jestem jedynie skromnym asystentem badawczym z Rasty.

— Tak mówią wszyscy wielcy ludzie — skwitował profesor, po czym wspiął się na szafkę, usiadł na niej i zaczął machać długimi nogami. — A ja jestem tylko zwyczajnym facetem z Molde.

— Czy nie powinien pan sam tego zrobić? — wtrąciła Emma. — To sprawa wielkiej wagi.

— Balder jest z tych okolic, zastępca burmistrza to jego wuj, ludzie go słuchają. A ja jestem jakimś trudnym do zaakceptowania miłośnikiem latte i entuzjastą Czerwonego Kapturka, i to ze stolicy. — Zerknął na Emmę, która stała ze wzrokiem utkwionym w białych kafelkach na podłodze.

— Bądźmy poważni — powiedział Balder. — Czy naprawdę nie byłoby lepiej, gdyby pan się tym zajął?

— Nie mogę ryzykować zburzenia wszystkiego, co do tej pory zbudowałem, twierdząc coś, co wydaje się kompletnie idiotyczne. Mógłbym stracić resztki wiarygodności.

— Wobec tego co mam mówić? — spytał Balder.

— Że nie możemy potwierdzić, że to były wilki.

— Czyli mam skłamać?

— Przecież to prawda. — Gilbert podłubał w nosie, po czym strzepnął kozę z palca do zlewu. — „Prawda to coś, o co się potykamy, kiedy nam się wydaje, że zmierzamy w innym kierunku".

— Kto tak powiedział? — zainteresował się Balder.

— Jerry.

— Seinfeld?

— Jerry Garcia z Grateful Dead. — Profesor przeczesał dłonią swoją bujną siwą czuprynę. — Po prostu musisz mówić, że na obecnym etapie nie możemy niczego stwierdzić z całkowitą pewnością.

— Ile wilków jest teraz w strefie?

— Powiedz, że około pięćdziesięciu — odparł Gilbert, zeskakując z szafki i stając twarzą w twarz z Balderem. — W stadzie Julussa jest dziesięć wilków, w rewirze Letjenna sześć, sfora Slettås liczy osiem sztuk, Mangen sześć i Osdalen cztery. Jeśli jakiś kompletny ignorant i idiota cię o to zapyta, odpowiedz, że wszystkie należą do skandynawskiego plemienia wilków.

— Istnieje ryzyko, że władze wydadzą powszechne pozwolenie na polowanie na wilki — zauważyła Emma. — Że zapadnie decyzja, aby wszystkie wilki po norweskiej stronie zostały odstrzelone.

— Nie zrobią tego — zaoponował Balder. — Nie po jednym incydencie.

— Jesteś pewny, że to był wypadek? — Gilbert znowu mrugnął do Emmy, po czym zdjął z siebie fartuch, powiesił go na kołku na ścianie i wyszedł.

— Co on, do cholery, chciał przez to powiedzieć? — zastanowił się na głos Balder, patrząc na drzwi, za którymi zniknął profesor.

— Po prostu nie chce zaakceptować, że to były wilki. Bo to zadaje kłam wszystkiemu, co głosił przez ponad czterdzieści lat.

— Za dużo trawki?

— Prawdopodobnie.

— Może wybralibyśmy się wieczorem do Buckleya? — Balder przejechał czubkiem sportowego buta po białych płytkach. — Grają The Wombats.

— To chyba Anglicy? — Emma znowu przyłożyła oko do okularu mikroskopu.

— Z Liverpoolu, ale basista jest z Elverum.

— Zwykły żuczek z Elverum, któremu powiodło się w wielkim świecie?

— Chyba chodził do szkoły Paula McCartneya.

— Są jeszcze bilety?

— Znam bramkarza.

— Nie wiem, czy dam radę.

— Nie możesz pracować całe noce.

— Chyba nie jestem w nastroju do zabawy. — Emma podniosła głowę i spojrzała mu w oczy. — Ale ty idź, zobaczymy się jutro.

Balder ruszył w kierunku drzwi, jednak po kilku krokach przystanął z rękami opuszczonymi wzdłuż tułowia.

— Dlaczego pozwalasz, żeby mówił do ciebie w taki sposób? — Gdy się odwrócił, światło z jarzeniówki pod sufitem oblało jego twarz zielonkawą poświatą. — Przecież mógłby być twoim dziadkiem.

— Co masz na myśli?

— Dobrze wiesz. Widzę, jak na ciebie zerka, jaki przybiera ton, kiedy się do ciebie zwraca. — Balder podparł się pod boki. — To jest perwersyjne.

— Daj spokój. Przecież mógłby być moim dziadkiem.

— Właśnie to powiedziałem.

— I masz całkowitą rację. — Emma z powrotem pochyliła się nad mikroskopem.

— Wiesz, co o nim mówią?

— Nie.

— Jest znany z tego, że zalicza wszystkie swoje asystentki. Podobno wybiera je pod kątem urody, a nie osiągnięć naukowych czy osobowości. Zachowuje się jak samiec alfa w stadzie wilków.

Emma uniosła głowę i uśmiechnęła się drwiąco.

— Jest niegroźnym facetem w średnim wieku, który nie może się pogodzić z tym, że się starzeje.

— Traktuje mnie jak rywala — powiedział Balder. — I dlatego chce mnie rzucić wilkom na pożarcie na dzisiejszej konferencji prasowej.

— Ciekawa metafora.

— Specjalnie utyka.

— Wiem.

— Chce się wydawać bardziej interesujący?

— Czyż to nie urocze?

— Nie pozwól mu się za bardzo do siebie zbliżyć. — Balder pogroził jej palcem. — To rada od prostego wieśniaka.

— Gdybym cię nie znała, pomyślałabym, że jesteś zazdrosny. — Emma lekko przekrzywiła głowę i uśmiechnęła się tylko w kącikach ust. — A jesteś, Balder?

5

NA PARKINGU przed komisariatem policji Leo i Rino stali naprzeciw siebie, przez kilka sekund mierząc się wzrokiem, aż wreszcie twarz Rina rozciągnęła się w uśmiechu, a jego oczy zrobiły się wilgotne i wąskie jak szparki. Oplótł Leonarda potężnymi, wytatuowanymi ramionami i przycisnął go mocno do siebie niczym syna, który wrócił po dwudziestu latach z Ameryki.

— Dobrze cię widzieć — wysapał, obwąchując mu włosy. — Pachniesz lepiej niż kiedykolwiek.

— Niestety, nie mogę tego powiedzieć o tobie — odparł Leo z rękami przyciśniętymi do boków. — Wyglądasz tak, jakbyś ostatnie dwa lata spędził w jaskini.

— W jaskini? — Rino chwycił go za barki i odsunął na odległość przedramienia. — Mieszkałem w namiocie.

— Cuchniesz jak owca.

— To ta kamizelka — wyjaśnił Rino. — Sam ją zrobiłem.

— Wilk w owczej skórze?

Rino roześmiał się całym sobą — odrzucił głowę do tyłu i odsłonił garnitur perfekcyjnie białych zębów, oszpecony jednym brązowym kłem.

— Tylko mi nie mów, że miałeś coś wspólnego z tą zabitą kobietą — powiedział Leo.

— Ocaliłem chłopaka. — Rino uwolnił przyjaciela. — Mam nadzieję, że się po tym pozbiera.

— Prawdopodobnie zostanie mu trauma na całe życie.

— A kto jej nie ma? — wyszczerzył się Rino. — Dzięki, że przyjechałeś. Mam wobec ciebie duży dług.

— Uratowałeś mi życie na Gåsøyi, więc jesteśmy kwita — odparł Leo.

Rino powoli pokiwał głową, podrapał się po brodzie i nie odrywając wzroku od Leo, spytał:

— Co tam u ciebie słychać? Wyglądasz na dosyć zgnębionego.

— Wszystko świetnie — odpowiedział Leo.

Rino uniósł brew.

— Mam trochę problemów w domu — przyznał Leo. — Poza tym w porządku.

— A konkretnie?

— Córka daje mi lekko w kość. — Przejechał wygiętą podeszwą po asfalcie. — Nie chce mieć ze mną nic wspólnego.

— Ile ma lat?

— Dwadzieścia.

— To całkiem normalne w tym wieku — stwierdził Rino. — Ułoży się.

— Dom na Gåsøyi został wystawiony na sprzedaż.

— Poradzisz sobie.

— Medytuję trzy razy dziennie — dodał Leo, podnosząc wzrok.

— To zawsze dobry znak, bo świadczy o tym, że traktujesz siebie poważnie.

Leo otaksował oczami Rina od góry do dołu: właśnie włożył żółtą zydwestkę i wydał się jakiś młodszy. Był jakby bardziej skupiony, czujniejszy, niż Leo go zapamiętał.

— Co porabiałeś od czasu, kiedy się ostatnio widzieliśmy?

— Trzymałem się z dala od ludzi.

— A oprócz tego?

— Czytałem Singera i Heideggera.

— Filozofów?

— No. Petera Singera i Klausa Heideggera.

— Chyba Martina?

— Martina?

— Martin Heidegger. Klaus to dawny austriacki narciarz alpejczyk.

— Jasne, że Martina. — Rino stuknął się pięścią w czoło. — Martina Heideggera.

— Czyli przeszedłeś od Hamsuna do Heideggera? — Leo skrzyżował ręce na piersi i zapatrzył się na brązowego ptaka, który siedział w zaroślach za plecami Rina.

— Hamsun był wielkim bohaterem Heideggera.

— *Bycie i czas*. Zabrałem się kiedyś do tego. Nie zrozumiałem nic a nic.

— Dlatego że tkwisz w starych schematach myślowych.

Leo uśmiechnął się, kołysząc się na swoich butach marki Masai.

— Przecież on był nazistą.

— Ale potem tego żałował.

— I co? To wystarczy? Wtedy już jest niby w porządku?

— Człowiek musi mieć prawo coś schrzanić. — Rino zdjął zydwestkę i pogładził się po czaszce, gładkiej jak lustro. — Naprawił to później.

— Niby jak?

— Mieszkał samotnie w leśnej chacie w Schwarzwaldzie, i to przez długi czas.

— W ramach pokuty, tak?

Rino potaknął.

— I dokładnie to samo ty robiłeś przez ostatnie dwa lata, żyłeś sam w lesie jak pokutnik?

— Nazywaj to sobie, jak chcesz — burknął Rino. — W każdym razie nie miałem tam towarzystwa.

Leo spojrzał w niebo. Deszcz ustał, zwarta zasłona chmur zaczynała się rwać na zachodzie, tu i ówdzie w szarej powłoce pojawiały się jasnoniebieskie rysy.

— Przemieszczałem się powoli od Mosjøen na południe — powiedział Rino. — Z zasady trzymałem się z dala od ludzi. Przez jakiś czas mieszkałem w Sunnmøre w starej szopie na łodzie, potem parę miesięcy w jakiejś chacie na samym końcu odnogi Sognefjorden. Nie było to życie usłane różami.

— Skąd się tutaj wziąłeś? — zainteresował się Leo. — Dlaczego Elverum?

Rino oparł ręce na biodrach, wysunął pierś do przodu i zrobił uroczystą minę.

— Bo tutaj trwa walka.

— Jaka walka? — Leo zmarszczył czoło.

— O wilka, króla lasu, najważniejszego myśliwego w przyrodzie, o najbardziej imponujące stworzenie na kuli ziemskiej.

— A między kim a kim toczy się ta walka?

— W jednym narożniku: Bjarne Gilbert i cała zgraja badaczy z Evenstad. W drugim: wrogowie wilków.

— Gilbert? Ten profesor od wilków?

— Wielka postać. — Rino spojrzał na potężną Glommę, która płynęła po drugiej stronie szosy, bezgłośna, jasnobrunatna i imponująca. — Może największa ze wszystkich.

— Myślałem, że największy był Thor Heyerdahl.

— Thor to pigmej w porównaniu z Bjarnem. — Rino popatrzył na Leonarda. — To on osobiście doprowadził do tego, że mamy w Norwegii wilki.

— A dlaczego one są takie ważne?

Rino z powrotem przeniósł wzrok na rzekę.

— Wilk to najwspanialszy symbol dzikiej i nieokiełznanej natury. Jeżeli go stracimy, stracimy coś bardzo istotnego.

— Czyli przyjechałeś tutaj, żeby go ocalić?

— Wrogowie wilków będą je zwalczać tak długo, aż wyprą je z Półwyspu Skandynawskiego. — Mężczyzna skrzyżował ramiona na piersi. — Australijski etyk Peter Singer nauczył mnie, że wilki mają taką samą wartość jak my, a może nawet większą.

— Tylko wilki czy wszystkie zwierzęta? — dopytał Leo.

— Wilki są wyjątkowe — odpowiedział Rino, mrużąc oczy.

Leo popatrzył na niego i pomyślał, że ta na pozór irracjonalna, bezdenna miłość Rina do wilków jest swego rodzaju logiczną kontynuacją postawy obrońcy środowiska, jaki narodził się w nim podczas krwawej batalii z braćmi Thorvaldem i Gunnarem Vegami oraz z przemysłową hodowlą łososia w Brønnøysund dwa lata wcześniej.

— Nie dość, że zostałeś orędownikiem wilków, to jeszcze byłeś naocznym świadkiem ich ataku na człowieka, pierwszego od dwustu szesnastu lat — powiedział Leo, rozkładając ręce. — Jak ci się to udało?

— Wystarczy znaleźć się we właściwym miejscu we właściwym czasie — odrzekł Rino z uśmiechem.

— A co na to policja?

— Przecież widziałeś. — Rino splunął siarczyście na mokry asfalt. — Policja nienawidzi wilków równie mocno jak wszyscy tutaj.

— Komendant wydawał się sympatyczny.

— I co z tego? Oni mają to w genach. To coś w rodzaju zbiorowej psychozy.

— Co masz na myśli?

— Jestem pewien, że teraz wykorzysta pretekst i da przyzwolenie na rzeź.

— Skoro wilki zamordowały człowieka...?

Rino prychnął pogardliwie.

— Nie powinieneś wierzyć we wszystko, co usłyszysz.

— Wygląda na to, że komendant nie ma co do tego wątpliwości.

— Jak mówiłem, on nieszczególnie przepada za wilkami.

— Czyli ty uważasz, że to nie one?

— Uważam, że profesor Gilbert i jego ekipa potrzebują pomocy. — Rino błysnął zębami. — Takie jest moje zdanie.

Leo przetarł oczy palcami wskazującymi.

— To jaki jest plan?

— Pora zdjąć białe rękawiczki.

— A kiedykolwiek je nosiłeś?

— Dosyć długo byłem miłym facetem. Obserwowałem, rejestrowałem, budowałem sobie obraz sytuacji. Jest ich trójka...

— Kogo jest trójka?

Rino zawahał się, po czym pokręcił głową.

— Zapomnij.

Leo odpowiedział, że już zapomniał, i kopnął trochę za duży kamień po asfalcie. Spytał Rina, jak długo jest już w tej okolicy.

— Od kiedy stopniał śnieg.

— Ktoś oprócz mnie wie, że żyjesz?

— Nikt. Chyba że ty wypaplałeś.

— Mam usta zamknięte na siedem pieczęci — odrzekł Leo, przykucając. — A co z twoim synem? Ile on ma teraz lat? Mniej więcej tyle co moja Siri?

Rino pokręcił głową; wydawał się zasmucony.

— Jesteśmy tylko my dwaj.

— Okej — odpowiedział Leo i spojrzał na przejeżdżający obok samochód. Żałował, że spytał o syna, to było zbyt bezpośrednie i osobiste. — Tylko nie wpakuj się w jakieś kłopoty — dodał. — Nie rób żadnych głupot.

Rino zsunął do tyłu zydwestkę, popatrzył przyjacielowi prosto w oczy i powiedział:

— Czasami trzeba bić się o to, w co się wierzy.

Leo przygryzł wargę, ale nie uciekł wzrokiem.

— Próbowałeś już kiedyś? — drążył Rino. — Bić się o coś, w co wierzysz?

Leo utkwił wzrok w ziemi. Zza chmur wyjrzało słońce i rozświetliło otoczenie; szklane powierzchnie budynków lśniły i błyszczały, w trawie i na brzozowych liściach iskrzyły się krople wody, a w kałużach na parkingu odbijało się światło.

— No, pora się stąd zmywać, na wypadek gdyby lensman zmienił zdanie. — Rino wyciągnął z futrzanej kamizelki damskie okulary przeciwsłoneczne o okrągłych szkłach i włożył je na nos. — Na razie.

— Nie możesz iść na wojnę z połową Østerdalen — rzucił Leo.

— A dlaczego nie?

Leo nie chciał go zostawiać samego, miał nadzieję, że Rino się wycofa. Ale co mógł zrobić? Nie był w stanie zmusić tego dzikusa w szortach, żeby wrócił do cywilizacji, a poza tym wcale nie miał pewności, że on w ogóle do niej należy.

— Może skoczymy na kebab? — zaproponował. — Pogadalibyśmy.

— Nie mam czasu — odparł Rino. Poprawił zydwestkę i spojrzał na stopy Leo. — Fajne buty. — Po czym odwrócił się i przebiegł kłusem przez szosę, a potem ruszył w dół, w stronę burej rzeki. I zniknął.

6

— A nie mówiłem? — Burmistrz Trym Kojedal, członek partii Høyre*, siedział za masywnym biurkiem w biurze ratusza Elverum, mieszczącym się przy Storgata, i bębnił palcami w blat. — Teraz stołeczni romantycy i wielbiciele wilków mogą sobie popijać latte i moczyć w niej te swoje hipsterskie brody.

— W Elverum też mamy kawę latte — wtrącił Tomteberget. — I cortado.

— Nie o to chodzi — rzucił Kojedal.

— To była tylko kwestia czasu — zauważył zastępca burmistrza Viggo Hennum, siedzący na spartańskim drewnianym krześle po drugiej stronie biurka. — Powtarzaliśmy to bez przerwy. — Miał na sobie turkusowe croksy, białe tenisowe skarpetki, jasne dżinsy i o dwa numery za duży ciemnoczerwony polar, harmonizujący kolorem z jego nabrzmiałą twarzą. Proste, kruczoczarne włosy, sięgające do połowy uszu, wyglądały tak, jakby były przyklejone do czaszki niczym ciasny kask narciarski.

— To oczywiście potworna tragedia. — Burmistrz Kojedal oparł się wygodnie na krześle i splótł dłonie na karku. — Ale skoro już się wydarzyła, musimy ją wykorzystać najlepiej, jak się da.

— Co mówi Preben? — spytał zastępca Hennum.

---

* Høyre (Prawica) — Norweska Partia Konserwatywna.

— Nie mogę go złapać — odpowiedział Kojedal. — Jest na rybach w Rendalen.

— Kto to jest Preben? — zainteresował się lensman.

— Człowiek od reklamy z Oslo — wyjaśnił Hennum. — Doradza Trymowi w kwestii wilków.

— Doradca do spraw komunikacji — skorygował Kojedal.

— Trzeba kuć żelazo, póki zwłoki gorące — powiedział Viggo Hennum, na pozór nieporuszony sprostowaniem burmistrza. Przywołując na usta coś na kształt uśmiechu, zerknął na lensmana, który siedział na identycznym krześle obok niego i patrzył w okno.

Regały w gabinecie były zapełnione starymi książkami w grubych oprawach, których nikt nie otwierał od wielu lat: na półkach stały encyklopedie, albumy przyrodnicze, słowniki, dzieła klasyków, nie było natomiast ani jednej książki o myślistwie. Na stoliku pod oknem leżało kilka nowszych egzemplarzy w miękkiej oprawie: Tom Clancy, John le Carré, Elena Ferrante, Lars Mytting, pierwszy tom *Mojej walki*. Trym Kojedal nie przeczytał ani jednej z tych książek, ostatnią, przez którą przebrnął do końca, była biografia Donalda Trumpa; mimo to lubił się uważać za człowieka oczytanego, podobało mu się, kiedy inni mieli go za osobę kulturalną i rozeznaną w świecie. Obok stolika stał lśniąco biały bęben konga, kupiony na Kubie, gdy w dwa tysiące piątym roku razem z żoną spędzali urlop w Varadero. Nie miał nic przeciwko Kubańczykom, to nie ich wina, że rządzi nimi despota; mimo wszystko są weseli, muzykalni i mają fantastyczne poczucie rytmu.

Kojedal wessał do wewnątrz gładkie policzki, spojrzał na lensmana i odrobinę rozluźnił krawat.

— To musi się znaleźć na wszystkich kanałach. Konferencję prasową trzeba zwołać późnym wieczorem, o dziesiątej, żeby dziennikarze zdążyli dojechać z Oslo.

— Powinniśmy poczekać na wyniki ekspertyz, z laboratorium Rovforsk i od patologa sądowego — wtrącił Tomteberget. — Na tym etapie nie mogę niczego powiedzieć na pewno. To zajmie jeszcze kilka dni.

— Co ty, do cholery, gadasz? — odezwał się Hennum, drapiąc się po czerwonej plamie na policzku. — Wątpisz w to, że to były wilki?

Tomteberget przeniósł spojrzenie na zastępcę burmistrza.

— Zanim cokolwiek powiemy oficjalnie, musimy mieć całkowitą pewność.

— Krąży mnóstwo najrozmaitszych plotek, ludzie domagają się informacji, bo się boją. — Hennum przeciągnął dłonią po trzydniowym siwym zaroście, stanowiącym uderzający kontrast z jego kruczoczarnymi włosami i bujnymi brwiami.

— Zwołaj otwarte spotkanie mieszkańców jutro wieczorem w Terningen — zdecydował Kojedal. — Nie możemy pozwolić, żeby ludzie gubili się w domysłach i nic nie wiedzieli, skoro w okolicy krąży wataha rozwścieczonych wilków, które poczuły ludzką krew.

— Tak jest. — Hennum przyłożył dłoń do czoła w wojskowym geście, po czym zerwał się na równe nogi, podszedł do bębna i czterema palcami obu rąk wybił krótki rytm, wprawiając całe ciało w odpowiedni ruch.

Dwaj pozostali spojrzeli na niego z mieszaniną podziwu i pogardy.

— Co ty, do cholery, wyprawiasz? — rzucił Kojedal.

Hennum usiadł znowu na swoim miejscu.

— Skąd ona była? — burmistrz spytał komendanta, nie zwracając już uwagi na swojego zastępcę. — Ta kobieta, która została pożarta?

— Mieszkała niedaleko Åsty — poinformował go lensman. — A w ogóle pochodziła z Drammen.

— A nie z Filipin? — Hennum wyprostował się na krześle. — Założyłbym się, że była z Filipin.

— Urodziła się i wychowała w Drammen — powtórzył Tomteberget. — Nazywała się Phung Johansen. Jej rodzice pochodzili chyba z Wietnamu czy z jakiegoś innego azjatyckiego kraju, nie mam pewności.

— Jeśli jej rodzice byli Wietnamczykami, to i ona była Wietnamką — uznał Hennum. — Przecież nie Norweżką, do diabła.

Tomteberget z rezygnacją pokręcił głową.

— Co z chłopcem? — spytał Kojedal.

— Biorąc pod uwagę okoliczności, nie najgorzej — odpowiedział komendant. — Znam jego ojca, rozmawiałem z nim, kiedy przyszedł po syna. Jest kompletnie zdruzgotany.

— On jest w stu procentach Norwegiem, tak? — upewnił się Hennum.

— Tak jak ty czy ja — odparł Tomteberget. — Nazywa się Lyder Johansen.

— To chłopak będzie pół-Norwegiem, zgadza się?

— Ten mały jest stuprocentowym Norwegiem.

— Ale jeśli matka była Wietnamką, to on będzie pół-Norwegiem — upierał się Hennum. — Albo może nawet nie? Przecież matka liczy się bardziej, w końcu to ona nosiła go w brzuchu przez dziewięć miesięcy.

— Zamknij się, Viggo — rzucił burmistrz Kojedal. — Ojciec jest stąd?

— Pochodzi z Oslo — odpowiedział Tomteberget. — To pisarz i rolnik ekologiczny. W zeszłym roku wlepiłem mu solidną grzywnę za uprawianie marihuany, miał niedużą plantację konopi w Kleivskrenten. Aktywny członek stowarzyszenia Mieszkańcy Prowincji w Obronie Zwierząt Drapieżnych.

Na kilka sekund zapadła cisza. Burmistrz i jego zastępca wymienili spojrzenia.

— Ironia losu — zauważył Kojedal.

— Niby dlaczego? — Hennum zmarszczył nos i zmrużył oczy.

— Żona członka stowarzyszenia broniącego drapieżników zostaje zagryziona przez drapieżnika.

Hennum z uśmiechem przeciągnął dłonią po czarnych włosach ostrzyżonych na pazia.

— Pieprzeni wielkomiejscy hippisi, narkomani i cała ta zielona banda.

— Znasz go? — spytał Kojedal.

— Pamiętam, że cztery czy pięć lat temu kupił gospodarstwo Tokerud w Åście, kiedy jego właściciel, ten stary sknera Fartein Uthus, wyzionął ducha. — Hennum podłubał w nosie. — Żadne z dzieci nie chciało go przejąć. Ćpun chętnie skorzystał z okazji.

— Nie wątpię — powiedział burmistrz Kojedal. Wyglądał na pokonanego.

— Musimy za wszelką cenę pozbyć się tych wilków, zanim znowu komuś się coś stanie — odezwał się Hennum, przeciągając kciukiem po skroni — nie możemy siedzieć z założonymi rękami.

Lensman i burmistrz spojrzeli na niego.

— Nie ma się co gorączkować — rzekł Tomteberget, wsuwając sobie pod wargę białą prymkę snusu.

— Przecież trzeba pomścić tę śmierć — kontynuował Hennum. — Ludzie się tego domagają.

Zaległa cisza.

— Zawsze mnie to zastanawiało — wtrącił Tomteberget.

— Co takiego?

— Czy ty farbujesz włosy?

Hennum spojrzał na komendanta, potem na Kojedala, jakby liczył na jego wsparcie, a ponieważ nie bardzo wiedział, co odpowiedzieć, postanowił milczeć.

— Brwi też?

Wiceburmistrz się skrzywił.

— Teraz najważniejsza rzecz to zaatakować i usunąć tę wilczą zarazę z naszych lasów.

— Wyhamuj trochę — rzucił Kojedal. — Na razie nic nie będziemy robić. Ale niedługo dostaniemy carte blanche.

— Carte blanche? — powtórzył Hennum. — Co to jest? Jakieś danie?

Burmistrz jeszcze bardziej rozluźnił węzeł krawata i spojrzał smutnymi niebieskimi oczami na swego zastępcę.

— To oznacza, że wkrótce będzie można ruszyć pełną parą, że będziecie mogli odstrzelić tyle wilków, ile chcecie. — Kiedy skierował wzrok na komendanta, smutek zniknął z jego oczu. — I nikt nawet nie ruszy palcem, żeby was powstrzymać.

Lensman popatrzył na swoje uda i na dłonie, które na nich spoczywały. Wydały mu się stare i pomarszczone, jak szpony. Doskonale zdawał sobie sprawę z tego, co się dzieje w lasach w okolicy Elverum, nie miał jednak ani odwagi, ani siły, by coś z tym zrobić.

— Co z pogrzebem? — spytał. — Gmina jakoś się zaangażuje?

— Rzecz jasna, opłacimy imprezę — odparł burmistrz. — Najważniejsze, żeby zrobić wokół tego tyle szumu, ile się tylko da.

— A taki pogrzeb nie jest drogi? — zapiał Hennum. — Słyszałem, że kosztuje krocie.

— Zgadza się, kosztuje niemało — potwierdził burmistrz. — Ale dębowa trumna ze srebrnymi okuciami i rzeźbionymi ornamentami to w tym wypadku konieczność.

— Ludzie umierają, a krewni płacą ciężkie pieniądze za to, żeby ich złożyć w ziemi — powiedział Hennum z nieobecnym spojrzeniem. — To jak posypywanie rany solą.

— Pieniądze nie są tu najważniejsze — stwierdził burmistrz.

— Jesteś pewny, że to właściwe wykorzystanie publicznych środków? — nie dawał za wygraną zastępca. — Przecież trumna i tak się spali.

— Musimy zadbać o to, żeby ofiara miała godny pogrzeb. — Burmistrz Kojedal przysiadł na skraju krzesła, oparł łokcie na biurku, a brodę na splecionych dłoniach, po czym zapatrzył się przed siebie. — Ostatecznie nie codziennie w Norwegii wilki zagryzają człowieka.

7

PO NIEPOKOJĄCEJ ROZMOWIE z Rinem Gulliksenem Leo potelepał się przez most na zachodni brzeg Glommy, w kierunku dworca kolejowego, wlokąc za sobą walizkę na kółkach. Dotarłszy do celu, spojrzał na duży zegar nad wejściem i stwierdził, że ma jeszcze godzinę do odjazdu pociągu. Kupił w kiosku herbatę i mufinkę z jagodami, a potem usiadł na metalowej ławce na peronie, postawił obok siebie parujący tekturowy kubek, ugryzł kęs babeczki, wysunął twarz do słońca i zamknął oczy.

Rino wstąpił na ścieżkę wojenną, co w taki czy inny sposób wiązało się z atakiem wilków. To nie przypadek, że akurat on znalazł chłopca na sośnie. Ten świr postanowił ocalić wilki przed nienawistnikami, uratować naturę przed człowiekiem, mając za moralnych przewodników Heideggera i kontrowersyjnego filozofa z Australii.

Leo otworzył oczy i podniósł się z ławki z tekturowym kubkiem w dłoni. Nie może tak po prostu zniknąć z Elverum z podkulonym ogonem, to przecież jasne jak słońce. Musi przynajmniej podjąć próbę odnalezienia Rina i przemówienia mu do rozsądku, zanim rozpęta się piekło. Nie istnieje nikt inny, kto mógłby go powstrzymać, a już na pewno nie zrobi tego sam Rino. Zresztą po co miałby wracać teraz do domu? Siri i tak nie chce z nim rozmawiać.

Chwycił walizkę i ruszył w kierunku zachodnim wzdłuż drogi krajowej numer dwadzieścia pięć. Minął potężny silos z logo Felleskjøpet oraz koszary wojskowe po drugiej stronie szosy. Kierował się ku charakterystycznej, starej Elgstua Kafé, bo było to jedyne miejsce w tym mieście, które coś dla niego znaczyło.

Rzeźba łosia naturalnej wielkości nadal stała tam gdzie kiedyś. Gdy był mały, ojciec zawsze zatrzymywał się przed nią w drodze do albo z domku letniskowego nad Storsjøen w Rendalen, aby on i rodzeństwo mogli dosiąść zwierzę. Dokładnie to samo Leo robił ze swoimi dziećmi. Siri uwielbiała tego łosia, Willy też, chociaż z czasem zaczął dawać do zrozumienia, że nie bawi go już ta dziecinada. Ujeżdżanie cholernego łosia było rodzinną tradycją, być może jedyną, jaką mieli.

Znajdujący się za kawiarnią nowiuteńki hotel Scandic Elgstua wyglądał na pusty i wymarły; stał wciśnięty między stację benzynową Esso z jednej strony a bar szybkiej obsługi Jafs z drugiej. Ubrany w garnitur Szwed z paradną fryzurą rozpromienił się za ladą recepcji, gdy tylko Leo wkroczył do nowoczesnego, przestronnego lobby z okrągłym sztucznym kominkiem pośrodku, by zamówić pokój na dwie noce.

Kupiwszy w barze butelkę carlsberga, Leo przeciął restaurację o nazwie Na Łowy i wszedł na górę po schodach wyłożonych linoleum. Otworzył drzwi spartańsko urządzonego pokoju, jednego z tych starych, należących niegdyś do Elgstua Kafé. Usiana plamami szara wykładzina dywanowa, wyłączona z kontaktu pusta lodówka z otwartymi drzwiami, niebieski fotel, widoczki miejscowej przyrody na ścianach i okazały srebrny łoś na zagłówku łóżka.

Leo zdjął z siebie wszystko i kompletnie goły położył się na materacu z małym makiem na brzuchu; kiedy wstukał w wyszukiwarkę „śmiertelny atak wilków, Elverum", na ekranie pojawiło się jedynie kilka linków do dostępnych za opłatą starszych artykułów w lokalnej gazecie „Østlendingen"; donoszono w nich o wilkach, które napadły na owce na pastwisku. Żaden z portali informacyjnych jeszcze nie podchwycił tematu.

Leo wygooglował więc Petera Singera. Przeczytał, że to australijski filozof i etyk austriacko-żydowskiego pochodzenia. Jest utylitarystą, uważa, że działania powinny być oceniane wyłącznie z punktu widzenia skutków, jakie wywierają, opowiada się za eutanazją, broni praw zwierząt i oczywiście w wielu środowiskach wzbudza ogromne kontrowersje. Jego najbardziej znana praca to *Animal Liberation*.

Wszedł na Facebooka — nie miał żadnych nowych zaproszeń do grona znajomych. Kiedy zrobiło mu się zimno i zesztywniał mu kark, postanowił wziąć prysznic. W świeżo odnowionej łazience namydlił się cały i z zamkniętymi oczami stał dłużej niż zwykle pod mocnym strumieniem ciepłej wody, myśląc o Siri.

Depresja, stwierdzili lekarze. Nałykała się jakichś prochów, żeby odebrać sobie życie, zupełnie nieoczekiwanie, nie wiadomo dlaczego. Ragna, jej matka, znalazła ją nieprzytomną w ich wspólnym mieszkaniu. Niewiele brakowało. Była o włos od śmierci. Minęło osiem tygodni. Wciąż leżała w szpitalu, odmawiała jedzenia, nie chciała z nim gadać. Od tamtej pory Leo czuł się odrętwiały, porażony, jakby poza własnym ciałem, przez całe długie i ciepłe lato — w śpiączce.

Dlaczego nie widział, dokąd to prowadzi? Dlaczego nie było go na miejscu? Dlaczego pozwolił, by stracili ze sobą kontakt?

Zakręcił wodę, wyszedł spod prysznica i grubym białym ręcznikiem wytarł tors, brzuch i uda tak mocno, że aż poczerwieniały. Włożył bokserki, wyjął z walizki turkusową matę do jogi, rozwinął ją obok łóżka i zaciągnął grube zasłony, żeby odciąć się od świata. Potem usiadł na macie w pozycji lotosu, obok na podłodze postawił laptopa, podłączył słuchawki i uruchomił *Heal Thyself*, trzydziestominutowy seans medytacji, wrzucony na YouTube'a przez kogoś, kto nazwał siebie The Honest Guys.

Zamknął oczy i starał się skoncentrować na oddechu — wdech przez nos, wydech przez usta, wdech przez nos, wydech przez usta. Podążał za słowami empatycznej Amerykanki prowadzącej medytację, czuł, że zaczyna się już rozluźniać i wyciszać, jednak wtedy znowu pojawiała się Siri.

Kiedy była malutka i płakała w nocy, brał ją z łóżeczka i chodził z nią po mieszkaniu, aż wreszcie zasypiała mu na rękach na kanapie, na krześle w kuchni, na bujanym fotelu. Stawali się wtedy jedną osobą. Tak słodko pachniała. Gdy wiedział, że czuje się bezpieczna, on czuł się bardzo dorosły. To niesamowite uczucie, gdy taka mała istotka jest całkiem zależna od niego. Nagle zaczęła krzyczeć od nowa.

Leo otworzył oczy, zerwał z głowy słuchawki i wpadł do łazienki; połknął cały rivotril, środek uspokajający i przeciwdrgawkowy dziesięć razy mocniejszy niż valium. Dostał te proszki od swojego lokatora Kjartana, on zaś kupił je od jakiegoś Rumuna pod mostem w Sandvice, po trzydzieści koron za sztukę.

Włożył świeżo wyprane dżinsy Edwin i jasnozieloną koszulę Patagonia z krótkimi rękawami, na bose, jeszcze wilgotne stopy wsunął buty Masai i po schodach wyłożonych linoleum zszedł na dół. Tam od razu skierował się do nowej części, a znalazłszy się w barze Myśliwy, zamówił u szwedzkiego barmana dżin z tonikiem. Cztery centylitry alkoholu, jeden decylitr letniego toniku bez gazu i cienki plasterek cytryny za sto trzydzieści siedem koron. Wszystkie nieliczne barowe stołki były zajęte, więc wziął drinka i przysiadł na twardej ławie w restauracji Na Łowy pod ogromnym obrazem przedstawiającym imponujące góry z jakiegoś innego miejsca na ziemi. Wyjął telefon i przejrzał portale informacyjne. Nadal nigdzie choćby najmniejszej wzmianki o kobiecie rozszarpanej przez wilki.

Ponownie wszedł na Facebooka i trochę się ożywił, gdy zobaczył zaproszenie od w miarę sympatycznego, łysego gościa, którego ledwie rozpoznawał — to pewnie jakiś stary kolega szkolny; nacisnął OK, nie sprawdzając jego profilu. Miał już trzydzieścioro znajomych. Stale ich przybywało.

Z miejsca, w którym siedział, widział drzwi wejściowe i całą recepcję. Tam gdzie jeszcze niedawno było cicho i przyjemnie, teraz panował chaos. Do środka wlewali się ludzie obładowani dużymi kolorowymi torbami, statywami i aparatami, zgraja pewnych siebie osób, gestykulujących i głośno dyskutujących z pracownikami recepcji i ze sobą. Wilki zabiły człowieka. Zjechały się media. Teraz to już tylko kwestia czasu, by cała Norwegia zaczęła o tym mówić.

Gdy tak siedział, czując, jak powoli działa lekarstwo, jak stopniowo ustępuje drżenie rąk i nóg i wszystko wraca na swoje miejsce, podszedł do niego jakiś młody gość — może około trzydziestki, w okrągłych okularkach na nosie i brązowej sztruksowej marynarce, z nędznym afro w stylu lat siedemdziesiątych na głowie, przypominającym kwitnący owoc mniszka lekarskiego po wietrznym dniu — i usiadł na krześle po drugiej stronie stołu. Restauracja była pusta, toteż Leo nie rozumiał, dlaczego ten facet, idealnie pasujący do jakiegoś baru retro w berlińskiej dzielnicy Prenzlauer Berg, musiał usiąść akurat tutaj.

— Hej! — powiedział mężczyzna, stawiając na stole pełny kufel.

Leo skinął głową, bąknął coś niemal niesłyszalnie, wsunął komórkę do kieszeni na piersi i wziął z bocznego stolika numer

„Vi Menn", po czym zaczął go kartkować, aby dać facetowi do zrozumienia, że życzy sobie, aby zostawiono go w spokoju.

— Jeszcze ktoś czyta takie „pisma"? — spytał nieznajomy, robiąc w powietrzu znak cudzysłowu.

Leo podniósł wzrok i uśmiechnął się z przymusem.

— „Vi Menn" przetrwa wszystko.

— Chyba że rozwiążą Legię Cudzoziemską i ktoś wreszcie odnajdzie złoto nazistów.

Leo zachichotał kurtuazyjnie i upił centylitr najdroższego na świecie dżinu z tonikiem.

— Słyszał pan o tym napadzie wilków? — spytał niczym niezrażony młody człowiek.

— Potworność — powiedział Leo ze wzrokiem utkwionym w męskim piśmie.

— No i w końcu wybuchło — rzucił tamten, zawieszając głos, po czym pociągnął łyk piwa.

— Co pan ma na myśli? — Leo podniósł głowę.

— Byłem tutaj w zeszłym roku i relacjonowałem sprawę sądową związaną z wilkami.

— Jest pan dziennikarzem?

Mężczyzna zamrugał i wydał z siebie dźwięk przypominający cmoknięcie.

— „Nationen".

— Gazeta dla rolników? — Leo odłożył czasopismo na stolik.

— Nie tylko. Mamy dziesięć tysięcy abonentów internetowych.

— Ci ludzie w recepcji to pańscy koledzy?

— Same największe gazety, poza tym NRK, TV2. Burmistrz zwołał konferencję prasową na dwudziestą drugą.

— Co to była za sprawa? — Leo upił drinka, tylko odrobinę, żeby nie skończył się za szybko.

— Pięć osób zostało skazanych za „zorganizowaną próbę odstrzału” trzech wilków. Postawiono im zarzuty z tak zwanego paragrafu mafijnego, inaczej: „przestępczość zorganizowana”. — W ciągu dziesięciu sekund dziennikarz trzy razy zrobił w powietrzu cudzysłów.

— Zorganizowane, nielegalne polowanie na wilki?

— Policja ekologiczna twierdziła, że ten proceder trwał dłuższy czas. Miejscowi myśliwi mają wszystko gdzieś i postanowili sami wymierzyć sprawiedliwość.

— Jakie dostali kary?

— Od pół roku wzwyż. — Trzydziestolatek skrzyżował ręce na piersi. — Prowodyr dostał w sądzie rejonowym rok i osiem miesięcy, potem sąd apelacyjny obniżył mu wyrok do dziewięciu miesięcy, a w Sądzie Najwyższym skończyło się na roku. Facet się przyznał, że zabił wilka na przynętę, ale twierdził, że się pomylił, myślał, że to był „lis”. — Kolejny cudzysłów.

— Czyli wszyscy zaprzeczyli, że strzelali do wilków?

— Myśliwi z policji ekologicznej zrobili gestapo, a z siebie niewinne ofiary, oczywiście przy pomocy swoich adwokatów. — Uśmiechnął się szyderczo. — Biedni, praworządni ojcowie rodzin, którzy nigdy nie zabiliby nawet muchy.

— A to nie była do końca prawda?

— Do dziś nie rozumiem, dlaczego żaden z nich nie zdecydował się przyjąć roli męczennika. Potężni faceci stali w tym sądzie i lali taką wodę, że aż zrobiło się mokro na podłodze. Gdyby chociaż jeden miał jaja i zdobył się na to, aby powiedzieć, że zabił wilki w obronie wiejskiego stylu życia, owiec, kobiet i dzieci, w Elverum do końca życia noszono by go na rękach.

— Może się bali, że pójdą do więzienia?

— Przecież i tak wylądowali za kratkami. Nie lepiej trafić tam z honorem?

— Ile wilków jest tak naprawdę w Norwegii? — spytał Leo.

— Około siedemdziesięciu żyje tylko po norweskiej stronie granicy, ale mniej więcej trzydzieści przemieszcza się ciągle między Szwecją a Norwegią.

— To nie jest jakaś wielka liczba.

— Przeciwnicy uważają, że zdecydowanie za duża, poza tym twierdzą, że w rzeczywistości jest ich znacznie więcej. — Dziennikarz uśmiechnął się zagadkowo i pociągnął łyk piwa. — Bjarne Gilbert, profesor od wilków z Evenstad, powiedział wtedy na sali sądowej, że połowa wszystkich wilków, które giną w naszym kraju, jest zabijana nielegalnie.

Leo zmarszczył czoło.

— A co na to lokalni politycy?

— Burmistrz Elverum i jego zastępca występowali w mediach i zażarcie bronili myśliwych, mówili o „błędnej polityce dotyczącej zwierząt drapieżnych" oraz o tym, że strefa ochronna wilków musi zniknąć.

Leo wypił kolejny łyk i stwierdził, że szklanka jest pusta, została w niej tylko cytryna. Przeprosił więc, rozkołysanym krokiem poszedł do baru, zamówił podwójny dżin z tonikiem, dostał pojedynczy, poprosił zatem o dwa, wrócił do swojego nowego znajomego, opadł na ławkę z drinkiem w każdej ręce i postawił szklanki na stole.

— Superbuty — powiedział dziennikarz z poważną miną. — Dobre dla kręgosłupa?

— Bezcenne — odparł Leo, machając stopą. — Jak duża jest ta strefa?

— Obejmuje wschodnią część Hedmarku do Glommy, Østfold i Akershus, około pięciu procent powierzchni Norwegii.

— A poza nią wilki są zwierzyną łowną?

— Mniej więcej.

Harmider w recepcji niemal zagłuszał dźwięki *Rock Me Amadeus* w wykonaniu Austriaka Falco, płynące z głośników pod sufitem. Ale nie do końca. *Er war Superstar, er war populär, er war so exaltiert, because er hatte flair.* Leo się zastanawiał, kto wybiera muzykę w takich miejscach, kto układa playlistę.

— Jak doszło do złapania tamtych myśliwych?

— Byli na podsłuchu. W sądzie twierdzili, że to Bjarne Gilbert i jego ekipa donieśli na nich policji.

— To chyba całkiem prawdopodobne, co? — Leo poprawił się na twardej ławie. — Jeżeli ci badacze wilków uważali, że tamci zastrzelili zwierzęta nielegalnie, to raczej całkiem naturalne, że dali cynk policji?

— Ludzie w Østerdalen nie lubią donosicieli. Zostało im to pewnie jeszcze z czasów wojny.

Leo pociągnął odrobinę dżinu z tonikiem przez różową słomkę.

— Gilberta nienawidzą tu jak zarazy. — Dziennikarz pochylił się do przodu, oparł łokcie na udach i splótł dłonie. — Twierdzą, że nielegalnie rozmnaża wilki i że robi to od trzydziestu lat.

Leo uniósł brew.

— To prawda?

— Nie mam pojęcia. Mówią też, że ściemnia, jeśli chodzi o biologię wilków, podobno nie ma czegoś takiego jak wilk skandynawski i wszystkie wilki w Norwegii są hybrydami, a on kłamie, żeby dostać więcej pieniędzy na badania, które właściwie wcale nie są potrzebne. I tak dalej, i tak dalej.

— Czyli główne pytanie sprowadza się do tego, czy norweskie plemię wilków jest sztuczne, czy naturalne?

— Zgadza się, to jest zasadnicza kwestia. Czy wilki same przywędrowały tu z Finlandii, czy to są „oswojone osobniki", wyhodowane przez fanatyków tych zwierząt. — Znowu cudzysłów.

Zamilkli. Z recepcji dobiegały gwar i śmiech. Leo mieszał rurką w swoim drinku. W sali rozbrzmiało *Telegraph Road* Dire Straits. Leo zawsze robił się trochę niespokojny, kiedy słyszał Marka Knopflera grającego na gitarze, bo przypominało mu się wówczas coś, o czym najchętniej by zapomniał.

Dziennikarz wyjął komórkę, sprawdził Facebooka, esemesy i pocztę, a następnie położył aparat na stole. Spojrzał na Leo i zwrócił się do niego z poważną miną:

— Spór o wilki w istocie dotyczy wielu rzeczy: bezsilności, konfliktu miasta ze wsią, wyludnienia, dominacji wiedzy akademickiej nad ludową, ale najważniejsze ze wszystkiego jest polowanie.

— Myślałem, że głównym problemem jest to, że wilki atakują owce — powiedział Leo.

Dziennikarz pokręcił głową.

— Problem polega na tym, że wilki wchodzą w paradę myśliwym i chrzanią im polowania. Panom myśliwym się nie podoba, że wilki zabierają im „ich" zwierzynę łowną. — Cudzysłów. — Uważają je za konkurencję przy żłobie.

— To jest t a k i e trywialne?

— Trywialne? — Młody mężczyzna się wyprostował i oparł dłonie na udach. — Faceci z Østerdalen żyją i oddychają polowaniem. Tylko dlatego tutaj mieszkają.

— Czyli cała ta afera jest nakręcana przez nich?

— I przez właścicieli lasów. Wielu potentatów w dolinie postawiło ostro na turystykę myśliwską. Akurat wtedy, kiedy ważną częścią swojej działalności uczynili wynajem lasów na wielkie polowania, przyszły wilki i wszystko rozwaliły. Myśliwi z klasy robotniczej i bogaci właściciele lasów zawarli nieprawdopodobny sojusz przeciwko wspólnemu wrogowi.

— Domyślam się, że wilki mogą być trochę „irytujące". — Leo zrobił znak cudzysłowu w powietrzu, aby zażartować sobie z faceta.

— Myśliwi i właściciele lasów wykorzystują do swoich celów hodowców owiec. Zdają sobie sprawę, że ludzie będą mieli więcej sympatii dla biednego chłopa, który stracił owce, niż dla myśliwego, który nie może ustrzelić tyle łosi, ile by chciał.

— Czyli owce w ogóle w tym wszystkim się nie liczą?

— Każdego roku w Norwegii wypuszcza się na pastwiska ponad dwa miliony owiec, końca sezonu nie doczeka sto trzydzieści tysięcy z nich, w tym blisko czterysta zagryzą wilki. I to właśnie o nich wszyscy mówią. Dlaczego utrata akurat tych czterystu sztuk przedstawiana jest jako tragedia, natomiast nikt nawet nie piśnie o pozostałych stu tysiącach, które zdychają i giną z powodu kleszczy, larw, drutów kolczastych, zderzeń z samochodami, psów, wypadków, zapalenia sutków i innych mało spektakularnych rzeczy?

— Myślałem, że pan pracuje w redakcji „Nationen" — wtrącił Leo. — Czy nie powinien pan popierać chłopów?

— Popieram chłopów. — Trzydziestolatek wyprostował plecy, opuścił ramiona i westchnął ciężko, wypuszczając powietrze przez nos. — Tylko mam dość rozdmuchiwania tej sprawy do nieprawdopodobnych rozmiarów. — Popił łyk piwa. — I tego, że ci twardziele z prowincji myślą, że mogą robić, co im się żywnie podoba.

Dire Straits grali dalej *Telegraph Road*, nie zamierzali się poddać.

— Czy niedostatek owiec nie przyczynia się do zubożenia środowiska? — zaryzykował Leo.

— Norwegia zarasta i brak owiec nie ma tu nic do rzeczy. — Dziennikarz wyglądał na zasmuconego. — Tylko zmiana klimatu i polityka rolna, łączenie wielu małych gospodarstw w kilka dużych, intensyfikacja i efektywizacja. Jeśli politycy oczekują, że krowa będzie dawała ponad siedem tysięcy litrów mleka rocznie, to nasze mućki nie mogą wychodzić latem na pastwisko. — Przeciągnął dłonią po czuprynie. — Czy wie pan, ile gospodarstw wiejskich przestało istnieć w Norwegii w ciągu ostatnich pięćdziesięciu lat?

Leo pokręcił głową przecząco.

— Każdego cholernego dnia znikało siedem. W sumie ponad sto tysięcy. I nie ma to nic wspólnego z wilkami. One po prostu stały się kozłem ofiarnym, pakistańczykami lasów.

— Pakistańczykami lasów?

— Wilki są winne wszystkiemu. — Sięgnął po kufel, stwierdził jednak z rozczarowaniem, że jest już pusty. — Można by, kurde, pomyśleć, że ludzie żyją tu w Mogadiszu, a nie w najbogatszym kraju świata. Tak potwornie narzekają.

Z głośników pod sufitem popłynęły dźwięki piosenki *Cry Wolf* w wykonaniu A-ha. Leo miał ochotę wskazać na pewną koincydencję, ale spojrzenie faceta z naprzeciwka było mroczne, zwrócone do wewnątrz, nie sprawiał w tym momencie wrażenia osoby wrażliwej na zabawne aluzje.

Leo popił drinka i wsłuchał się w głos kastrata, w syntetyzatory i dzwonki pasterskie z lat osiemdziesiątych. Pomyślał o profesorze Gilbercie. Przecież on musi znać każdy centymetr kwadratowy lasów wokół Elverum. Czyli może wie, gdzie podziewa się Rino Gulliksen?

— Jakiego rodzaju to człowiek? — spytał. — Chodzi mi o profesora.

— Arogancki dupek, ale odważny i dobry w swoim fachu.

— Typ akademika?

— Stary hippis, legendarny babiarz. Plotka głosi, że jego tytuł profesorski to blef, podobno nie zrobił nawet magistra.

Od czterdziestu lat ma monopol na prawdę o norweskim plemieniu wilków. — Raptem zerwał się z miejsca. — Muszę iść. O dziesiątej jest konferencja prasowa u burmistrza.

— Dziękuję za „wykład" — powiedział Leo, robiąc cudzysłów palcami.

— Gdyby tylko mogli, tutejsi utopiliby Gilberta w łyżce wody — rzucił dziennikarz na odchodne, uderzył się pięścią w pierś, beknął i ruszył do kolegów w stronę recepcji.

8

— PRZEJEŻDŻAŁEM przez miasto. Widziałem potwornie dużo samochodów przed hotelem. — Kłusownik i hodowca świń Erik Svendsbråten siedział na kanapie w piwnicy domu Vigga Hennuma, zastępcy burmistrza, na wschodnim brzegu Glommy, dwa kilometry na północ od centrum Elverum. Był po czterdziestce, średniego wzrostu, cały ubrany na czarno. Jego żuchwę okalał pasek brody, szeroki na cztery centymetry, reszta twarzy była gładko ogolona. Oczy miał wodnistoniebieskie i przenikliwe. Na nosie tkwiły duże, prostokątne okulary w cienkich metalowych oprawkach. *Going back to Harlan* rozbrzmiewało z brązowych głośników marki Tandberg rodem z lat siedemdziesiątych.

— Kojedal spotyka się dzisiaj z prasą — wyjaśnił Hennum, który rzucał lotkami w tablicę do darta, wiszącą na ścianie obok jedynego małego okienka w pokoju. Tarcza była pokryta laminowanym wizerunkiem pyska warczącego wilka, usianym tysiącem drobnych dziurek. — Za parę minut cała Norwegia się dowie.

— To jak wbicie fiuta w mokry śnieg — powiedział Svendsbråten i popił łyk rosołu ze szklanki, którą postawił na oparciu kanapy.

— Próbowałeś kiedyś?

— Czego?

— Wbić wacka w mokry śnieg?

— Nigdy.

— Nie polecam — rzekł Hennum i trafił lotką w lewą stronę wilczego pyska.

Svendsbråten pokiwał wolno głową ze wzrokiem utkwionym w sęku deski za Hennumem, jakby przetrawiał jakąś ważną informację. Obok niego leżał na kanapie pies, potężny i atletyczny mieszaniec o pokojowym wyglądzie, rudawej sierści z czarnymi cętkami na grzbiecie i białej klatce piersiowej. Mężczyzna pogłaskał go po głowie, poklepał serdecznie po brzuchu i podrapał za dużymi, zwisającymi uszami.

— Co to za sentymenatalna tandeta leci z głośnika? — zainteresował się.

— Emmylou — odpowiedział Hennum i spojrzał na wyblakły plakat młodej Emmylou Harris w kowbojskim kapeluszu, kurtce z frędzlami i spodniach dzwonach. Wisiał nad kanapą, przyklejony do paneli przezroczystą taśmą klejącą. — Śpiewa jak anioł.

— Muzyka tetryków — podsumował Svendsbråten. — Nic dziwnego, że jesteś takim ponurakiem. Nie masz czegoś Rogera Whittakera?

— Nie — skłamał Hennum, który niedawno zainstalował sobie Spotify na telefonie i nagrał własne playlisty.

— *New World in the Morning*. To jest muzyka — oznajmił Svendsbråten.

— Przykro mi — powiedział Hennum i pociągnął łyk aperitifu Koskenkorva Vargtass, sto czterdzieści dziewięć koron za litr w monopolowym w Hölje, jedna część wódki i trzy części soku żurawinowego.

Piosenka przycichła i po chwili pokój wypełniło intro *Gloomy Sunday* Billie Holiday.

— Roffe wrócił do Szwecji? — spytał Svendsbråten, głaszcząc psa po brzuchu.

— Wypożyczyłem mu domek teściów w Julussdalen.

Svendsbråten przeniósł spojrzenie ze ściany na Hennuma:

— Dlaczego on, kurde, już dawno stąd nie spieprzył?

— Domek leży na uboczu. Uznałem, że bardziej by ryzykował, gdyby ktoś go zobaczył albo sfotografował na granicy.

Svendsbråten wstał i podwinął rękawy czarnej koszuli. Prawe przedramię zdobił wytatuowany rekin, lewe — krokodyl. Podszedł do zastępcy burmistrza i stanął naprzeciw niego. Jego długi, haczykowaty nos, niczym dziób, niemal dotykał czerwonego nosa Hennuma. Świdrujące spojrzenie wbiło się w przekrwione oczy wiceburmistrza. Skóra na twarzy kłusownika miała świeży złotobrązowy odcień i była jędrna, jakby jej właściciel dopiero co wrócił z dwumiesięcznych wakacji na Zanzibarze. Svendsbråten zdjął z głowy skórzany kaszkiet — półdługie, przerzedzone na czubku włosy w kolorze ciemnego blondu przykleiły się do czaszki. Pod wpływem jego oddechu Hennum zrobił krok do tyłu — od hodowcy świń zalatywało starym cygarem i czymś zepsutym, słodkawym, jakby mięsem łosia leżącym za długo w lodówce.

— Następnym razem najpierw mnie spytaj, jasne?

Hennum pokiwał głową.

— Myślałem, że to sensowne miejsce na przeczekanie.

— Masz nie myśleć, tylko robić to, co ci mówię — odpowiedział Svendsbråten.

— Oczywiście — potaknął Hennum. — Ale ludzie na razie i tak nie odważą się pójść do lasu.

— To prawda, przebywanie poza domem jest teraz śmiertelnie niebezpieczne. — Svendsbråten wbił palec wskazujący w tors Hennuma i uśmiechnął się tak szeroko, że aż odsłonił zepsute zęby w dolnej szczęce. — Nie chcemy przecież, żeby ginęli ludzie.

Zastępca burmistrza też próbował się uśmiechnąć, słysząc ten pojednawczy ton. Po chwili się cofnął, podszedł do tarczy i wyjął z niej lotki tkwiące w wilczym pysku.

Svendsbråten z powrotem opadł na kanapę, oparł nogi na stole, zapalił cygaro, poklepał psa, a potem długo i z zaangażowaniem łaskotał go po genitaliach.

— A to co znowu? Jakiś murzyński kawałek?

— To Billie Holiday — odpowiedział Hennum. — Najlepsza wokalistka wszech czasów.

— Lepsza od Shanii Twain?

Wiceburmistrz wywrócił oczami.

Svendsbråten wypuścił z ust obłok białego dymu.

— Trochę szkoda, że padło na żółtka.

— Co masz na myśli? — spytał Hennum.

— Emma Vase, ta od badania wilków, byłaby idealna.

Hennum pokiwał głową, jakby chciał powiedzieć, że jest tego samego zdania.

— Byłoby idealnie, gdyby padło na jakiegoś stuprocentowego Norwega.

— Tomteberget mówi, że ona była stuprocentową Norweżką — wtrącił Hennum. — Podobno urodziła się i wychowała w Drammen.

— Nie pochodziła z Filipin?

— Najwyraźniej nie.

— Tak czy inaczej, nie miała tu czego szukać. — Svendsbråten strącił popiół z cygara na brązową wykładzinę i wtarł go w sztuczną tkaninę zelówką swoich czarnych wojskowych butów. — Nie była naturalną częścią norweskiej fauny.

Hennum oblizał górną wargę.

— Jej rodzice pochodzili z Wietnamu.

— Norweskie prawo zakazuje sprowadzania organizmów niebędących naturalną częścią rodzimej fauny — powiedział Svendsbråten. — Stają się zwierzyną łowną.

Teraz słuchali *Strange Fruit* w wykonaniu Niny Simone. Hennum usiadł w brązowym fotelu z pełną szklanką w ręce i się uśmiechnął, ale bez przekonania.

— Jak myślisz, co powiedziałyby chłopaki, gdyby o tym wiedziały?

— Przypuszczam, że połowa zanosiłaby się ze śmiechu, a druga zadzwoniłaby do Tomtebergeta.

— Ciekawe, co powie Kojedal — bąknął Hennum.

— Masz trzymać gębę na kłódkę. — Svendsbråten pochylił się do przodu i zgasił cygaro w popielniczce stojącej na stole. — Kojedal jest inny niż my. Należy do klasy panującej.

— Myślisz, że jestem głupi? — spytał Hennum.

— Nie. — Svendsbråten wyciągnął palec wskazujący w stronę wiceburmistrza. — Ja w i e m, że jesteś głupi.

Hennum zachichotał, jakby jego gość wcale tak o nim nie myślał.

— Jutro wieczorem jest zebranie mieszkańców w Terningen.

— Lepiej, żeby mnie tam nie było. — Ubrany na czarno mężczyzna na kanapie upił nabożnie trochę bulionu z kubka, przecedził brązowawy płyn kilka razy między zębami i dopiero go połknął, a potem spojrzał na psa u swego boku. — Loke nie lubi dużych zgromadzeń.

— Gilbert na pewno się stawi — rzucił Hennum.

— Wiele bym dał, żeby być teraz muchą na ścianie w domu profesora — wtrącił Svendsbråten.

— A ja bym chciał go zobaczyć, jak umiera powoli i w męczarniach.

— Ile byłbyś gotów za to dać?

— Za co?

— No za to, żeby patrzeć, jak Gilbert umiera powoli i w męczarniach.

Hennum odchrząknął.

— Sto koron!

Svendsbråten parsknął serdecznym śmiechem, nie poruszając ani jednym mięśniem twarzy; następnie sięgnął po metalowy termos stojący na stole i napełnił szklankę letnim rosołem aż po brzegi.

— Co myślisz o lensmanie?

— To znaczy?

— Moim zdaniem nie możemy być go pewni.

— Tomteberget nigdy nie będzie się wtrącał do polowań.

— Niechby spróbował. — Svendsbråten opróżnił duszkiem pół szklanki. — Dobrze wie, co by się stało, gdyby próbował się wpieprzyć między wódkę a zakąskę.

Hennum kiwnął głową.

— Szkoda tego dzieciaka.

— Na szczęście nic mu się nie stało — powiedział zastępca burmistrza.

— Na szczęście? — Svendsbråten odchylił głowę do tyłu i rozdął nozdrza. — Ludzie uwielbiają dzieci. Gdyby chłopak został rozszarpany, norweskie społeczeństwo od razu by się domagało głów wszystkich wilków nadzianych na kije.

Hennum wpatrywał się w swoją szklankę. Drżała mu dolna warga. Po chwili przesunął spojrzenie na plakat Emmylou Harris, po czym podszedł do biurka. Odstawił szklankę, wyłączył muzykę, podniósł puzon stojący w kącie i usiadł ciężko na krześle.

— Co teraz?

— Czekamy, aż znikną dziennikarze, i ruszamy do akcji. Jak finanse?

— Dostaniemy pięćdziesiąt tysięcy od sztuki, tak jak było ustalone.

Hennum zagrał na puzonie kilka taktów *Summertime* — jego policzki wydęły się jak balony — zabrzmiało to czysto, ładnie i profesjonalnie.

— Przestań! — wybuchnął Svendsbråten. — Loke nie cierpi wysokich dźwięków.

Hennum zerknął na psa, który leżał spokojnie na kanapie i spał. Położył instrument na biurku i powiedział:

— Kojedal zapłacił dwieście pięćdziesiąt tysięcy zaliczki, za pięć zwierzaków, gotówką.

— Lubię takie premie. — Svendsbråten podrapał się po swojej bródce kaznodziei. — Ile z tego ma być dla Szweda?

— Dziewięćdziesiąt tysięcy.

— Musimy mu zapłacić?

— Tak, ale będziemy mieli za to carte blanche — odpowiedział Hennum.

— Carte blanche? — Svendsbråten zmarszczył czoło. — Co to znaczy?

— Nie wiesz? — Hennum gwałtownie zamachał rękami, przewracając puzon. — To znaczy, że będziemy mogli odstrzelić tyle wilków, ile tylko będziemy chcieli.

Kiedy Erik Svendsbråten i jego pies już sobie poszli, Hennum opróżnił szklankę i powlókł się na górę. Na ostatnim stopniu schodów musiał oprzeć się o ścianę, żeby nie upaść.

— Viggo! — zawołała Linda z sypialni.

— Już idę — wymamrotał zastępca burmistrza. Zataczając się, ruszył korytarzem i po chwili zatrzymał się w drzwiach sypialni. Oparł się o framugę.

— Masz zatkany nos? — spytała żona z małżeńskiego łóżka. Na głowie miała turban zawiązany z żółtego ręcznika, a między palcem wskazującym i środkowym prawej dłoni trzymała perfekcyjnie skręcony papieros.

— Co mówiłaś? — Hennum położył sobie rękę na karku.

— Pytałam, czy masz zatkany nos.

— Zawsze mam zatkany nos — wymamrotał.

— To prześpij się w gabinecie. Mam dość twojego chrapania. — Włożyła papierosa do ust i zaciągnęła się głęboko; dopiero po kilku sekundach wydmuchała małe kółka, które najpierw unosiły się w powietrzu, a potem się rozpłynęły.

— Czyli mam znowu iść na dół?

— Zgadza się, kochanie.

Odwrócił się, aby ruszyć z powrotem po schodach.

— Nie lubię go — powiedziała Linda. — Dostaję gęsiej skórki na jego widok.

— Kogo? — Hennum przystanął; czuł, że powinien pójść do łazienki.

— Svendsbråtena. On ma coś dziwnego z uszami. I w ogóle jest z nim coś nie tak.

— Nie zauważyłem.

— I ta jego bródka. Przypomina Børrego Knudsena.

— Børrego Knudsena?

— Tego pastora od aborcji. Tego, co wysmarował keczupem lalki udające płody i wylał sobie na głowę wiadro krwi przed parlamentem.

— Jest abstynentem — powiedział Hennum.

— Typowe — stwierdziła Linda. — Nigdy nie ufaj abstynentom.

Hennum zaczął iść w kierunku łazienki.

— Ta historia z wilkami to potworność — rzuciła Linda. — Przypomniało mi się to, co wydarzyło się w sądzie rejonowym.

— Już o tym mówiliśmy.

— Mogłbyś być bohaterem, Viggo. Ludzie układaliby pieśni o tobie.

— Przecież nawet nie postawiono mi zarzutów. — Zniknął w łazience i zamknął za sobą drzwi.

— To była idealna okazja! — zawołała Linda. — Że też jej nie wykorzystałeś!

— Gdybyś tylko wiedziała... — szepnął Viggo do własnego odbicia w lustrze, zanim opuścił spodnie do kolan, usiadł na sedesie i przestał się hamować.

Leżąc w łóżku, Linda słyszała odgłosy, do których nigdy nie zdołała się przyzwyczaić, nawet po trzydziestu latach małżeństwa, i z którymi chyba nigdy się nie oswoi. Kilka razy mocno zaciągnęła się papierosem, aż w końcu zgasiła go w popielniczce na nocnej szafce. Wówczas jej mąż znowu stanął w drzwiach, ubrany w piżamę Liverpool i granatową szlafmycę.

— Zamknij drzwi — poleciła Linda.

Hennum wykonał polecenie.

— Viggo — zwróciła się do niego. To nie był bynajmniej koniec. Miała mu jeszcze dużo do powiedzenia. — Pamiętasz tamten wieczór, kiedy się poznaliśmy?

Spojrzał na nią i się uśmiechnął. Oczywiście, że pamiętał.

— Nigdy tego nie zapomnę. To było na krajowym zjeździe dzieci członków NS* w Elgstua w siedemdziesiątym szóstym.

— Siedziałeś w barze razem z Kojedalem, on był wtedy na zjeździe Høyre.

— Zgadza się.

— Ujrzałam przystojnego, wysportowanego mężczyznę, bardzo pewnego siebie. Muszę go mieć, pomyślałam.

Hennum skinął głową.

— Zgadza się, tak było.

— Ale Trym był zajęty, więc musiałam zadowolić się tobą.

---

* Nasjonal Samling (NS) — Zjednoczenie Narodowe, założona w 1933 r. faszystowska i nacjonalistyczna partia polityczna.

9

KIEDY LEO obudził się o szóstej, dopiero po kilku sekundach się zorientował, gdzie jest. Trochę bolała go głowa, w ogóle cały był obolały, więc został jeszcze chwilę w łóżku. Jak przez mgłę pamiętał, co mu się śniło: przebywał na wymianie szkolnej w Stanach Zjednoczonych i rodzina, u której mieszkał, czuła się zawiedziona, ponieważ okazał się stary; dalszy ciąg snu rozpłynął się w wielkiej nicości i już nigdy nie wróci. Leo się ubrał i zszedł do restauracji Na Łowy, która pękała w szwach, chociaż była dopiero siódma rano.

Niskie słońce zaglądało przez niezbyt czyste okna wypełniające całą ścianę od podłogi po sufit; jego światło było jeszcze zbyt słabe, by grzać, ale wystarczająco jasne, by oślepiać i demaskować na sali to, co powinno pozostać w ukryciu: kurz na listwach przypodłogowych, plamy na kamiennej posadzce, okruchy na stołach i pod nimi, łupież na ramionach i worki pod oczami. W powietrzu czuć było wyczekiwanie. Młodzi ludzie rozmawiali ze sobą z ożywieniem, dyskutowali, śmiali się i gestykulowali, czytali artykuły, wysyłali esemsy i gadali przez komórki. Leo poczuł się stary i samotny.

Idąc po kawę, rzucił okiem na stolik z gazetami. W papierowych wydaniach „Hamar Arbeiderblad", „Dagbladet", „VG" ani „Aftenposten" nie było żadnej wzmianki o ataku wilków.

Szybko się zorientował, że jajka i bekon się skończyły, brakowało też owoców, soku pomarańczowego i w ogóle wszystkich dobrych rzeczy, zostały tylko śledź w pomidorach, śledź w occie, makrela w pomidorach, brązowy ser i mleko, czyli to, czego nikt nie tykał.

Kiedy już się obsłużył i znalazł wolne miejsce przy dwuosobowym stoliku pod ścianą, wyjął telefon i wybrał numer Siri, chociaż wiedział, że nie odbierze. Robił to głównie po to, aby mieć poczucie, że wykonuje jakieś gesty w jej stronę. Zostawiwszy jej kolejną krótką wiadomość na poczcie, wszedł na stronę vg.no. I tam, na samej górze, nad zdjęciem przedstawiającym jakby rozczochranego psa, widniał tytuł: *Kobieta (l. 28) zamordowana przez wilki*. I nieco niżej: *Syn (l. 5) znaleziony na drzewie przez przypadkowego biwakowicza*.

Leo uśmiechnął się do siebie. Rino Gulliksen to niewątpliwie spory dziwak, ale w żadnym razie nie jest „przypadkowym biwakowiczem".

Po śniadaniu wrócił do pokoju, usiadł na macie i znalazł na YouTubie nagranie — niestety w języku duńskim — seansu skanowania ciała. Miał problem ze zrozumieniem tego, co mówił uduchowiony Duńczyk. Po dziesięciu minutach ściągnął słuchawki, poszedł do łazienki i łyknął rivotril, a potem zapakował do małego plecaka prowiant, który wziął z bufetu śniadaniowego, kurtkę z goreteksu, sweter z wielbłądziej wełny i *Sprzysiężenie osłów* w wydaniu kieszonkowym.

W drodze do wyjścia ze stojaka z gazetami w holu zgarnął egzemplarz „Østlendingen" i poprosił rudą dziewczynę z recepcji, aby zaniosła mu go do pokoju. Przedtem jednak przebiegł wzrokiem po pierwszej stronie i zatrzymał spojrzenie na napisie ponad zdjęciem stada wilków na tle zimowego krajobrazu: *Mieszkanka Åsty zamordowana przez wilki*. Pod fotografią przeczytał: „Pierwszy raz od 1800 roku w Norwegii człowiek został śmiertelnie zaatakowany przez wilki". Na dole strony widniała fotografia szczerzącego się w uśmiechu chłopca z kciukami w górze i martwego czarnego niedźwiedzia, z informacją: „W Kanadzie Amund (l. 13) zastrzelił niedźwiedzia”.

Leo poszedł na parking i wsiadł do wypożyczonego samochodu, żółtego fiata pięćset z szerokim czarnym pasem biegnącym przez środek karoserii. Plecak położył na tylnym siedzeniu, w wyszukiwarkę GPS w telefonie wklepał adres badacza wilków Bjarnego Gilberta, włączył słabowity silnik i ruszył na północ w kierunku Reny.

Leo setki razy jeździł drogą krajową numer trzy, kiedy dzieci były małe, a jego małżeństwo wisiało na włosku. Jego odskocznią od kłopotów było wędkowanie, lwią część letnich miesięcy spędzał nad brzegiem Glommy w poszukiwaniu pstrągów, które łowił na suchą muchę. To było dawno, kiedy jednak przymknął oczy, bez trudu przywołał wspomnienie trzykilogramowej ryby podpływającej do przynęty i chwytającej oliwkową muchę. Działo się to między Koppang i Atną w pewien deszczowy sierpniowy dzień piętnaście lat temu. Siri, wtedy pięciolatka, z zapartym tchem przyglądała się epickiej walce między rybą a człowiekiem. Płakała, kiedy ojciec wpuścił pstrąga z powrotem do wody.

Siri.

Jego córka się rozsypała. Uparta, słodka mała Siri nie miała ochoty dłużej żyć. Kompletna, cholerna ciemność. Jak mogło do tego dojść? Czyja to wina?

Nigdy nie obwiniała go o to, że ich rodzina się rozpadła, ale to zawsze w niej siedziało, taka już była. Minęły dwa lata od tamtej potwornej tyrady, jaką wygłosił na Gåsøyi. Wtedy nie wydała mu się niczym nadzwyczajnym, po prostu poprosił Siri, żeby wzięła się w garść, znalazła sobie pracę, zaczęła coś studiować, poszukała nowych przyjaciół — mówił takie rzeczy, jakie ojciec powinien mówić córce. Rozpętała się piekielna awantura. Od tamtej pory przestała dzwonić. Nie stawał na głowie, żeby wszystko wyprostować i się dogadać, bo myślał, że to przejściowa sytuacja i ich relacje stopniowo wrócą do normy. A teraz Siri jest w szpitalu i odmawia jedzenia.

Leo zerknął na komórkę leżącą na siedzeniu pasażera — samochód był niebieską kropką przesuwającą się powoli na północ, ku celowi.

Dla Rina Gulliksena było jasne jak słońce, że wojna toczy się między Bjarnem Gilbertem a wrogami wilków. Może profesor będzie mógł powiedzieć coś sensownego o tym, gdzie Rino się podziewa, a także o ludziach polujących na wilki, o ostatnim ataku i o tym, co się teraz wydarzy.

To był strzał w ciemno, co do tego nie miał wątpliwości, ale przecież nie pierwszy raz strzela na ślepo.

Leo jechał główną drogą po zachodniej stronie Glommy, kierując się na północ. Posuwał się powoli, ponieważ utknął za długim sznurem ciężarówek z całej Europy; nie było sensu wyprzedzać tych gigantycznych bestii, które wypluwały spaliny i rozsiewały szkodliwy pył nad florą i fauną szerokiej doliny. Østerdalen miała w sobie coś pierwotnie surowego i brutalnego oraz wyzwalająco naturalnego w tej swojej nienaruszalności; nie był to teren dla pięknoduchów i ludzi z Oslo w narodowych strojach, to coś zupełnie innego niż widokówkowe patriotyczno-romantyczne doliny Gudbrandsdalen, Hallingdal i Hemsedal. Tu nie ma żadnych spektakularnych górskich szczytów ani wodospadów, żadnych paralotni ani tratew w pastelowych kolorach, tak jak w Szwajcarii czy we Włoszech. Porzucone, nieduże wiejskie zagrody, bliskie zawalenia się — nikt nie zaprzątał sobie tym głowy, żeby je usunąć — pola z białymi balotami i lasy jak okiem sięgnąć. Niekończące się rzędy sosen, wysokich niczym palmy, ciemnych u dołu, jasnych u góry — surowca, który w ciągu stuleci nielicznych szczęśliwych właścicieli lasów w Østerdalen uczynił bogaczami. Drzewa ścinano, a drewno spławiano Glommą do tartaków u jej ujścia w Fredrikstad, gdzie cięto je na deski, które transportowano dalej do Europy.

Dziwnie się poczuł, gdy pomyślał, że przecież wszystkie naturalne lasy zostały wycięte, że to, co na pozór wygląda na dzikie, nienaruszone i stworzone przez naturę, przez wiele wieków było poddawane systematycznej ingerencji.

Wszystko jest sztuczne, stworzone przez człowieka.

Leo skręcił z głównej trasy w szutrową drogę przez las, która po paru kilometrach się skończyła. Wyobrażał sobie, że ujrzy przed sobą chatę z bali z drewnianym płotem dookoła, pożółkły mech na dachu, może smugę dymu unoszącą się z kamiennego komina i kury na podwórzu. Tymczasem na miejscu zastał nowoczesny, funkcjonalny, murowany klocek z tarasem na dachu, podobny do tych, którymi inwestorzy zapełnili wszystkie dawne sady owocowe w zachodniej części Oslo.

Gilbert otworzył czerwone drzwi wejściowe zaopatrzone w małe okienko. Był ubrany jedynie w połyskujące granatowe szorty marki Brynje i w cętkowany biały podkoszulek. Leo rozpoznał go od razu — widział go w telewizji i w gazetach, upływ czasu jednak wyraźnie odcisnął piętno na profesorze. Ramiona miał chude jak podstarzali brytyjscy muzycy rockowi, nogi długie, nieowłosione i białe jak kreda. Twarz wydawała się pozbawiona jakiejkolwiek tkanki, jakby składała się jedynie z kości i obwisłej, grubej, szarej skóry; oczy spoczywały na dnie głębokich oczodołów pod bujną siwą grzywą i czołem pooranym zmarszczkami. Czuć było od niego przetrawionym winem.

Zaprosił Leo do środka, nie pytając nawet, kim jest, jakby na niego czekał, po czym poprowadził go przez sterylny korytarz do minimalistycznie urządzonego salonu z prostymi meblami i abstrakcyjnymi malowidłami na ścianach. Szedł jak staruszek, przygarbiony, kulejąc na jedną nogę. Wyglądało na to, że utykanie bardzo mu przeszkadza, dlatego Leo odważył się spytać, czy zrobił sobie coś w nogę.

— To stary uraz, jeszcze z wojny — odpowiedział Gilbert.

— Był pan na froncie?

Profesor prychnął.

— Wyglądam aż tak staro?

— Wobec tego co to za wojna? — dopytał Leo z uśmiechem.

— Ta, która właśnie trwa.

Gestem ręki zaprosił Leo, aby usiadł na designerskim białym skórzanym fotelu, a sam pokuśtykał do kuchni. Po chwili wrócił z dwoma kubkami kawy i jeden z nich postawił przed gościem, nie pytając nawet, czy ma ochotę się napić. Potem podszedł do stołu, na którym stał laptop, i długim palcem wskazującym nacisnął klawisz; pokój wypełniły znajome tony.

— Willie Nelson? — rzucił Leo.

— Lord Nelson. — Profesor przymknął powieki, jakby się nad czymś zastanawiał, ale zaraz otworzył je znowu. — Skąd pan się dowiedział, gdzie mieszkam?

— Z książki telefonicznej.

— Oczywiście. — Gilbert usiadł na prostej, turkusowej dwuosobowej kanapie.

— Jak było wczoraj na konferencji prasowej?

— Darowałem ją sobie, już nie mam siły, wyłączyłem telefon. — Uniósł gorący kubek do ust, żeby się napić, ale nagle odstawił go z powrotem, a jego twarz wykrzywił grymas. — No, niech pan zaczyna, postaram się odpowiedzieć w miarę możliwości. Z jakiej jest pan gazety, z „VG"?

— Nie jestem dziennikarzem — odparł Leo, wodząc spojrzeniem po pokoju, który ani trochę nie wyglądał na salon ekscentrycznego badacza wilków, przypominał raczej apartament samotnego grafika projektowego w stołecznej dzielnicy Tjuvholmen.

Gilbert po zamieszaniu kawy, oparł się wygodnie na kanapie ze srebrną łyżeczką w ręce i utkwił wzrok w Leo, jakby jego gość był czymś, co przylepiło mu się do zelówki.

— To kim pan jest?

— Jestem adwokatem. Szukam swojego przyjaciela. Tego, który znalazł chłopca na sośnie.

Gilbert podrapał się po prawej nodze, po czym zaczął stukać łyżeczką w kolano.

— Babcia na sośnie.

— Słucham?

— Pewnego ranka babcia Farao wdrapała się na sosnę i tak zaczęła się zabawa!* André Bjerke. Zapił się na śmierć.

Leo ujął kubek w dłonie, upił łyk kawy i czekał na dalszy ciąg. Ponieważ ów nie nastąpił, odchrząknął i powiedział:

— To ogromny facet, na szyi ma wytatuowanego węża, a na policzku emblemat Norweskiej Partii Centrum. Siwa broda, żółta zydwestka. Mieszka w namiocie w lesie gdzieś pod Elverum.

— Emblemat partii Centrum?

Leo wzniósł oczy ku niebu.

— Tak wyszło.

— Poszło o zakład?

— Był pijany.

— Wyspy Kanaryjskie?

---

* Nawiązanie do wiersza *Farao på ferie* (Farao na wakacjach) norweskiego pisarza i poety André Bjerkego (1918–1985).

— Skedsmokorset.

Profesor pokiwał głową, pogrążony w myślach. Pierwsza piosenka dobiegła końca, rozległy się dźwięki następnej.

— Dlaczego pan go szuka?

— Chcę mu przeszkodzić, żeby nie zrobił czegoś, czego by potem żałował.

— To znaczy?

— On uważa, że potrzebuje pan pomocy w wojnie z wrogami wilków.

Gilbert zaczął postukiwać łyżeczką w drugie kolano, zachowując rytm, jakby grał na dzwonku pasterskim, który Leo słyszał wcześniej — klank, klank, klank — muzyka hippisów.

— A określił jakoś bliżej, jakiego rodzaju pomoc mógłby mi zaoferować?

— Czego pan słucha?

— To jest Blue Öyster Cult. *Don't Fear the Reaper.*

Leo pokiwał głową w takt i przyjrzał się staremu mężczyźnie, który grał na swoich kolanach; przypominał mu Christophera Walkena.

— A pan? — Profesor pochylił się do przodu, odłożył łyżeczkę na stół. Z jego twarzy zniknęły ślady snu, skóra wydawała się bardziej sprężysta, bursztynowe oczy pod dziką czupryną były wyraziste, intensywne i skupione. — Pan też nie cierpi wilków?

Leo pokręcił głową.

— Moim zdaniem powinniśmy znaleźć dla nich miejsce w norweskiej przyrodzie.

— Alleluja! — wykrzyknął Gilbert. Znowu opadł na oparcie kanapy z kubkiem w dłoniach. — Czy pan wie, że w Toskanii żyje pięćset wilków? W Niemczech czterysta. Są też na terenach rolniczych w Hiszpanii, gdzie nie ma żadnych drzew. Mimo to ich wrogowie twierdzą, że u nas brakuje dla nich miejsca.

— To trochę dziwne — zauważył Leo.

— Mój stary był wariatem. — Gilbert podniósł wzrok na sufit. — Kompletnym pojebem.

Leo wpatrywał się w kredowobiałe, gładkie nogi badacza wilków; chyba jeszcze nigdy nie widział tak białej skóry.

— Całkowicie obojętnym na przyrodę i dzikie zwierzęta. Dorastałem w bloku w Baerum.

— Czym się wobec tego interesował?

— Ludźmi. — Profesor przeniósł spojrzenie na Lea. — Interesowali go wyłącznie ludzie.

— I?

— I wódka — dodał Gilbert. — Zapił się na śmierć.

— Ja też jestem z Baerum — wtrącił Leo.

— Wygląda pan na chłopaka z Baerum. — Gilbert przekrzywił głowę, podniósł łyżeczkę ze stołu i skierował ją w stronę gościa. — Urodził się pan z czymś takim w dziobie?

Leo zachichotał stosownie.

— Czy to prawda, że organizowane są nielegalne polowania na wilki? — Usiłował skierować rozmowę na właściwe tory.

Gilbert aż podskoczył.

— A ktoś w to wątpi?

— Nie mam pojęcia, tylko pytam.

— Tak się dzieje, odkąd wilki wróciły tutaj na początku lat osiemdziesiątych. Trwa ustawiczna walka. — Profesor podrapał się łyżeczką po tylnej stronie uda. — Ci cholerni przeciwnicy wilków nie dadzą za wygraną, dopóki nie usuną ich ze Skandynawii. Moje zadanie polega na tym, żeby do tego nie dopuścić.

— A skazanie tamtych facetów nie pomogło?

— W Østerdalen roi się od idiotów typu macho, którzy aż się palą, żeby strzelać do wilków. A potem się tym chełpią. Na Facebooku. — Gilbert pokuśtykał do okna i popatrzył na stojącą w ogrodzie trampolinę bez siatki zabezpieczającej, przerdzewiały rupieć z potężnymi rozdarciami w płótnie. — Najgorszym uszło na sucho. Zawsze tak jest.

— Dlaczego ci myśliwi po prostu nie trzymają języka za zębami? — wtrącił Leo. — Po co robią tyle szumu?

Gilbert podciągnął szorty nieco wyżej, przez co jego nogi wydały się jeszcze dłuższe, jeszcze chudsze i jeszcze bielsze.

— Oni nie potrafią zastrzelić, zakopać i milczeć, to nie w ich stylu.

— Czyli umieją wilka zastrzelić i zakopać go w ziemi, ale już trzymać gęby na kłódkę nie są w stanie?

— Chcą zbierać pełne podziwu spojrzenia podobnych do siebie typków pod centrum handlowym Elverum Amfi, czuć, że są częścią tajnego ruchu oporu, który uratuje prowincję przed intruzami.

— Ale olbrzyma w żółtej zydwestce z wężem wytatuowanym na szyi pan nie widział?

Gilbert zdecydowanie pokręcił głową i powlókł się z powrotem na kanapę.

— Skaczę na trampolinie — powiedział. — To utrzymuje mnie w formie.

Znowu rozbrzmiało stereo. Leo od razu rozpoznał *White Rabbit* grupy Jefferson Airplane.

— Wilki nigdy nie zostały wytrzebione — oznajmił profesor. — Wie pan o tym?

Leo zaprzeczył ruchem głowy.

— To jest niezniszczalny mit. Na krótki czas, między sześćdziesiątym piątym a osiemdziesiątym, p r a w i e zniknęły, ale nigdy całkowicie. Bo w siedemdziesiątym szóstym na własne oczy widziałem dwa w Trysil.

Leo splótł dłonie na podołku.

— A wcześniej, przez dziesięć tysięcy lat, było ich mnóstwo. — Gilbert wypił łyk kawy. — Za granicą powinni się z nas śmiać. Licencjonowane polowania przy pogłowiu sześćdziesięciu siedmiu wilków? Po prostu włos się jeży. Mimo to przeciwnicy wilków płaczą, że władze są zbyt pobłażliwe i przyjazne wilkom.

— Nie wiem, czy to...

— W legendzie o powstaniu świata Indian Nez Percé z Alaski wilki odgrywają centralną rolę. — Gilbert pokuśtykał do kuchni, aby po trzydziestu sekundach wrócić z niej z marchewką w dłoni. — Na czym skończyłem? — spytał, siadając ponownie na kanapie.

— Na Indianach z Alaski.

— No właśnie. — Odgryzł kawałek warzywa i kontynuował z pełnymi ustami: — Księżyc wysyła syna, aby zdobył coś do jedzenia. Wilk chce położyć kres barbarzyństwu, uśmierca księżycowego syna, kradnie jego ubranie i rusza, aby odbyć poważną rozmowę z księżycem.

— O czym pan mówi? — zdziwił się Leo.

— O stosunku ludności pierwotnej do wilków.

— Myślałem, że Indianie zabijali dzikie zwierzęta, kiedy tylko nadarzyła się okazja.

— Owszem, ale zawsze z szacunkiem i z łezką w oku.

Leo podniósł się z krzesła, czuł, że musi się ruszyć. Ten stary profesor jest więcej niż ekscentryczny, to kompletny świr, pomyślał. Podszedłszy do kominka, wskazał na stojące na nim zdjęcie dwóch małych dziewczynek.

— To pańskie córki?

Gilbert kiwnął głową.

— Dzisiaj są już duże. Mieszkają w Oslo ze swoją matką.

— Znam to uczucie.

— Jakie?

— Tęsknotę za dziećmi, kiedy nie można widywać ich tak często, jakby się chciało.

Profesor popatrzył na niego jak na durnia.

Leo odchrząknął, żeby oczyścić gardło.

— Czy to wilki rozszarpały tamtą kobietę?

Coś na kształt uśmiechu przemknęło przez pomarszczoną twarz Gilberta.

— Dlaczego pan o to pyta?

— Mój przyjaciel sugerował, że być może wcale tak nie było.

— Interesujące. — Profesor odgryzł kolejny kęs marchewki i przeżuwał ją w skupieniu. — Jak nie wilki, to kto?

Leo wzruszył ramionami.

Przez chwilę siedzieli w milczeniu, słuchając następnego utworu Jefferson Airplane, *Somebody to Love*.

— Ci polujący na wilki — odezwał się w końcu Leo — co to za ludzie?

— Zwykli, porządni ludzie, mający rodziny, przynajmniej według naszego zastępcy burmistrza. — Gilbert postukał palcem w skroń. — Przeżyłem więcej prób zamachu niż sam Fidel Castro. Dziesięć razy włamali się do mojego domu, ukradli mi w sumie pięć pecetów. Zabili mi cztery psy, piętnaście razy przebili opony w land cruiserze. Moja żona wyniosła się stąd. Już nie mogła tego wytrzymać.

— Zastępca burmistrza w tym uczestniczy?

— Wszyscy maczają w tym palce.

— Burmistrz także?

— Jeśli chce pan przetrwać jako polityk w Elverum, musi się pan wykazać odpowiednią postawą i działaniami w kwestii wilków.

— A co na to wszystko policja?

— Tomteberget nienawidzi wilków. Przecież jest stąd.

— Odniosłem wrażenie, że to sympatyczny gość.

Gilbert poczłapał do kredensu przy kominku i zaczął grzebać w szufladach — wyraźnie czegoś szukał.

— A cała ta sprawa z psami myśliwskimi to już kompletna głupota.

— To znaczy?

— Myśliwi uważają, że człowiek ma prawo polować z psami, więc spuszczają je, jeśli wiedzą, że w okolicy są wilki. Rocznie wilki zagryzają średnio pięć psów. A pod kołami samochodów giną ich dziesiątki. Mimo to ludzie organizują marsze z pochodniami dla upamiętnienia psów, które padły ofiarą wilków.

— Chyba nic w tym dziwnego, że szkoda im swoich zwierząt?

— Uczą dzieci, że wszystkiemu winne są wilki. Ostatniej jesieni przez centrum Elverum przemaszerowały dwa tysiące ludzi. A dlaczego nie ma marszów dla upamiętnienia psów przejechanych przez samochody?

Gilbert po raz kolejny pokuśtykał do kuchni, skąd po chwili dobiegły odgłosy szperania w szufladzie albo w szafce. Po dwóch minutach wrócił z kiepsko zwiniętym papierosem, którego przypalił sobie zapalniczką. Zamknął powieki i oparł się o kominek, stając na jednej nodze z drugą stopą spoczywającą na udzie, jak flaming.

— To dzięki wilkom ludzie zrozumieli, że możliwe jest oswojenie dzikich zwierząt — powiedział Gilbert. — Wilki były pierwszymi udomowionymi zwierzętami. Skoro udało się z nimi, dlaczego miałoby się nie udać z innymi gatunkami, na przykład z owcami? — Włożył papierosa do ust, głęboko wciągnął dym w płuca, zatrzymał go na parę sekund, po czym wydmuchnął ciężko przez nos.

— I wtedy drapieżniki zaczęły się nimi żywić? — wtrącił Leo.

— Drapieżniki oczywiście nie rozróżniały, które owce są dzikie, a które udomowione. — Kulejąc, Gilbert wrócił na turkusową kanapę. — Dla ludzi udomowione zwierzęta stanowiły podstawę życia. A dla drapieżników były jedzeniem. Powstał zatem konflikt, zasadniczy konflikt między człowiekiem a drapieżnym zwierzęciem. — Gilbert zaciągnął się znowu i mówił dalej na wdechu: — Dawne religie, w których dzikie zwierzęta były stworzeniami świętymi, nie najlepiej się nadawały do chronienia nowych bogactw. Więc wymieniono bogów.

Dym dotarł do nozdrzy Leo, który dopiero teraz poczuł jego zapach — nie do pomylenia z żadnym innym. Podstarzały profesor siedział na kanapie i o godzinie wpół do dziewiątej rano palił marihuanę.

— Grecka bogini łowów Artemida musiała się przekwalifikować, aby zająć się uprawą roli. Demeter, bogini urodzaju, otrzymała w mitologii znacznie wybitniejsze miejsce. Podobnie jak nasza rodzima Freja. — Uniósł jointa do góry. — Ma pan ochotę?

— Tak, chętnie — odpowiedział Leo i chciwie sięgnął po skręta, po czym wciągnął dym głęboko do płuc i zatrzymał go najdłużej, jak to możliwe.

— Produkcja Lydera Johansena. Doskonały towar. — Profesor uśmiechnął się porozumiewawczo. — Na Bliskim Wschodzie ludzie mieli kontrolę nad zwierzętami przez wiele tysięcy lat. Potem zaczęła im być potrzebna nowa religia, która pasuje do nowego życia, bo stawia w centrum człowieka.

— Uczyńmy człowieka na nasze podobieństwo — wtrącił Leo i zakaszlał.

— Alleluja! — zawołał Gilbert. — Niech panuje nad rybami morskimi i ptactwem podniebnym, nad bydłem i całą ziemią i nad wszystkimi zwierzętami pełzającymi po ziemi!

— Amen — powiedział Leo i ponownie zaciągnął się skrętem.

Gilbert pokuśtykał do przesuwnych drzwi prowadzących na taras, wyszedł na zewnątrz i stanął z szeroko rozłożonymi ramionami, patrząc na las, który zaczynał się tuż za niedużym ogrodem. Stał tak kilka dobrych minut. Kiedy wrócił, miał pojednawczy wyraz twarzy.

— Najważniejsze pytanie brzmi: czy te wilki przywędrowały do nas z Finlandii i z Rosji, czy też mamy do czynienia z oswojonymi zwierzętami ze szwedzkich ogrodów zoologicznych, wypuszczonymi przez działających niezgodnie z prawem ekologów?

— Co pan chce przez to powiedzieć?

— Policja ekologiczna zajęła się tą sprawą na początku lat dziewięćdziesiątych, zbadała całą masę zarzutów o nielegalne wypuszczanie wilków. Niczego nie znaleziono, żadnych świadków, żadnych dowodów. Jesienią dziewięćdziesiątego drugiego roku stwierdzono, że zarzuty były bezpodstawne.

— Pan w to uwierzył?

— Oczywiście. — Profesor się uśmiechnął. — Jeżeli nie będziemy wierzyć policji ekologicznej, to komu?

Rozległ się dzwonek przy drzwiach wejściowych. Gilbert wyszedł z pokoju, nagle przestał utykać. Kilkanaście sekund później wrócił z pełną wdzięku, drobną młodą dziewczyną: długie, jasnobrązowe włosy zebrane w dwa mysie ogonki sterczące po obu stronach głowy, nos usiany piegami, duże zielone oczy, ciemnozielone spodnie moro, brązowe skórzane traperki.

— Słyszał pan o tym, że w siedemdziesiątym dziewiątym owca zamordowała jakąś Norweżkę? — spytał Gilbert.

Leo pokręcił głową, mierząc wzrokiem dziewczynę. Była wyjątkowo ładna i bardzo młoda, niewiele starsza od Siri.

— To moja asystentka, Emma Vase — profesor przedstawił młodą kobietę, kładąc dłoń na jej ramieniu. — A to jest... jak pan się, kurczę, nazywa?

Leo powoli wstał z krzesła, wyciągnął rękę do dziewczyny i się przedstawił.

Emma uśmiechnęła się uprzejmie, po czym zwróciła do Gilberta:

— Co się z panem dzieje? Z NRK* dzwonili do mnie setki razy.

Gilbert skrzyżował ręce na piersi; na jego długiej, cienkiej szyi pojawiły się nabrzmiałe żyły.

Emma zrobiła krok do przodu.

— Chcą przeprowadzić z panem wywiad. Znowu się pan ukrywa?

— Wyłączyłem telefon. — Gilbert poczłapał do kanapy i usiadł na niej, owijając się w szary polarowy koc.

Leo sądził, że za ekscentryczną fasadą profesora kryje się pewna nuta melancholii, która powinna zniknąć w obecności ładnej, młodej kobiety. Tak się jednak nie stało.

— No i co? — spytała dziewczyna.

— NRK chyba się nie odmawia, prawda? — odparł, puszczając do niej oko.

Gdy Leo zmierzał do drzwi, profesor zwrócił się do niego:

— Niech mi pan przyśle wywiad, żebym mógł sprawdzić cytaty.

— Nie jestem dziennikarzem — odpowiedział Leo. — I to nie był wywiad.

— Wobec tego co to było? — Gilbert znowu wyglądał na starego i zdezorientowanego, iskry w jego oczach zgasły, a skóra na twarzy sflaczała. — O co chodziło?

---

* Norsk Rikskringkasting (NRK) — norweski publiczny nadawca radiowo-telewizyjny.

Leo wzruszył ramionami.

— Gdyby chciał pan na jakiś czas zamieszkać w lesie gdzieś pod Elverum, tak żeby nikt pana nie znalazł, jaką okolicę by pan wybrał?

10

STADO OWIEC dreptało spokojnie po zarośniętym pastwisku, skubiąc trawę między szarymi głazami, pojedynczymi brzozami i brunatnoczarnymi zabudowaniami, bliskimi zawalenia. Było ich z piętnaście sztuk — pięć opasłych, mniej więcej osiemdziesięciokilogramowych maciorek z dwoma czy trzema jagniętami kręcącymi się w słońcu dookoła każdej z nich. Wełniste kulki raz po raz śmiało oddalały się na kilka metrów od matek, zwykle w towarzystwie sióstr lub braci, ciekawe świata i wścibskie — obwąchiwały kwiaty i inne rośliny, podjadały je na próbę, lecz gdy tylko zobaczyły albo usłyszały coś podejrzanego, natychmiast biegły z powrotem.

Wszystkie jagnięta w stadzie urodziły się w kwietniu. Miały zatem cztery miesiące, zaczynały przyzwyczajać się do roślinnego pożywienia i chociaż nie były już tak zależne od wymion matki, nie do końca jeszcze straciły apetyt na mleko i nadal od czasu do czasu przypinały się do nich.

Gdy Rino Gulliksen zauważył stado, znajdował się od niego w odległości około stu metrów. Pochyliwszy się, zaczął zygzakiem przemykać między pniami brzóz z łukiem w lewej ręce, starając się iść cały czas pod wiatr, aby jego zapach nie spłoszył zwierząt, zanim nie podejdzie wystarczająco blisko, by wypuścić strzałę. Z ludźmi zawsze postępował odwrotnie — usiłował odstraszyć ich swoim zapachem, aby nie trzeba było z nimi rozmawiać. Pilnie uważał, gdzie stawia stopy. Pękająca gałązka, najdrobniejszy odgłos mógł spowodować, że zwierzęta rozbiegną się po całym pastwisku.

Norweskie owce białe normalnie nie są lękliwe, ale o tej porze roku, kiedy wałęsają się same po lesie, bywają zadziwiająco płochliwe.

Rino wyciągnął strzałę z kołczanu na plecach, założył ją, napiął cięciwę i przyczaił się za pniem, do którego się podkradł.

Nie miał żadnej radości z zabijania małych owieczek, ale dorosła samica jest zbyt gruba i zbyt ciężka, aby sobie z nią poradził jeden człowiek. Nie polował na owce dla zabawy. W gruncie rzeczy w ogóle nie chciał zabijać zwierząt, potrzebował jednak mięsa i futra i za punkt honoru stawiał sobie wykorzystanie całego zwierzęcia. Nigdy nie strzelał do zwierząt w ruchu ani z większej odległości niż dwadzieścia metrów. A tym ograniczeniom idealnie odpowiadały wymogi związane z polowaniem za pomocą łuku i strzały: musiał zbliżyć się maksymalnie i nie zostać odkryty.

Dla Rina była to najczystsza forma polowania, pozostająca w zgodzie z naturą, niewymagająca ołowiu ani innych materiałów szkodliwych dla środowiska. Nie zakłócała spokoju w lesie i stanowiła najbardziej humanitarny i przyjazny środowisku sposób pozyskiwania zwierząt. Za każdym razem, gdy Rino przemykał po lesie z łukiem w ręce, czuł bezpośredni związek z przodkami.

Upatrzył sobie konkretne jagnię, niedużą kulkę z czarną plamką na głowie, wałęsającą się po pastwisku. Napiął cięciwę, odczekał, aż owieczka się zatrzyma, i wypuścił strzałę.

Trafiła dokładnie tam, gdzie zamierzał — w klatkę piersiową — rozerwała tętnicę i przebiła płuca. Zwierzę padło bezgłośnie na ziemię. Matka, trójka rodzeństwa i reszta stada jeszcze przez chwilę spokojnie skubały trawę dookoła biedaka, jakby nic się nie stało, w końcu jednak dotarło do nich, że coś jest nie tak, i natychmiast wszystkie uciekły. Rino podszedł powoli do swojej ofiary, zarzucił sobie martwe jagnię na plecy i ruszył do oddalonego o dwa kilometry obozowiska.

Rino Gulliksen widział w swoim życiu niemało rozmaitego gówna i uczestniczył w wielu kretynizmach, takich jak choćby wymuszanie haraczy w Oslo i Baerum. Sprawiał ludziom mnóstwo bólu, bo albo kazano mu to robić, albo ratował w ten sposób własną lub czyjąś skórę. Ale to, czego w ostatnich dniach był świadkiem w tutejszych lasach, spowodowało, że coś w nim pękło.

Skrajni przeciwnicy wilków nie mieli żadnych skrupułów. W ciągu minionych trzech lat jego poziom tolerancji dla ludzi niszczących i plądrujących naturę dla własnych korzyści, dla tych, którzy bez mrugnięcia okiem mordowali i tępili wszystko, co stało im na drodze, radykalnie się obniżył. Ktoś wreszcie musi stanąć w obronie przyrody i zwierząt, ochronić je przed człowiekiem.

Mieszkańcy Østerdalen pragnęli, aby lasy były pełne zwierząt roślinożernych i wolne od niewygodnych drapieżników. Nie zależało im na autentycznej norweskiej przyrodzie, chcieli jedynie, aby las, poddany ingerencji, zaspokajał ludzkie potrzeby, takie jak polowanie i zarabianie pieniędzy. Wilki nazywali mordercami, podczas gdy sami biegali po lasach i zabijali zwierzęta dla zabawy, twierdząc jednocześnie, że robią to „ze względu na ilościową regulację populacji".

Nie zamierzał wciągać w to Leonarda, nie miał jednak wyboru. No bo do kogo innego mógłby zadzwonić? Teraz to już tylko kwestia czasu, kiedy ci wielcy, biali myśliwi wyruszą na łowy. Najpierw pewnie odczekają, aż wszystko trochę się uspokoi, a potem zrobią rozeznanie i spróbują wybić tyle wilków, ile się da.

To było w barze hotelu Kviknes w Balestrand nad Sognefjorden. Spotkał tam zapalonego obrońcę wilków z organizacji Natura i Młodość i to on nakarmił go informacjami o filozofie zwierząt Peterze Singerze, o losie wilków w Norwegii, o profesorze Gilbercie i o konflikcie wokół wilków w Østerdalen. Potem za każdym razem, kiedy tylko ocierał się o cywilizację, pochłaniał na ten temat dosłownie wszystko, co tylko znalazł w internecie czy w książkach. Pod pseudonimem dołączył do grup zwolenników i przeciwników wilków na Facebooku; czuł, że ma wystarczające rozeznanie po obu stronach.

Gdy wrócił do swojego obozowiska, ostrożnie położył jagnię na trawie i nożem ostrym jak brzytwa przeciął tętnicę szyjną. Głowę umieścił niżej niż tułów, aby krew łatwiej odpłynęła. Gdy cała lepka ciecz już wyciekła, przyszła pora na usunięcie skóry. Przewrócił owcę na plecy, zrobił nacięcie na szyi i jednym ruchem poprowadził je przez całe podbrzusze aż do miejsca między tylnymi nogami, cały czas uważając, aby nie zanurzyć ostrza zbyt głęboko. Teraz zrobił nacięcia wokół stawów przednich i tylnych kończyn, po czym przeciągnął nożem po wewnętrznej stronie nóg do miejsca, gdzie kończyło się wcześniejsze nacięcie wzdłuż brzucha. Odłamał nogi w stawach.

Za pomocą noża oddzielił skórę na nogach, wcisnął pięść w główne rozcięcie, oderwał skórę wzdłuż żeber, oddzielił ją od brzucha, boków i grzbietu. Na koniec przeciął mostek ostrą piłką, a następnie, używając sznura, powiesił tuszę za tylne nogi na drzewie. Potem chwycił skórę i szarpnąwszy mocno, pociągnął ją w dół w kierunku karku, odciął z mięsem na wysokości kręgów szyjnych, po czym zdarł ją w całości przez głowę i cisnął do czerwonego plastikowego wiadra. Wsunął dwa palce tam, gdzie przepiłował mostek, i nożem rozpłatał tuszę od piersi aż po tylne kończyny, starając się nie naruszyć organów wewnętrznych i kiszek. Gdy odciął od zewnątrz odbytnicę, jelita same wypadły przez powstały otwór. Pozostałe wnętrzności oddzielił wraz z błoną i wyjął. Na koniec odciął tchawicę i przełyk, a następnie za pomocą noża lapońskiego pozbawił jagnię głowy.

Wszystkie odpady zostawił lisom, łasicom, wronom i insektom. One też musiały coś jeść. Potem poszedł do lodowato zimnego potoku, rozebrał się do naga i starannie wyszorował całe ciało mchem i środkiem antybakteryjnym Zalo.

Umywszy noże, deski i wiadra, zszedł do podziemnej spiżarni i powiesił tam jagnię za tylne nogi, aby mięso skruszało. Włożył miejski strój, którego używał, kiedy wracał do cywilizacji, aby coś kupić albo pójść do biblioteki, wsiadł na nieduży motocykl i z terkotem ruszył przez las w kierunku Elverum. Zaparkował maszynę na północnych przedmieściach, za starą stacją benzynową, i ostatni kilometr pokonał pieszo wzdłuż rzeki, idąc Strandbygdevegen i mijając po drodze szkołę wyższą, boisko piłkarskie, kryty basen i centrum handlowe Elverum Amfi.

Postanowił, że zanim uda się na spotkanie mieszkańców, zahaczy o Tiuren Kro, usiądzie przy porządnym stoliku, wypije ze dwa piwa, wypożyczy peceta, zje kulturalny posiłek i poczuje się jak normalny człowiek — chociaż przez chwilę.

11

POWIETRZE W DUŻEJ SALI Terningen Arena w Elverum wibrowało od niepewności i gniewu. Wcisnęły się do niej ponad trzy tysiące ludzi. Czwarta władza także stawiła się licznie — co najmniej setka dziennikarzy z bliska i z daleka, w tym także kilka ekip zagranicznych. Kamery i mikrofony stały w gotowości po obu stronach sceny i pod ścianami.

Leo zajął jedno z ostatnich wolnych plastikowych krzeseł w tylnej części sali, obok podekscytowanego dziennikarza gazety „Nationen". Zanim zdążył spytać go o zdrowie psychiczne Bjarnego Gilberta, przygasły lampy i na mównicę został skierowany snop mocnego światła z pojedynczego reflektora.

Burmistrz Trym Kojedal, którego zdjęcie Leo widział w gazetach, wyszedł z boku sceny, ubrany — jak przystało na Norwega — w granatowy sweter z motywem renifera, poza tym w jasnoniebieską koszulę i świeżo wyprane dżinsy. Miał poważny wyraz twarzy. Ktoś zaczął klaskać, ale zaraz przestał. Burmistrz włożył okulary do czytania w niebieskiej oprawce, zawieszone na rzemyku na szyi, odchrząknął, pochylił się, tak by mieć usta na wysokości mikrofonu, objął wzrokiem całe zgromadzenie i powiedział:

— Przyjaciele.

Potem zrobił pauzę i zerknął do kartki leżącej na mównicy; był śmiertelnie poważny, czekał.

— Tak więc stało się to, czego wszyscy od dawna... od bardzo dawna się obawialiśmy.

Jakiś gość z pierwszych rzędów znowu zaczął bić brawo. Ponieważ jednak nikt do niego nie dołączył, zrezygnował.

— Wiem, że się boicie.

Cisza, kiwanie głowami, skupienie na twarzach.

— Jesteśmy pod ostrzałem.

Pauza, poszeptywanie.

— Ale jeśli będziemy trzymać się razem, poradzimy sobie i z tym.

Aplauz, okrzyki aprobaty. Przybyło klaszczących.

— Śmiali się z nas, wyszydzali, nazywali ciemnymi wiejskimi głupkami i wilkofobami. — Zaczerpnął głęboko powietrza, po czym wypuścił je przez nos. — Mówili, że nasz strach jest irracjonalny.

Kolejna pauza.

— Wobec tego pytam ich teraz: co mają do powiedzenia dzisiaj? Co mają do powiedzenia dzisiaj? — Kojedal znowu nabrał powietrza, wyrzucił przed siebie ramiona i wrzasnął: — Co mają do powiedzenia dzisiaj?!

Gromki aplauz.

Leo popatrzył na tłum rozemocjonowanych ludzi. Byli w różnym wieku, mężczyźni, kobiety i dzieci. To przypominało jakieś zgromadzenie religijne. Burmistrz całkowicie panował nad widownią.

— Tu, na prowincji, i tak mamy już skrajnie ograniczone źródła utrzymania — kontynuował Kojedal. — Wilki doprowadziły do obniżenia jakości naszego życia, to nie ulega najmniejszej wątpliwości.

Grzmiące oklaski.

— Kiedy te drapieżniki tu wróciły, nasze życie wywróciło się do góry nogami. Dzieci boją się chodzić pieszo do szkoły.

Hedmark i Østerdalen muszą brać na siebie ciężar odpowiedzialności za to, że oderwani od życia ekolodzy z wielkich miast uważają, że to fajnie mieć w Norwegii wilki.

Przymknął powieki i zamilkł na kilka sekund, po czym uniósł je znowu i mówił dalej:

— Wilki podchodzą ludziom pod drzwi. — Wskazał na kobietę w rozpinanym swetrze w pierwszym rzędzie, która zaczerwieniła się, gdy oczy wszystkich zwróciły się na nią. — Pani Svingen nie ma odwagi pójść do lasu ani uprawiać ziemi. Zgadza się, Gislaug?

Kobieta zamknęła oczy i skinęła głową. Po jej policzku potoczyła się łza.

— Chodzi o to, że jakość naszego życia znacznie się obniżyła.

— Już pan to mówił! — krzyknął jakiś brodaty facet w czarnej bluzie z wizerunkiem orła na plecach.

Tu i ówdzie rozległy się wrogie okrzyki, padły obelgi.

Burmistrz go zignorował.

— Ten ostatni atak wilków to atak na nas wszystkich, atak na zwykłych, ciężko pracujących ludzi w gminie Elverum, atak na wszystkich, którzy próbują przetrwać w obecnych warunkach na norweskiej prowincji.

Aplauz, a jednocześnie szyderczy śmiech młodego człowieka w bluzie i identycznie ubranych ośmiu klonów w jego sąsiedztwie.

W tylnej części sceny siedzieli na składanych krzesłach lensman Tomteberget i zastępca burmistrza z kruczoczarną fryzurą na pazia — Leo widział w internecie jego zdjęcia z wypchanym wilkiem. Miejsca obok nich zajmowali dwaj inni mężczyźni, którzy zapamiętale kiwali głowami w reakcji na każde zdanie burmistrza.

— Ilu z was się boi? — spytał Trym Kojedal, wiodąc wzrokiem po sali. — Podnieście ręce!

Las rąk uniósł się wysoko.

— Chciałbym, żebyście nie wypierali tego strachu, nie ukrywali, nie wstydzili się go. Uświadomcie go sobie! — Zamknął oczy, czekał. — Strach jest naturalny, strach jest realny. — Uniósł powieki. — Niezależnie od tego, co próbują nam wmówić władze w Oslo, eksperci od wilków i tak zwani badacze.

Oklaski. Burzliwe.

— To my mieliśmy rację. A oni się mylili!

Dziki aplauz, zaciśnięte pięści w górze, kilka osób zerwało się z krzeseł, jakby cieszyło się z kolejnego punktu zdobytego na boisku do piłki ręcznej.

— Teraz mój zastępca Viggo Hennum przekaże wam kilka wskazówek, jak powinniście się zachowywać w obliczu zagrożenia, tak aby zminimalizować ryzyko kolejnych tragedii. — Pomachał publiczności, odwrócił się i ruszył w kierunku grupy stojącej w tylnej części sceny.

Niepohamowane oklaski dla popularnego burmistrza.

Hennum wstał, uścisnął dłoń Tryma Kojedala i uroczystym krokiem podszedł do mównicy. Brawa umilkły. Gdy pochylił się nad mikrofonem i utkwił wzrok w pulpicie, Leo zauważył, że facet cały się trzęsie. Wszyscy to widzieli.

— Nigdy nie chodźcie sami do lasu — wymamrotał.

Brak reakcji ze strony publiczności.

— Nie puszczajcie wolno psów.

Obojętna cisza.

— Nie zostawiajcie dzieci na dworze bez nadzoru.

Ludzie przestali go słuchać, nie udało mu się nawiązać z nimi kontaktu.

— Najlepiej starajcie się jak najmniej przebywać na zewnątrz.

— Dosyć tego! — krzyknął mężczyzna z siwymi włosami zebranymi w kucyk, ubrany w motocyklową kurtkę.

— Nie dajmy się ponieść emocjom. — Oczy wszystkich zwróciły się ku badaczowi wilków Bjarnemu Gilbertowi, który właśnie wstał ze swojego miejsca w pierwszym rzędzie. — Przecież nie zostało jeszcze potwierdzone, że Phung Johansen straciła życie przez wilki.

— Nic nie słychać! — krzyknął ktoś z tylnych rzędów.

Gilbert pokuśtykał do przodu, zamaszystym susem wskoczył na scenę, po czym, lekko się chwiejąc, podszedł do mównicy i odsunął na bok zakłopotanego Hennuma.

— Nie zostało potwierdzone, że to wilki odebrały życie Phung Johansen — powtórzył do mikrofonu.

— A niby kto, do cholery? — Młody długowłosy mężczyzna w T-shircie z Metallicą zerwał się z krzesła i z palcem wskazującym przyłożonym do skroni spytał: — Chory pan na głowę czy co?

— Nie należy zapominać, że wilki nie są groźne dla ludzi — odpowiedział Gilbert. — Mieszkam w Østerdalen od czterdziestu lat.

— Najwyższa pora, żeby się pan stąd zabrał! — krzyknął fan Metalliki.

— Wielu marzy o tym, żeby cofnąć czas i wytępić wilki na dobre — kontynuował profesor. — Ale to nierealne. Ich populacja po drugiej stronie granicy jest dziesięć razy większa niż u nas. Niezależnie od tego, jakie kroki podejmiemy tutaj, wciąż będą napływać do nas nowe osobniki ze Szwecji.

Mężczyzna w średnim wieku z drugiego rzędu, w przekrzywionej na bok czapce z logo Folkeaksjonen Ny Rovdyrpolitikk*

* Powstała z inicjatywy obywateli w 2000 r. norweska organizacja, której celem jest zmniejszenie populacji zwierząt drapieżnych na obszarze Norwegii.

i długiej koszuli ze stójką, obrócił się ku widowni, potrząsnął pięścią i zawołał:

— Domagamy się ogrodzenia! Wysokiego na trzy metry ogrodzenia pod prądem wzdłuż granicy ze Szwecją, od Svinesundu do Finnmarku. Wtedy wytrzebimy wszystkie bestie po naszej stronie i żadna nowa już nie przywędruje!

Śmiech i oklaski wypełniły salę. Mężczyzna był najwyraźniej znaną lokalną osobistością. Leo pochylił się ku dziennikarzowi z „Nationen" i spytał kto to.

— Alf Tjersland, stoi na czele demokratów w Hedmarku — odpowiedział dziennikarz.

Mężczyzna kontynuował:

— Żaden uciekinier ani azylant też się nie przemknie. Upieczemy dwie pieczenie na jednym ogniu.

Szyderczy śmiech i gromki aplauz.

Młody człowiek z postrzępioną brodą ubrany w czarną bluzę, ten sam, który siedział w otoczeniu własnych sobowtórów, powoli wstał, nie zdejmując z głowy kaptura, mając snus pod górną wargą. Ktoś rzucił puste pudełko po snusie, które trafiło go w ramię. W jego kierunku poleciało też kilka papierowych kubków, parę plastikowych butelek, zapalniczki i cała masa zwiniętych kulek papieru. W reakcji na to mężczyzna uśmiechnął się drwiąco, jakby ludzie dookoła niego byli największymi durniami na świecie. Odczekał, aż znowu zapadnie cisza, i powiedział niskim, ciemnym głosem:

— Prasa zagraniczna jednak ma rację. Jesteśmy krajem nienawidzącym natury.

— Pieprzony wilkojebca! — krzyknął ktoś z publiczności, wywołując głośny aplauz.

— Dzięki ugodzie dotyczącej zwierząt drapieżnych oficjalnie dziewięćdziesiąt pięć procent powierzchni kraju jest obecnie wolne od wilków — ciągnął zakapturzony. — Wilki nie są bezpieczne nawet w strefie ochronnej. Ludzie wykorzystują każdą okazję, żeby do nich strzelać. Ale przyroda bez drapieżników nie jest prawdziwą przyrodą, tylko poddanym manipulacji ekosystemem w stanie nierównowagi.

Potężne buczenie i wrogie okrzyki znowu wypełniły Terningen Arena. Dziennikarz z „Nationen" pochylił się w stronę Leonarda i osłaniając usta dłonią, szepnął:

— To Dag Jerveland, przewodniczący RR, Rovdyrets Røst*. Ludzie nienawidzą go jak zarazy, chyba jeszcze bardziej niż Gilberta.

— On jest z Oslo? — spytał szeptem Leo.

— Hoduje owce w gminie Grue, ludzie nie mogą mu darować, że jest z dużego miasta.

Leo podrapał się po karku.

— Typ samobójcy.

— Nienawidzicie drapieżnych zwierząt, bo sami zachowujecie się jak one — kontynuował Jerveland. — Obwiniacie wilki o to, że zżerają wam owce, a sami bezmyślnie przykładacie do tego rękę, wypuszczając je w miejscach, które są naturalnym domem wilka.

— Norwegia nie jest naturalnym domem wilka! — krzyknął młody mężczyzna w niebieskich ogrodniczkach. — Został tu sprowadzony!

— Pozwólcie mu dokończyć — mocnym głosem odezwał się ze sceny lensman Tomteberget, który podszedł do mikrofonu i lekko odsunął Gilberta na bok. — Postarajmy się zachować pewne standardy w naszych wypowiedziach.

— Najważniejsze drapieżniki pozwalają zachować równowagę między gatunkami, przyczyniają się do utrzymania

---

* Rovdyrets Røst (norw. Głos Zwierząt Drapieżnych) — stowarzyszenie obrońców zwierząt drapieżnych.

zdrowych populacji wśród swoich ofiar oraz mają troficzny kaskadowy efekt dla szeregu innych podgatunków — ciągnął Jerveland, najwyraźniej zafascynowany własnym głosem. Leo miał wrażenie, że jego przemowa została wykuta na pamięć, wygłaszał ją jak automat, nie zważając na wrogie okrzyki i coraz liczniejsze puste butelki, pudełka po snusie, monety i inne przedmioty, które leciały w jego stronę. — Domagamy się poszanowania indywidualnych cech poszczególnych gatunków i zapewnienia godnego traktowania wszystkich istot żywych!

— Mów po norwesku! — krzyknął mężczyzna w ogrodniczkach.

Pełna puszka coca-coli trafiła Jervelanda prosto w klatkę piersiową. Mimo to nie usiadł, tylko udając, że go nie zabolało, pokręcił głową z dezaprobatą i uśmiechnął się drwiąco.

— Ludzie! — Ulrik Gjemselunden, szkoleniowiec miejscowej drużyny piłki ręcznej, duma miasta, mistrz kraju i działacz Champions League, szanowana postać w lokalnym środowisku, wstał z miejsca: — Wilk to fantastyczne, wspaniałe zwierzę, nie ma co do tego wątpliwości.

W sali rozległ się cyniczny śmiech, świadczący o tym, że publika docenia nawet lekką ironię, jeśli zmierza ona we właściwym kierunku. Gestykulując, Gjemselunden poprosił słuchaczy, aby się uciszyli.

— Ale czy nie możemy im pomóc tam, gdzie są? Nie potrzebujemy wilków w Norwegii. Czy nie można by na przykład zaoferować pieniędzy Rosjanom, żeby udzielili im pomocy na obszarach przyległych?

Śmiech i mamrotanie.

— A co z norweskimi rasami psów? Czy mamy skazać je na wymarcie, żeby Norwegia mogła zachować populację wsobną najbardziej rozpowszechnionego na świecie drapieżnika? —

Rozłożywszy szeroko ręce, rozejrzał się dookoła, skupiając na sobie uwagę całego zgromadzenia. — Oczywiście, że nie!

Z miejsca w tylnym rzędzie, kilka krzeseł na lewo od Leo, dźwignął się chwiejnie mężczyzna około sześćdziesiątki w czarnym baskijskim berecie i w okrągłych okularkach na nosie, z arafatką wokół szyi; miał przerzedzoną siwą brodę oraz tłuste włosy do ramion. Chyba nie był w stanie całkiem się wyprostować, bo cały czas stał z ugiętymi kolanami. W pierwszej chwili nikt nie zwracał na niego uwagi, stopniowo jednak ludzie zaczęli się odwracać, wskazywać w jego kierunku i szeptać. Minęło kilka minut, zanim szmer ucichł i w sali zaległa napięta cisza. Wyglądało na to, że starszy pan zbiera siły, by ze łzami w oczach, drżącym głosem wreszcie powiedzieć:

— To był wypadek.

Lyder Johansen, rolnik ekologiczny i pisarz, plantator marihuany, mąż zmarłej Phung Johansen, rozłożył ręce i powtórzył:

— Tragiczny wypadek.

W ogromnej Terningen Arena nie było tak cicho od czasu, kiedy w dwa tysiące jedenastym roku wystąpił w niej Ole Paus, solo, akompaniując sobie na gitarze akustycznej.

— Wypadki zdarzają się bez przerwy — kontynuował Johansen. — Ludzie giną pod kołami samochodów, zderzają się z łosiami, umierają od ugryzienia kleszcza, od ukąszenia pszczoły, spadają z konia... — Urwał na moment, przełknął ślinę. — Życie jest niesprawiedliwe. Ale czy mamy wytępić wszystkie stworzenia, które powodują wypadki?

Dzwoniąca w uszach cisza. Johansen wyprostował plecy, splótł dłonie na karku, odchylił głowę do tyłu i mrużąc wilgotne oczy, spojrzał w sufit; usta mu drżały.

— Parę lat temu byłem w rezerwacie Masai Mara w Kenii. Rozmawiałem z Masajami, którzy tam mieszkają i wypasają krowy na obszarze równym powierzchni całej gminy Elverum.

Razem z nimi w rezerwacie żyje tysiąc lwów. Dla lwów ludzie są potencjalnym pożywieniem.

W sali zaczął narastać szmer.

— Zwykle w tym parku narodowym dzieci pasą krowy. Każdego roku kilkoro z nich pada ofiarą lwów. Ale dla tamtych ludzi to są tylko wypadki. Takie same jak te, w których dziesięcioro dzieci rocznie ginie pod kołami samochodów. To tragiczne, potwornie tragiczne... — Wbił wzrok w podłogę, znowu przełknął ślinę i skrzyżował ręce na piersi. — Tak to już bywa w życiu. Ale tamtejsi ludzie uważają, że lwy mają takie same prawo być na ziemi jak my.

Niektórzy zaczęli poszeptywać między sobą, parę osób skwitowało jego słowa chichotem, inni próbowali uciszać pozostałych.

Johansen zdjął beret, odsłaniając błyszczący półksiężyc na czubku głowy.

— Kiedy któregoś wieczoru przy kolacji wspomniałem pewnemu Masajowi, że mamy w Norwegii pięćdziesiąt wilków i że wielu ludzi chce je zgładzić, nie potrafił tego zrozumieć. Gdy mu wyjaśniłem, że powodem jest to, iż wilki porywają owce, spytał, czy one nie boją się pasterzy. A kiedy powiedziałem mu, że u nas nie ma pasterzy, że wypuszczamy owce na pastwisko czy do lasu bez dozoru, wybuchnął śmiechem. „Czy wyście poszaleli?", spytał. Gdy wyjaśniłem, że zatrudnianie pasterzy byłoby w Norwegii zbyt drogie, dodał: „No tak, ale przecież chłop nie powinien zostawiać swoich owiec na pastwę wilków. Nie zależy wam na waszych zwierzętach?".

Szum na sali znowu przybrał na sile.

— Ostatnią rzeczą, jakiej bym chciał, jest to, by nieszczęście, które spotkało moją żonę, zostało wykorzystane do nawoływania do wytrzebienia wilków.

Gwar wyraźnie się nasilił.

— Pamiętajcie! — Johansen musiał znacznie podnieść głos, aby być słyszanym, ale jego kolejne słowa i tak dotarły do nielicznych: — Wilki są tylko posłuszne swojemu instynktowi, tak jak wszystkie istoty żywe.

— Trzeba je usunąć z norweskiej ziemi! — wrzasnął jakiś tłuścioch w koszulce Manchester United z Cantoną na plecach. — Powinniśmy pomścić twoją żonę!

Burzliwy aplauz sali.

— Z-Z-M! — zakrzyknął ktoś inny, co natychmiast podchwycono w wielu miejscach: — Z-Z-M! Z-Z-M! Z-Z-M! — skandowano rytmicznie z coraz większą siłą, tak głośno, że echo odbijało się od ścian.

Gilbert przewrócił oczami i korzystając z tego, że nadal stał na scenie, rzucił do mikrofonu, żeby ludzie się zamknęli, ale gdy zobaczył, że nic nie wskóra, zeskoczył z gracją i kręcąc głową z dezaprobatą, usiadł na krześle.

Dziennikarz z „Nationen" nachylił się ponownie w stronę Leo i szepnął mu do ucha:

— Z-Z-M: zastrzel, zakop, milcz. To hasło myśliwych polujących na wilki.

Leo otworzył szeroko oczy, porażony bezwzględnością tłumu i skalą wrogości wobec wilków.

— Ci ludzie nie reprezentują całego Elverum — dodał dziennikarz. — To jest ekstremum.

Lensman Tomteberget po raz kolejny zerwał się z krzesła w głębi sceny, zbliżył się do mównicy, odsunął Hennuma, który bezskutecznie próbował uciszyć zebranych, i pochyliwszy się do mikrofonu, wrzasnął:

— Ludzie! Zachowujcie się jak ludzie!

Okrzyki powoli przycichały, niczym cofająca się fala powodziowa. Lensman wrócił na swoje miejsce, a do mikrofonu podszedł burmistrz Kojedal, szef, człowiek, który zawsze czuwał nad porządkiem w szeregach.

— To nie miała być dyskusja o tym, kto jest za wilkami, a kto przeciw nim. — Sapał ciężko przez nos. — To miało być spotkanie wyjaśniające, jak mamy się zachowywać w obliczu tego, co się stało.

— Mamy siedzieć w domach?! — zawołał jakiś mężczyzna.

— Uważam, że powinniście zachować ostrożność, nie wypuszczać dzieci do lasu bez opieki. To samo dotyczy psów.

— Jeśli ktoś nie potrafi żyć na prowincji, dopóki nie wymorduje się na niej wilków, to może niech się przeniesie na Fuerteventurę! — krzyknął chłopak w czarnej bluzie. — Bo co nam po kimś takim w norweskich lasach?

Jego kompani w bluzach parsknęli gromkim śmiechem, nie zyskali jednak aplauzu.

Nikt z rozgorączkowanych mężczyzn i kobiet nie zwrócił uwagi na potężną postać opartą o ścianę tuż przy drzwiach na samym końcu sali. Człowiek ów wślizgnął się do środka, dopiero gdy przygasło światło; nie było w nim nic specjalnego ani rzucającego się w oczy — oprócz zapachu wydzielanego przez jego ubranie, będącego mieszaniną starego potu, woni barana i dymu z ogniska, oraz tatuaży pokrywających policzek i szyję, ich jednak nikt nie widział, ponieważ zasłaniał je siwy zarost. Na głowie mężczyzna miał trochę za ciasną czapkę z logo Folkeaksjonen Ny Rovdyrpolitikk. Nie wyglądał na specjalnie zadowolonego ze słów, które padły ze sceny i z ust słuchaczy; stał i prawie bez przerwy niezauważalnie kręcił głową, jakby cały świat był pełen kretynów, a tylko on jeden rozumiał, o co w tym wszystkim chodzi. Spod przymrużonych powiek obserwował Hennuma. Co jakiś czas wodził wzrokiem po zgromadzonych w sali, ale po chwili jego spojrzenie kierowało się z powrotem na niego, na zastępcę burmistrza.

12

EMMA VASE szła pomiędzy sosnami po miękkim chrobotku alpejskim ze wzrokiem utkwionym w ziemi. Przykucnęła, wyciągnęła pincetę z kieszeni kurtki, podniosła kosmyk sierści, który przegapili, i przyjrzała mu się na tle szarego nieba, po czym schowała go do małej torebki foliowej. Nie ulegało wątpliwości, że sierść pochodziła od wilka w takiej czy innej postaci.

Nie bardzo wiedziała, co tutaj robi — co takiego w dzień po zebraniu mieszkańców przyciągnęło ją do lasu, z powrotem w to miejsce. Może myślała, że znajdzie cokolwiek, co przyczyni się do wyjaśnienia tego, co się stało — chociaż przebieg wydarzeń wydawał się pod wieloma względami jasny. Pytanie tylko: ile było wilków, czy były zdrowe i skąd tu przywędrowały? Ze wzniosłych teorii bajarza Gilberta nic nie rozumiała.

Krążyła z opuszczoną głową, ze wzrokiem utkwionym w ziemi; co jakiś czas się schylała, zaglądała pod szyszki i między wrzosy, podnosiła liście.

Kiedy była małą dziewczynką, lubiła być sama w lesie, korzystać ze zmysłów, wdychać zapachy i sycić się doznaniami w całkowitym spokoju, tak by nikt jej nie przeszkadzał. Nigdy nie czuła strachu, chodząc wśród drzew między starymi źródłami wody pitnej Østernvann i Bærumsmark, nawet wtedy, kiedy miała dziesięć lat i zaczął krążyć nad nią helikopter, a jakiś przypadkowy biegacz na orientację powiedział jej, żeby szybko wracała do domu, bo śmiertelnie groźny dzieciobójca uciekł z więzienia Ila.

Nigdy nie bała się w lesie. Las zawsze był jej przyjacielem. Coś się jednak zmieniło. Czuła mrowienie w ciele. Oglądała się przez ramię, bardziej świadomie wychwytywała odgłosy, których nie potrafiła od razu nazwać. Może miejscowi właśnie to mieli na myśli, mówiąc o niskiej jakości życia?

Jedno było pewne: koronny argument w walce o zwiększenie populacji wilków w norweskich lasach — że wilki w ogóle nie są groźne dla ludzi — został w tragiczny sposób obalony. Ona i jej podobni wyszli na idiotów. Wilki w Østerdalen czekał trudny czas. — *Winter is coming* — szepnęła Emma do siebie.

Bardzo długo i uparcie powtarzali, że ludzki lęk przed tymi zwierzętami jest irracjonalny. Bagatelizowali go i lekceważyli. A teraz przestał być irracjonalny. Okazał się w najwyższym stopniu racjonalny.

Spojrzała w górę na sosnę, na której wtedy siedział chłopiec; do najniższej gałęzi były co najmniej dwa metry. Po prostu szczęście, pomyślała, niesamowite szczęście, że się tam dostał.

— Znalazła pani coś ciekawego?

Emma obejrzała się za siebie. Kolos w szortach, kaloszach i żółtej zydwestce na głowie stał pięć metrów dalej i gapił się na nią. Nie słyszała, jak podszedł.

— Nic specjalnego — wykrztusiła. — Szukam grzybów.

Wielki mężczyzna się uśmiechnął.

— Jakich?

— Kurek.

— Tutaj nie ma kurek.

— Wobec tego pójdę poszukać w innym miejscu. — Zaczęła oddalać się spokojnie, kątem oka zerkając na mężczyznę. Starała się nie pokazać po sobie, że się boi.

— To ja ją znalazłem — powiedział obcy i skrzyżował na piersi potężne, wytatuowane ramiona.

Emma przystanęła i odwróciła się w jego stronę, mrużąc oczy przed słońcem, które po raz pierwszy wyjrzało tego dnia zza chmur.

— To pan jest tym przypadkowym turystą?

Olbrzym wyciągnął do niej rękę.

— Mam na imię Even.

Uścisnęła mu dłoń.

— Emma. To ty uratowałeś chłopca?

— Nikogo nie uratowałem. Przekazałem go policji. Jesteś głodna?

— Niespecjalnie.

— A ja jestem głodny jak wilk. Lubisz jagnięcinę?

Atletyczny włóczęga prowadził ją przez las parę kilometrów na wschód przez urozmaicony teren, mieszaninę jałowego lasu sosnowego na morenach, starego lasu pierwotnego oraz gęstego lasu liściastego na obrzeżach — z olchami, topolami i jarzębinami o pomarańczowych jagodach, dużych jak kiście winogron — i dalej, obok małego stawu i szumiącego potoku. Nic nie mówił, tylko szedł swobodnym krokiem, pewnie, poruszał się jak dzikie zwierzę na swoim terenie. Emma z trudem utrzymywała jego tempo. Serce biło jej mocno pod kurtką. Normalnie nigdy w życiu nie przyjęłaby zaproszenia od faceta o wyglądzie ekscentrycznego seryjnego mordercy, zwyciężyła w niej jednak ciekawość, co ten człowiek może mieć do powiedzenia w sprawie ataku wilków. Poza tym w jego głosie i oczach było coś łagodnego, sympatycznego i całkiem niegroźnego.

Zniszczony, jasnozielony dwuosobowy namiot stał niemal całkowicie ukryty pod czterema brzozami o gęstych liściach oraz konarach przygiętych i przytwierdzonych do ziemi za pomocą niewidocznych want z żyłki wędkarskiej. Obozowisko wyglądało całkiem schludnie, nigdzie nic się nie poniewierało, żadne rupiecie ani foliowe torebki, wszystkie przedmioty i narzędzia miały swoje miejsce, wisiały na gałęziach, nawet palenisko było osłonięte krzakiem jałowca.

Olbrzym w szortach odsunął brzozowe gałęzie, po czym zniknął pod zadaszeniem, a po chwili wyłonił się z foliową torbą pełną kory i małych gałązek, których użył do rozpalenia ogniska. Kiedy udało mu się rozniecić ogień, wszedł do lasu i po kilku minutach wrócił z naręczem perfekcyjnie porąbanych kłód brzeziny. Gdy grube polana zajęły się płomieniem, ponownie zniknął w namiocie, aby za moment wypełznąć z niego z owczą skórą w rękach.

— Proszę — powiedział olbrzym. — Usiądź na niej.

Wełna była brudna, gruzełkowata i szorstka, od spodniej strony znacznie ostrzejsza niż normalnie, i czuć ją było mokrą owcą; z całą pewnością nie została kupiona w sklepie sieci Husfliden.

— Wykonana własnoręcznie — wyjaśnił pustelnik.

Mężczyzna, który przedstawił się jako Even, poczłapał w stronę kępy jałowców, schylił się i odsunął na bok duży, prostokątny kawałek sklejki, nakryty z wierzchu warstwą trawy i ziemi. Emma ruszyła za nim, aby zobaczyć, co się tam kryje. Ujrzała otwór w ziemi, wąski od góry i rozszerzający się niżej, głęboki, wyglądający na coś w rodzaju spiżarni albo schronu.

— Stare legowisko wilka — rzucił. — Przydało mi się, nie musiałem sam kopać.

Zaczął schodzić w dół po własnoręcznie skleconej drabince; w połowie drogi się zatrzymał i spojrzał na nią ze smutną miną:

— Słyszałaś o tym, że takie legowiska wysadzają dynamitem?

Emma skinęła głową. Miała ochotę spytać go o atak wilków w lesie, dowiedzieć się, co widział i słyszał, wolała jednak nie naciskać, tylko dać mu czas, aby mógł opowiedzieć wszystko we własnym tempie.

Znalazłszy się na samym dole, włączył latarkę, pohałasował trochę, po czym wyłonił się z powrotem z niewielkim kawałkiem mięsa zawiniętym w folię. Rozpakował nieduży udziec i nadział go na zwęglony na końcu ostry kij, którego drugi koniec wbił w otwór w wilgotnej ziemi, przygotowany obok paleniska, i tym sposobem mięso zawisło w powietrzu kilka centymetrów nad niemal niewidocznymi płomieniami.

— Mam nadzieję, że lubisz jagnięcinę — bąknął, dokładając do ognia dwa bierwiona. — Trzeba ją tylko trochę podgrzać.

— Jak zdobyłeś to mięso? — spytała Emma.

— W lesie go nie brakuje. Używam strzał i łuku.

— Tamtego? — Emma wskazała na dwumetrowy łuk z nacięciami na rękojeści, wiszący na brzozie. Obok z gałęzi zwisał kołczan ze strzałami.

Even przyniósł łuk i kołczan i podał je Emmie, która uważnie przyglądała się broni, podczas gdy on wyjaśniał:

— Siła naciągu około trzydziestu kilo. Z takich łuków strzelali wikingowie. Budowałem go przez rok.

Emma położyła broń na trawie, wyciągnęła z kołczanu strzałę i przyjrzała się lotce i grotowi.

— Promień jest z brzeziny, a lotka z łabędzia — wyjaśnił z dumą Even. — Stare groty z obsydianu, wulkanicznego szkła, zapewniają fantastyczną penetrację, znacznie lepszą niż te ze stali.

— Wiesz, że w Norwegii zabronione jest polowanie za pomocą łuku i strzał? — rzuciła Emma.

— Oczywiście — potwierdził z uśmiechem. — Zwariowałaś?

— Nie obawiasz się, że jeśli zabijesz owcę, odpowiedzą za to wilki?

— Odpowiedzą tak czy inaczej. — Poprawił bierwiona w palenisku i zapatrzył się w płomienie. — Norweskie białe owce obniżają jakość mojego życia. Nie tu jest ich miejsce, na tym pustkowiu. Napijesz się?

— A co masz? — spytała Emma. Uderzyło ją, że zamiast się bać, czuła się osobliwie bezpieczna w towarzystwie tego wielkoluda.

— Wodę. — Wczołgał się do namiotu, a po chwili wynurzył się z niego z pustą półlitrową butelką po coca-coli i dwoma zielonymi plastikowymi kubkami. Następnie podszedł do potoku i napełnił butelkę wodą.

— Źródlana — rzekł, mlasnąwszy językiem. — Lodowata, pyszna i gratis.

— A ty nie usiądziesz? — zainteresowała się Emma.

— Wolę stać.

Even skierował się znowu do namiotu, zanurkował w nim, a za moment wyłonił się z brązową skórzaną torbą, z której wyjął dwa cynkowane talerze, dwa widelce, dwa noże i gigantyczny nóż do krojenia. Wszystko lśniło czystością. Położył przedmioty na trawie, zbliżył się do ogniska i wyciągnął z ziemi kij z nabitym mięsem, a następnie ściągnął je z niego na kawałek deski, który wysunął spod namiotu, odkroił cztery grube plastry i na każdy talerz położył po dwa. Po chwili spod zadaszenia przyniósł patelnię i umieściwszy ją nad płomieniami, wsypał do niej z kartonowego pudełka różne rośliny i zioła — Emma rozpoznała z daleka pokrzywę, chrobotek reniferowy, mniszek i borowiki — dodał kawałek masła z drewnianego pojemnika, a także odrobinę soli i pieprzu.

— Zapowiada się pysznie — rzuciła Emma.

Uśmiechnął się, nie kryjąc dumy i odsłaniając imponująco białe zęby, oszpecone tylko jednym brązowym kłem.

— Wiesz, że osiemdziesiąt procent roślin rosnących w Norwegii jest jadalnych?

Podczas gdy zioła syczały i skwierczały na patelni, Even napełnił czarny czajnik resztą wody z plastikowej butelki i zawiesił go na pałąku nad płomieniami, dorzuciwszy znowu kilka szczap do ognia. Po chwili zdjął patelnię z żaru i hojnie nałożył na talerze mięso wraz z podpieczonymi ziołami, po czym jeden z nich podał Emmie.

Jedli w milczeniu. Emma siedziała na owczej skórze, olbrzym zaś przykucnął, trzymając talerz na kolanach jak Indianin.

Wciąż ją korciło, aby zadać mu kilka pytań o atak wilków, ale temu łagodnemu dzikusowi cisza, jaka zaległa między nimi, zdawała się w ogóle nie przeszkadzać. Od czasu do czasu spoglądał na swojego gościa, uśmiechał się, mrużąc oczy, i dalej przeżuwał. Emma odpowiadała mu uśmiechem. A gdy ich talerze były już puste, zdjął czajnik z gałęzi, postawił go w trawie obok ogniska i wyciągnął z kieszeni kurtki małą torebeczkę.

— Napijesz się herbaty własnej roboty? — spytał.

— Chętnie.

— Łysiczka. Dobra na trawienie.

— Łysiczka lancetowata? — Emma zmarszczyła czoło. — To przecież grzybki halucynki.

— W małych dawkach są całkiem niewinne. — Wysypał zawartość saszetki na swoją wielką dłoń i wyciągnął ją w stronę gościa. — W stu procentach naturalne.

Emma spojrzała na drobne, spiczaste grzybki w żylastej pięści olbrzyma.

— Suszone?

Skinął głową.

— Nazbierałem ich parę dni temu. Niektórzy uważają, że nie powinno się ich zbierać wcześniej niż przed pierwszymi przymrozkami. Ale to mit.

Powiedział to z tak poważną miną, jakby wygłaszał całkiem nowe i kontrowersyjne twierdzenie na superdoniosły temat. Odliczył piętnaście suszonych grzybków i włożył je do jednego z zielonych kubków. Następnie zalał je wrzątkiem z czajnika i podał naczynie Emmie.

— Proszę. Tylko najpierw muszą trochę naciągnąć.

Następnie odliczył dwadzieścia grzybków i umieścił je w swoim kubku.

— Dlaczego sobie wziąłeś więcej? — zainteresowała się Emma.

— Wszystko sprowadza się do odpowiedniej dawki. Na początku lepiej zachować ostrożność. Cukru?

Emma pokręciła głową przecząco.

— Jak one działają?

— Kiedy je biorę, czuję się na łonie natury jak u siebie, ale w całkiem inny sposób, komunikuję się z nią na innym poziomie, staję się częścią czegoś znacznie większego, zapominam o sobie. — Wsypał trochę cukru do swojego kubka.

— Mogę się po nich rozchorować? — spytała, wdychając parę unoszącą się znad kubka, który trzymała w obu dłoniach. Nie wyczuła żadnego zapachu.

— Łysiczka w odpowiedniej dawce to lekarstwo. Używa się jej do leczenia depresji. — Zamieszał w swoim kubku małym patykiem. — Grzyby psylocybinowe wygłuszają aktywność mózgu w środkowej korze przedczołowej.

— To dobrze?

— Dzięki temu zyskuje się inną perspektywę. Według mnie to może być całkiem zdrowe.

— Pewnie nie gorsze od picia alkoholu — skwitowała Emma.

— Rzuciłem alkohol — oznajmił olbrzym. — Używam wyłącznie naturalnych środków odurzających.

Emma zerknęła do kubka. Napęczniałe szare grzybki o galaretowatej konsystencji unosiły się w brązowawym płynie.

— Rzeczywistość jest dla tych, którzy nie radzą sobie z narkotykami — rzucił.

— Kto tak powiedział?

— Tom Waits. — Uniósł kubek pod sam nos, wciągnął opary i przymknąwszy powieki, uśmiechnął się.

— Kto to?

Olbrzym spojrzał na nią w taki sposób, jakby miał przed sobą coś wyjątkowego, cennego i delikatnego, z czym należy obchodzić się bardzo ostrożnie, aby się nie rozbiło.

— Ile masz lat?

— Dwadzieścia cztery.

Jego twarz przybrała dziwny wyraz.

— Mój syn skończy za tydzień dwadzieścia.

Emma nie bardzo wiedziała, jak ma zareagować, bo bynajmniej nie zależało jej na poznaniu szczegółów z prywatnego życia pustelnika.

— Tak naprawdę nie powinno się pić herbaty z halucynków na pełny żołądek — oznajmił. — Należałoby najpierw pójść na krótki spacer.

— Mimo wszystko spróbuję — odpowiedziała Emma. Wciąż trzymając kubek w dłoniach, dmuchnęła lekko do środka i pociągnęła łyk. Napój smakował lasem.

Chmury ponad nimi nagle się rozproszyły i promienie słoneczne spłynęły na obozowisko z niebieskiego nieba.

— To jedyna korzyść, jaką dają owce — powiedział olbrzym, zrywając się gwałtownie.

— Słucham?

— Łysiczki to jedyna korzyść, jaka wynika z tego, że owce występują na wolności. Te grzyby rosną tylko w okolicach, gdzie pasą się te zwierzęta. — Wypił potężny łyk, po czym odstawił kubek na trawę i zaczął ściągać z nóg brązowe kalosze.

— Mieszkasz tutaj? — spytała Emma.

Skinął głową.

— Zupełnie sam? — Emma zauważyła, że mężczyzna nie ma na stopach skarpet.

— Najlepiej czuję się sam.

— Czyli jesteś swego rodzaju samotnym wilkiem?

Jego twarz przybrała pogodny wyraz.

— Przyjmuję to jako komplement — powiedział, upiwszy znowu łyk naparu. Zaraz potem przykucnął, przymknął powieki i zaczął kołysać się tam i z powrotem na gołych podeszwach. — Wiem o was wszystko.

— O kim?

— O Wilkach Północy. Obserwuję was od wielu miesięcy. Robicie ważną robotę.

— Staramy się. — Emma także pociągnęła kolejny łyk. — To smakuje lasem.

— Ale teraz wszystko może pójść na marne.

— To znaczy?

— Wszystko, co zrobiliście do tej pory, może okazać się daremne.

— Chodzi ci o ten atak wilków?

— Patrząc z tego punktu widzenia, to było cholernie sprytne.

— Ale przecież my nic nie zrobiliśmy.

— Cholernie sprytne ze strony waszych przeciwników.

— Co było cholernie sprytne?

— Nieważne — rzucił olbrzym, zdejmując z głowy zydwestkę. — A co na to wszystko twój mistrz?

— Bjarne?

— Profesor Bjarne Gilbert... — Twarz pustelnika przybrała błogi wyraz. — Uwielbiam tego człowieka.

Emma słyszała szum potoku, wydawał jej się piękny niczym muzyka, donośny i wyraźny, jakby woda płynęła tuż obok nich. Słyszała wyłącznie ten dźwięk i dlatego nic nie odpowiedziała, tylko wsłuchiwała się w szmer zimnej i czystej źródlanej wody, wijącej się przez perfekcyjny krajobraz.

— Sam uratował skandynawskiego wilka przed wytępieniem — rzekł olbrzym.

— Martwi się — powiedziała Emma i podniósłszy z ziemi gałązkę, zaczęła bezmyślnie grzebać nią w ogniu.

— Jak on daje sobie z tym radę?

Emma przechyliła głowę i zapatrzyła się w płomienie. Ognisko za dnia to całkiem co innego niż rozniecanie ogniska w ciemności. Zdawało jej się, że płomienie palą się z intensywnością i aurą, jakich nigdy wcześniej nie widziała, czuła, że jest ich częścią, a one same nie są niczym destrukcyjnym, tylko czerpią energię z drewna w empatyczny sposób i że to wszystko odbywa się tak, jak powinno, mniej więcej podobnie jak wtedy, gdy Indianin zabija bizona, aby wyżywić swoje plemię.

— Nie chce zaakceptować, że to były wilki.

Olbrzym pociągnął potężny łyk naparu.

— To dosyć smutne — dodała Emma — bo oznacza negowanie rzeczywistości.

— Czyli się wycofuje?

Emma potaknęła ruchem głowy.

— Nie jestem pewny, czy to takie głupie. Wystarczy popatrzeć na wilki: w razie kłopotów uciekają i się ukrywają. — Wypił kolejny łyk. — Jaki właściwie jest wasz cel?

— Czyj cel?

— Wilków Północy.

— Chcemy sprawić, aby w Skandynawii przetrwała zrównoważona populacja wilka.

— Co to konkretnie znaczy?

— Cel oficjalny to utrzymanie czterech do sześciu par rozrodczych na terenie Norwegii. Nieoficjalny to... — przyłożywszy palec do ust, dokończyła szeptem: — trzysta wilków w Norwegii i tysiąc w Skandynawii, żeby zapewnić utrzymanie zrównoważonej populacji bez chowu wsobnego. — Zatrzymała wzrok na żółtym kwiatku, który kołysał się na wietrze. Puls przyrody, jednostajny, spokojny, a ona była jego częścią.

— Tysiąc wilków? — powtórzył mężczyzna, który przedstawił się jako Even, i przeniósł wzrok na Emmę. — To dlatego rozmnażacie wilki.

— Co ty wygadujesz? — Emma otworzyła szeroko oczy. — Przecież to jest przestępstwo przeciwko środowisku naturalnemu.

Olbrzym się uśmiechnął.

— Widziałem was.

— A dokładnie?

— Spokojnie. — Podniósł się i wytarł dłonie o uda. — Jestem po waszej stronie, mimo że Peter Singer twierdzi, że to moralnie naganne i prowadzi do nadmiernego cierpienia.

Emma położyła się na plecach na trawie i objąwszy spojrzeniem drzewa i niebo, zatrzymała wzrok na małej sosnowej gałęzi; przyglądała się, jak tańczy w górę i w dół na wietrze w jednostajnym rytmie, w powtarzalnym ruchu, czuła jej puls.

— Jesteśmy na przegranej pozycji — powiedziała. — Myśliwi mordują wilki szybciej, niż nam udaje się sprowadzić nowe.

— To też widziałem.

Leżeli przez chwilę na trawie i mrużąc oczy, patrzyli w lazurowe niebo. Po niebieskim bezkresie sunęły kredowobiałe obłoki o różnych kształtach i różnej wielkości. Intensywnie i niezwykle pięknie świergotał gdzieś piecuszek, leśny Pavarotti, najczęściej spotykany ptak w Norwegii.

— Ona nie została zamordowana przez wilki — odezwał się olbrzym.

Emma była tak pochłonięta otaczającą ją przyrodą, że jej mózg dopiero po chwili odnotował to, co powiedział Even. W końcu jednak to uczynił; usiadła, pokręciła głową i spojrzała na człowieka leżącego obok niej na trawie. Przypominał brunatnego niedźwiedzia, który właśnie wygrzebał się z legowiska po pięciu miesiącach zimowego snu.

— Co masz na myśli?

— To nie wilki ją rozszarpały.

Ponownie zmrużyła oczy i pokręciła głową.

— Wobec tego kto?

— Psy, mieszańce, hybrydy. — Olbrzym podniósł się i przykucnął. — Zagryzły ją udomowione, wyszkolone psy, prawdopodobnie będące krzyżówką wilka i psa.

Emma sięgnęła po widelec leżący na talerzu obok niej, nabiła na niego kawałek mięsa i powoli uniosła go do ust. Objęła wargami metalowe zęby, a po chwili wyjęła widelec i zaczęła powoli przeżuwać kęs, nie przestając wpatrywać się w pustelnika. Mięso było niczym guma. Próbowała uzmysłowić sobie konsekwencje i wagę tego, co przed chwilą usłyszała, ale jej wzrok zatrzymał się na patyczku, który osiadł na brodzie mężczyzny, niemal niewidocznym, najwyżej centymetrowym, który jednak w tym momencie wydawał się ogromny i ważny, niemal jak bal drzewa.

— Skąd to wiesz?

— Bo to widziałem.

— Widziałeś, jak została zamordowana?

— Widziałem wszystko.

13

KIEDY W CZWARTEK RANO Leo zszedł do recepcji, była wypełniona po brzegi ludźmi, plecakami, walizkami i statywami.

— Cyrk wyjeżdża — rzucił w jego stronę recepcjonista, uprzejmy młody Szwed w garniturze i krawacie.

— Szczury opuszczają tonący okręt — odpowiedział Leo, puszczając do niego oko.

Dziennikarze z metropolii wracali do domu. Nie mieli już czego szukać w Elverum — dopóki wilki nie zaczną stąd znikać, dopóki nie zostanie zaatakowanych więcej ludzi, dopóki nie dojdzie do fizycznej konfrontacji między zwolennikami a przeciwnikami drapieżników. Zbierali swoje urządzenia i kamery, regulowali rachunki, wsiadali do samochodów i ruszali w kierunku Gardermoen, Oslo, Bergen i Trondheim. Obserwując ich, Leo przypomniał sobie, że istnieje jeszcze inny świat. Był w Elverum od trzech dni, które wydawały się wiecznością.

Po obfitym śniadaniu wrócił do swojego pokoju; zaciągnąwszy zasłony, położył się na łóżku i włączył telewizor. Na wszystkich kanałach w każdym wydaniu wiadomości nadal wspominano o wypadku. W paśmie informacyjnym TV 2 trwał właśnie wywiad na temat ataku wilków.

Kobieta około sześćdziesiątki o ponurym, nieustępliwym spojrzeniu i kruczoczarnych włosach, pełniąca wysoką funkcję w jakiejś organizacji chłopskiej, opowiadała o ataku wilków na jej owce na terenie zabezpieczonym przed drapieżnikami odpowiednim płotem, mówiła o sabotażu i groźbach ludzi z RR, o błędnej polityce, obniżonej jakości życia oraz akcjach przeprowadzanych od Østfold na południu po Finnmark na północy.

— Stowarzyszenie Natura dla Wszystkich organizuje w piątek wielkie ognisko na znak protestu przeciwko polityce dotyczącej zwierząt drapieżnych. — Spojrzawszy prosto w kamerę, dodała: — Mamy do czynienia z inwazją, musimy pokazać, że tworzymy wspólny front przeciwko intruzom.

— Myśli pani, że to odniesie skutek? — spytała retorycznie młoda reporterka.

— Jeżeli to nie zrobi na nikim wrażenia, to znaczy, że nie sposób przebić się ze swoimi racjami w demokratycznym kraju.

— Uważa pani, że w kraju totalitarnym byłoby wam łatwiej osiągnąć zamierzony cel? — podchwyciła dziennikarka.

— Wszystkie wilki mające stałe siedliska na terenie Norwegii i wszystkie młode wilki urodzone w norweskich lasach muszą zniknąć — oznajmiła kobieta, nie zwracając uwagi na drobny przytyk ze strony reporterki. — Mówię w imieniu swojej organizacji, stowarzyszeń myśliwskich i rodziców, którzy się boją, że wilki zaatakują ich dzieci w drodze do szkoły.

Leo wyłączył telewizor, sięgnął po maca i znowu goły jak go Pan Bóg stworzył zasiadł w niebieskim fotelu. Ponieważ wełniane obicie drapało go w plecy, wciągnął jednak bokserki i T-shirt, nałożył też słuchawki na uszy, po czym wrócił na fotel i usiadł na nim po turecku z wyprostowanymi plecami.

Niepokój i wewnętrzny dygot zawsze były najgorsze rano. Jakaś Amerykanka z TED Talks wyjaśniła kiedyś, że właśnie o tej porze stężenie hormonu stresu w organizmie jest najwyższe.

Wszedł na YouTube'a i włączył trzydziestominutową medytację mindfulness body scan z facetem grającym na didgeridoo w tle. Pompatyczny głos mówił z australijskim akcentem: *Your mind will wander, simply notice when it does, and with compassion and love for yourself, accept that your mind has wandered and bring your awareness back to the physical sensation of breathing.*

Starał się ze wszystkich sił pokochać siebie i skupić się na oddechu.

Close your eyes and observe each breath as it was the first breath you have ever taken.

Zamknął oczy.

Przez wiele tygodni, a nawet miesięcy Siri cierpiała na kolkę. Krzyczała wniebogłosy, niepohamowanie, jakby miała zaraz umrzeć. Małe ciałko wyginało się i prężyło całymi godzinami. W nocy oboje na zmianę nosili ją na rękach, wkładali jej palec do buzi. W końcu się uspokajała, przycichała i zasypiała. Godzinę później wszystko zaczynało się od nowa.

Nigdy nie czuł takiej bliskości z Siri, jak z cztery lata starszym Willym. Niestety, taka była okrutna prawda.

Let your breath be the gateway to this moment — upominał Australijczyk.

Leo ściągnął słuchawki z uszu, wstał, rozsunął zasłony i zaczął wpatrywać się w mur dawnej Elgstua Kafé naprzeciwko, w sznur samochodów na szosie oraz w morze sosen w oddali. Nie mógł siedzieć zamknięty w czterech ścianach i koncentrować się na własnym oddechu za zaciągniętymi zasłonami. Musiał wyjść na dwór, skorzystać z pięknej pogody.

Włożył krótkie spodnie, brązowy bawełniany podkoszulek z długimi rękawami, na wierzch koszulę w kratkę z krótkimi rękawami, a na nogi wciągnął białe tenisowe skarpetki i buty marki Masai. Następnie wszedł do łazienki i połknął proszek, po czym opuścił pokój, w drodze do wyjścia pozdrowił recepcjonistę, wsiadł do wynajętego samochodu i ruszył wschodnim brzegiem Glommy w kierunku północnym.

Zamierzał rozejrzeć się po okolicy, którą Gilbert wskazał mu jako potencjalne miejsce, gdzie mógł zaszyć się Rino. Nie potrafił wyjechać z Elverum, nie podjąwszy ostatniej próby przemówienia temu dzikusowi do rozsądku.

14

EMMA STAŁA, balansując na jednej nodze. Świat nadal wydawał się odległy i nierzeczywisty. Była w nim razem z łagodnym i empatycznym — przynajmniej takie sprawiał wrażenie — olbrzymem. Ale zaczynała już mieć dość grzybkowego transu, chciała wrócić do siebie.

— Czyje to były psy? — spytała, mrużąc oczy.

— Szpiegowałem tego szwedzkiego sukinsyna przez dwa miesiące. — Rino się wyprostował. — Wytresował pięć psów hybrydowych do zagryzania na komendę.

Emma zaniemówiła i spojrzała na niego szeroko otwartymi oczami, wciąż stojąc na jednej nodze.

— Zawsze był z dwoma gośćmi, zawsze z tymi samymi.

— Wiesz, kim oni są?

— Okazuje się, że jeden to zastępca burmistrza Elverum, widziałem go wczoraj na scenie Terningen Arena.

— Viggo Hennum?

Rino popatrzył na nią uważnie i potwierdził:

— Viggo Hennum.

— Bjarne twierdzi, że zarówno burmistrz, jak i jego zastępca są zamieszani w polowania na wilki, ale żeby... — Straciła równowagę i postawiła drugą nogę na ziemi. — To jakiś obłęd.

Rino milczał, zapatrzony w płomienie.

— A ten trzeci?

— Ma wygląd starego artysty country — odpowiedział. — Komiczna bródka, ubrany na czarno. Widziałem go jedynie z daleka.

— Rany boskie — rzuciła Emma, jakby dopiero teraz dotarło do niej znaczenie tego, co usłyszała. Pociągnęła łyk herbaty, chociaż właściwie już nie miała na nią ochoty. — Dlaczego oni to zrobili?

— Żeby zwalić winę na wilki, wpłynąć na opinię publiczną i w walce o wytrzebienie tych zwierząt mieć po swojej stronie wszystkich Norwegów.

— Trzeba to zgłosić na policję.

— Zapomnij. Tomteberget nie cierpi wilków.

— Embret Tomteberget być może nie przepada za wilkami, ale chyba jeszcze bardziej nie znosi morderców.

— Byłem świadkiem tego zabójstwa. — Rino opróżnił kubek i rzucił go na ziemię. — Nie mogę być w to zamieszany, pod żadnym pozorem.

— Dlaczego?

— To długa historia.

— Nie chcesz oczyścić wilków z zarzutów?

Rino spojrzał jej prosto w oczy.

— Nie mogę zeznawać w tej sprawie.

Emma zerknęła na jego brwi. Przypominały kępki mchu albo małe leśne myszki.

— Trzeba odpowiedzieć im tą samą monetą — rzekł Rino. — Musimy pokazać, że nie pójdzie im z nami tak łatwo.

— My, czyli kto?

— Ci, którym zależy na wilkach.

Emma zapatrzyła się w ogień, obserwując, jak drobna, na pozór nic nieznacząca zmiana w części jednego bierwiona może odmienić całe ognisko i sprawić, by stało się większe i intensywniejsze albo mniejsze i wątłe.

— Co masz na myśli, mówiąc: tą samą monetą?

— Muszą posmakować własnego lekarstwa. To jedyny język, jaki rozumieją.

Emma potarła dłońmi o uda, uniosła ręce na wysokość twarzy i przyjrzała im się uważnie.

— Chyba powinnam już pójść.

Rino popatrzył na nią i spytał, czy nie miałaby ochoty na jagody albo dzikie maliny z bitą śmietaną. Odpowiedziała, że nie jest głodna.

— Jak ci się udaje tu przeżyć? — spytała. — Skąd masz pieniądze?

Wskazał na dołek w ziemi.

— Mam walizkę pełną pieniędzy.

— Serio? — Emma uniosła wysoko starannie wypielęgnowane brwi.

— Zabiłem jednego gościa i go okradłem.

Zachichotała; wolała uznać, że to żart.

— Właściwie to umarł z przyczyn naturalnych, naturalnych dla branży, w której działał — dopowiedział Rino. — Nie chcesz jeszcze małego kopa?

— Chyba mam już dość — odparła.

Rino dorzucił do swojego kubka więcej grzybków i dolał wody.

— Parę razy w miesiącu jeżdżę do miasta. Idę do biblioteki, siadam przy komputerze, przeglądam portale informacyjne, staram się być na bieżąco w sprawie wilków i rozgrywek piłkarskich, wypożyczam książki.

— Czytasz książki? Jakiego rodzaju?

— Na początku lata przeczytałem *Życie pasterza*. A teraz siedzę głównie nad Peterem Singerem i Heideggerem.

— Nad Singerem? Tym od *Animal Liberation*?

— Tak jest.

— I nad niemieckim filozofem?

Rino potaknął ruchem głowy i dodał:

— Martinem.

— Czytasz *Bycie i czas*?

— Bardziej mi się podobał *List o humanizmie* z czterdziestego siódmego roku.

— A o czym on jest?

Rino spojrzał w niebo i odetchnął ciężko przez nos.

— Heidegger uważa, że człowiek ma nie tylko byt, ale także świadomość własnego bytu. — Popatrzył jej w oczy. — Tylko dzięki temu może poprzez egzystencjalizm, zrozumienie i spojrzenie ku przyszłości dojść do sensu swego bycia ku śmierci. Bez śmierci nie ma zrozumienia życia.

Emma pomyślała, że to chyba działanie grzybków, gdy poczuła prąd przeszywający jej ciało oraz gęsią skórkę na rękach i nogach. Głos olbrzyma był tak mroczny i hipnotyzujący jak szum szerokiej rzeki spokojnie toczącej swoje wody. Mogłaby go słuchać cały wieczór. Ten nieznajomy mężczyzna był refleksyjny i potężny, krył w sobie fascynującą głębię. Wszystko, co mówił, zdawało się mieć co najmniej drugie dno. Czuła z nim mistyczną więź, jakiej nigdy nie zdarzyło jej się zadzierzgnąć z nikim innym, jakby znali się całe życie. Przekrzywiwszy głowę, przyglądała mu się z zainteresowaniem, on zaś wstał, otrzepał spodnie, popatrzył jej w oczy i spytał:

— Nie wiesz, jakim wynikiem skończył się niedzielny mecz Vålerengi ze Stabækiem*?

---

* Nazwy popularnych norweskich drużyn piłkarskich.

15

LEO OPUŚCIŁ SZYBY po obu stronach samochodu, pozwalając, by wiatr targał mu włosy i muskał go po karku. Woń świeżo ściętego zboża i nawozu wypełniła kabinę. Był kolejny wprost idealny dzień późnego lata, nietypowo ciepły jak na koniec sierpnia, z ponad dwudziestoma stopniami w cieniu, prawie bezwietrzny. Co jakiś czas dostrzegał błysk Glommy, która płynęła szeroko i flegmatycznie po drugiej stronie złotych pól i szyn kolejowych, wiła się w dół doliny, na jej gładkiej jak lustro powierzchni nie było ani jednej zmarszczki.

Poziom wody w rzece obniżył się co najmniej o pół metra od czasu, kiedy Leo pojawił się tu po raz pierwszy, poza tym zmieniła się jej barwa — już nie była brunatna. Żałował, że nie wziął ze sobą wędki, poczuł, jak ożywają w nim dawne instynkty. Zdecydowanie zbyt dużo czasu minęło od ostatniego razu, kiedy łowił pstrągi na suchą muchę.

Dotarłszy do Granbekken, zatrzymał auto na poboczu i wszedł do lasu. Gilbert wymienił tę okolicę jako jedno z trzech miejsc, w których można się zaszyć na pewien czas w nadziei, że nie zostanie się odkrytym.

To był klasyczny las Østerdalen z sosnami oddalonymi od siebie o trzy, cztery metry — każda z nich potrzebowała przestrzeni, aby wzejść i wyrosnąć na tej jałowej ziemi. Między nimi rozciągały się wielobarwne plamy złożone z chrobotka reniferowego, krzaczków borówek, kamieni pokrytych mchem, zbutwiałych gałęzi i szyszek. Łatwo się szło po takim podłożu — było suche, przyjemne i nie kryło niespodzianek. Od czasu do czasu pojawiało się gęste skupisko świerków, nierzadko pomieszanych z drzewami liściastymi. Potem Leo wkroczył na teren o zupełnie innym charakterze: miał przed sobą moczary i nieduży staw z liliami wodnymi, otoczony sitowiem i brzeziną, a następnie znalazł się na karczowisku usianym wielkimi, świeżo ściętymi pniami, morzem zbutwiałych gałęzi oraz krzaków malin. Zatrzymał się w słońcu i zjadł trochę owoców, po czym ruszył dalej.

Komary cięły go w blade nogi. Miał mokro w butach. Technologia Masai była przeznaczona do nawierzchni twardych i równych. Leo czuł się niczym ryba wyrzucona na ląd, a po jakimś czasie stwierdził, że chyba zabłądził. Pomyślał o Henrym Mortonie Stanleyu poszukującym Davida Livingstone'a w Kongo Belgijskim, tyle że on, w przeciwieństwie do Stanleya, nie miał żadnych pomocników, żadnego planu ani umowy na napisanie książki po powrocie. Nikogo nie obchodził, nikt, absolutnie nikt nie miał pojęcia, gdzie się znajduje. Odsunął się od wszystkiego i wszystkich, jego własna córka nie chciała z nim rozmawiać. Jutro mógłby zginąć i nikt by się tym nie przejął.

Przez dosyć długi czas kręcił się w kółko, aż w końcu dostrzegł jakieś przebłyski między drzewami. To była Glomma, zaledwie dwieście metrów od niego. Coś go do niej ciągnęło, pewnie stare przyzwyczajenie, musiał przyjrzeć się jej z bliska, może akurat wylęgły się nad rzeką jętki albo jacyś wędkarze czekają na rybę.

Usiadł na pniu sosny na brzegu i oddychając przez nos, wypatrywał ryb pod taflą wody. Na jej powierzchni nie było widać żadnych owadów, co wydawało się typowe dla wyjątkowo ciepłych — jak na koniec sierpnia — dni. Natura się wypaliła.

Wszystko, co miało się wyroić, wykluć, wykiełkować czy rozkwitnąć, już to zrobiło. Przyroda czekała na nadejście jesieni ze spadkiem temperatury i opadami. To było ostatnie ostrzeżenie dla wszystkich żyjątek, dużych i małych, że zima czai się za rogiem i że trzeba się pospieszyć, aby zrobić wszystko, co konieczne i aby nie było za późno.

Ku zaskoczeniu Leo za kamieniem dziesięć metrów od brzegu zaczęły co chwila pojawiać się dwie ryby. Były to klasyczne lipienie: próbowały chwycić coś niewidzialnego na tafli wody, poruszając się energicznie i tworząc drobne kręgi na powierzchni.

Już dawno nie obserwował pływających ryb. Zapomniał, jak bardzo jest to kojące. Za dawnych czasów mógł tak siedzieć godzinami i się przyglądać, pozwalając płynąć myślom.

Dlaczego nie robił przyjemnych rzeczy z Siri? Dlaczego pozwolił jej się wymknąć?

Zaczęła przestawać z jakimiś wariatami, prawdopodobnie próbując w ten sposób znaleźć swoje miejsce. A on, zamiast pozostawić jej przestrzeń, zgodzić się na to, aby była głupia i nieznośna, odczekać i potem naprawić to, co z całą pewnością było do naprawienia, najpierw na nią nawrzeszczał, a dopiero potem zszedł jej z drogi.

Brzegiem rzeki przemieszczało się stado owiec, wiele z nich miało dzwoneczki zawieszone na szyjach. Wyglądały jak małe, niewinne zabawki zagubione w brutalnym, nieprzyjaznym krajobrazie. Dziennikarz z „Nationen" miał całkowitą rację. Te owce tutaj nie pasowały, podobnie jak on, Leo Vangen. Zauważył, że trochę zmarzł, siedział na pniu i drżał, był jakby nieobecny. Słońce już dawno zaszło, zniknęło za wzniesieniami na zachodzie, ryby przestały się pluskać. Zsunął się z pieńka i oparłszy się o niego plecami, skrzyżował ramiona, zamknął oczy i odpłynął.

Siri zasnęła na piersi matki. Siedział i przyglądał się im obu, jak śpią, jednej dużej, a drugiej małej, lubił to robić; to niepojęte, że był tego częścią. Długie, ogniste włosy Ragny zsunęły się na główkę dziecka, przykryły ją. Wyciągnął rękę, odgarnął je na bok. Ragna tak mocno przyciskała główkę córeczki, że jej palce aż wbiły się w pozbawioną włosów, miękką czaszkę.

Ocknął się pod wpływem krzyku Siri, piskliwego i przenikliwego. Wyprostował się, pokręcił głową, zdezorientowany, strząsnął z ubrania jakieś śmieci i powędrował z powrotem do samochodu.

Wróciwszy do hotelu, od razu udał się do swojego pokoju i w łazience połknął rivotril, drugi tego dnia. Następnie spakował walizkę, zszedł do recepcji, gdzie oddał kluczyki do samochodu, uregulował rachunki i wymienił kilka uprzejmych sloganów ze sztucznie miłym szwedzkim recepcjonistą, po czym zniknął za szklanymi drzwiami. Poczłapał do Jafsa i kupił sobie dwustugramowego cheeseburgera z bekonem, którego zjadł po drodze na dworzec kolejowy. Spożywał go powoli, nie rejestrując smaku. Właściwie wcale go nie potrzebował, czuł się pełny i odrętwiały, żałował, że się na niego skusił, żałował, że wepchnął w siebie drugi proszek.

Usiadł na metalowej ławce przed dworcem w Elverum i czekał na pociąg do Oslo. Zatrzymał wzrok na sporym stosie kamieni i żwiru po drugiej stronie torów. Przetoczył się po nich niemający końca pociąg towarowy, sto dwadzieścia wagonów załadowanych drewnem z Østerdalen. Spojrzał na tabliczkę nad wejściem na stację. „Elverum, 188,1 m n.p.m." Pomyślał, że to śmiesznie nisko jak na miejsce położone tak bardzo w głębi kraju. Elverum go nie potrzebowało, on też zdecydowanie nie potrzebował Elverum. Jeśli Rino nie chce mieć z nim nic wspólnego — jego sprawa. Jak ma uratować kogoś, kto nie życzy sobie być uratowany? Wilki nie są ważne. Ważna jest Siri. Pora wrócić do domu, odwiedzić Siri w szpitalu, złapać byka za rogi.

16

PODCZAS GDY LEO DRZEMAŁ w pociągu do stolicy, pięciu ubranych na zielono facetów chodziło po lesie na północny wschód od Elverum ze wzrokiem utkwionym w ziemi, wypatrując odchodów, padliny i innych śladów wilków. Pięciu mężczyzn robiło rozpoznanie terenu przed pierwszym od trzech miesięcy wielkim polowaniem na wilki w tej okolicy. Na samym przedzie szedł człowiek od reklamy z Lysaker, trzymając na smyczy psa do nagonki na łosie. Nazywał się Preben Hognestad, miał ogoloną czaszkę, kozią bródkę i złoty kolczyk w prawym uchu i został zatrudniony przez burmistrza Kojedala i gminę Elverum jako doradca „w zakresie kontaktów z mediami w kwestiach dotyczących wilków".

Hognestad otworzył własną agencję reklamową w najgorętszym momencie ery japiszonów w latach osiemdziesiątych. Od początku robił z rozmachem duże kampanie reklamowe podpasek, płatków śniadaniowych, lakieru do włosów, płynów do higieny intymnej, makreli w pomidorach i pasty do zębów. Wyprodukował też wiele zabawnych filmów reklamowych przeznaczonych do puszczania w kinach; pytany o nie wówczas, twierdził, że widzowie zawsze bardziej się śmieją z jego produkcji niż z filmów, które przyszli obejrzeć. „Jesteśmy nowymi opowiadaczami historii", brzmiała jego ulubiona fraza. „Ale przecież ty jesteś tylko sprzedawcą", przekonywali jego przyjaciele akademicy, zawiedzeni lukratywną ścieżką kariery kolegi. Wówczas Preben wpadał niekiedy w taką wściekłość, że furia omal rozsadzała mu pierś, aż w końcu po kilku latach wszyscy jego uczeni przyjaciele się ulotnili.

Ukoronowaniem kariery copywritera, kampanią, która zapewniła sławę zarówno jemu, jak i jego agencji na reklamowej scenie Norwegii, za sprawą filmu, wyróżnionego ośmioma nagrodami krajowymi i piętnastoma międzynarodowymi, w tym prestiżowym Lwem na festiwalu filmów reklamowych w Cannes, była telewizyjna kampania zachęcająca do wypożyczania telewizorów w wypożyczalni Thorn ze sloganem: „Zaskocz swoją żonę dwudziestosześciocalowym".

Gdy po przełomie tysiącleci wiele starych agencji zaczęło mieć poważne kłopoty i ostro walczyło o przetrwanie, a do głosu zaczęli dochodzić młodzi, bystrzy i pragmatyczni kreatorzy i twórcy, Preben porzucił reklamę i zajął się komunikacją. Pomysł nowego biznesu opierał się na pomaganiu w kontaktach z mediami znanym postaciom, które wpadły w tarapaty — na podpowiadaniu im, co mają mówić, a zwłaszcza czego za żadne skarby świata mówić n i e powinny, gdy wydarzy się katastrofa. Kiedy firma upadła po niefortunnym epizodzie z jedną z klientek, dawną członkinią Partii Pracy, która w końcu odebrała sobie życie po tym, jak została przyłapana na kupnie fałszywego pozwolenia na parkowanie w strefie dla inwalidów, Preben uciekł z miasta. Potrzebował powietrza, przestrzeni, bliskości natury.

Preben Hognestad od samego początku niezwykle żarliwie zabiegał o akceptację w lokalnym środowisku Elverum. Szczerze pragnął przynależeć do tamtejszej społeczności, a jako człowiek wyszkolony w komunikacji i znający się na ludziach, szybko zrozumiał, że droga do powszechnego uznania prowadzi przez nienawiść do wilków, jeszcze bardziej zapamiętałą i zajadłą niż ta, którą żywią miejscowi. Niekiedy była ona tak przemożna, że obawiał się, iż w końcu przez nią zwariuje; bywało, że nie spał kilka nocy z rzędu. Ta nieposkromiona wrogość stanowiła problem dla burmistrza Kojedala. Nie przypuszczał bowiem, że zatrudniony przez niego człowiek od reklamy stanie się najbardziej zapiekłym kłusownikiem w gminie, nie spodziewał się, że własnoręcznie uśmierci trzy wilki jeszcze przed upływem roku od swego przyjazdu w te strony.

Preben lubił robić rekonesans i przygotowywać grunt do zabijania, częściowo dlatego, że czuł się wtedy trochę jak żołnierz, a częściowo z tego powodu, że cudownie było wyobrażać sobie te wszystkie czekające go przyjemności.

Być może to przez sowę śnieżną, którą dostrzegł na czubku sosny, nie spojrzał, gdzie stawia stopy, a może wnyki na wilka były dobrze ukryte, w każdym razie kiedy je zobaczył, było już za późno. Ledwie zdążył pomyśleć: „ups", gdy świeżo naostrzone zęby staroświeckiego traperskiego urządzenia zatrzasnęły się z hukiem i z nieopisaną siłą wokół jego prawej nogi, a okrzyk bólu, który rozbrzmiał ponad lasami w dolinie, był tak donośny i przeraźliwy, że miano o nim mówić w Elverum jeszcze wiele lat później.

17

JESIEŃ 1910 ROKU zastała dwóch młodych Norwegów w Londynie. Harald H. Hennum pochodził z zamożnej kupieckiej rodziny osiadłej w Høvik w gminie Bærum, ale mającej korzenie w gminie Stor-Elvdal w Østerdalen. Kształcił się w nawigacji morskiej. Chłopak z Hamaru, Johan W. Kojedal, syn blacharza, przybył do miasta, aby zdobyć zawód inżyniera. Zgodnie z dokumentami z późniejszych procesów, przechowywanymi do dziś przez burmistrza Tryma Kojedala w sejfie ukrytym za obrazem Tidemanda i Gudego w bibliotece posiadłości na północ od Elverum, pomysł, aby założyć wspólnie firmę żeglugową, zrodził się podczas bożonarodzeniowego obiadu w Grand Café w Oslo w 1914 roku. Tego samego wieczoru obaj młodzi ludzie udali się z wizytą do Lagåsen w Bærum, do seniora rodu Hennumów Hannibala Lorentza, jednego z najbogatszych ludzi w Norwegii, aby prosić go o pieniądze. Jesienią 1915 roku trzej panowie powołali do życia firmę żeglugową Hennum & Co z główną siedzibą w Christianii.

W 1925 roku, po kilku latach lukratywnej działalności, Hennum senior wycofał się ze spółki z powodu bardzo zaawansowanej choroby Alzheimera. Przed śmiercią zdążył jeszcze zapisać w testamencie cały rodzinny majątek swojej osobistej pielęgniarce, osiemnastoletniej komunistce Idzie Hakk z Hokksund.

Dwaj koledzy ze studiów prowadzili firmę dalej, ale po dwóch latach postanowili zrezygnować z partnerstwa. Oficjalnie odbyło się to w całkowitej przyjaźni, prawda była jednak taka, że Kojedal przyłapał porywczego młodego kawalera Hennuma w szklarni na gorącym uczynku z ogrodnikiem Kjellem. I chociaż Kojedal był — jak na tamte czasy — osobą liberalną, to jednak ani on, ani Hennum nie potrafili zamieść tego kłopotliwego epizodu pod dywan. Hennum wziął więc swój kapelusz i odszedł z odprawą w wysokości czterystu pięćdziesięciu koron, co stanowiło wówczas pokaźną kwotę. Kojedal zaś, pozostawiwszy w nazwie firmy tylko swoje nazwisko, prowadził ją dalej z dużym powodzeniem.

Tymczasem Hennum wynajął mieszkanie nad piekarnią w Stabekk w gminie Bærum, wprowadził się do niego razem z Kjellem i zainwestował całą swoją odprawę w firmę wytwarzającą ekskluzywne damskie torebki z rybiej skóry. Kiedy zbankrutowali, Kjell się ulotnił, Hennum zaś, pozbierawszy resztki tego, co zostało, wyjechał spróbować szczęścia na Dalekim Wschodzie. Przez wiele lat z niemałym zyskiem importował samochody do Mongolii i Chin. Przy tej okazji spotkał gromadę Białorusinów, którzy uciekli z Armii Czerwonej. Ich losy i opowieści odcisnęły na nim niezatarte piętno. Kiedy więc w 1937 roku wrócił do Norwegii, miał poczucie, że musi wnieść wkład w obronę Europy przed komunizmem, i zgłosił się do Nasjonal Samling (NS) — Zjednoczenia Narodowego.

Jako sprzedawca samochodów na Dalekim Wschodzie Hennum zarobił niemało, jednak wystawny styl życia sprawił, że jego zasoby finansowe prędko się wyczerpały i gdy w 1938 roku chciał nabyć za sześćdziesiąt tysięcy koron okazałą posiadłość Brustad pod Elverum, sześćdziesiąt procent sumy musiał pokryć jego stary kompan Kojedal.

Po wybuchu wojny Niemcy chcieli wykorzystać jego dom i urządzić w nim kwaterę główną w regionie Elverum oraz punkt obserwacyjny floty powietrznej wroga, na co gospodarz Hennum, jako wieloletni wierny członek Zjednoczenia Narodowego, wyraził zgodę i przyjął okupanta z otwartymi ramionami. Każdego ranka o godzinie siódmej, nie zważając na niepogodę i wiatr, ubrany w szary mundur z charakterystyczną czerwoną opaską na rękawie, Hennum wywieszał flagę ze swastyką na dziedzińcu.

Należący do ruchu oporu Kojedal opuścił Norwegię i kierował kompanią żeglugową ze Sztokholmu.

W 1943 roku pięćdziesięciopięcioletni Harald H. Hennum wziął sobie za żonę dziewiętnastoletnią Julie Dokken, która z ramienia Zjednoczenia Narodowego prowadziła akcje propagandowe wśród pomocy domowych w Oslo. Wielu członków rodziny postanowiło nie uczestniczyć w uroczystości ślubnej. Oficjalnym powodem były ich zastrzeżenia do dużej różnicy wieku między nowożeńcami. Ale właściwa przyczyna kryła się w narastającym politycznym oporze przeciw nazizmowi, który nasilił się szczególnie po klęsce Hitlera pod Stalingradem, a doszło do niej zaledwie trzy dni przed ślubem. Po wojnie Hennum został aresztowany i skazany na dziewięć lat więzienia za zdradę kraju, denuncjację i stosowanie tortur.

Johan W. Kojedal zawsze miał słabość do tej okazałej posiadłości, toteż kiedy wrócił ze Szwecji, nie okazał litości swemu dawnemu przyjacielowi oraz partnerowi w interesach i będącą w zaawansowanej ciąży Julie wyrzucił za drzwi. Młoda kobieta wędrowała niestrudzenie od domu do domu, wlokąc za sobą małego Agnego i znajdując schronienie u rodzin sprzyjających nazistom — od Elverum po Atnę. Czternastego grudnia 1950 roku urodziła syna Viggo w stodole w Opphus.

Gdy Viggo zobaczył po raz pierwszy swego więzionego i odbywającego właśnie strajk głodowy ojca, postarzałego mężczyznę ważącego czterdzieści osiem kilogramów, było Boże Narodzenie 1953 roku. Okazało się, że w więzieniu Hennum przeszedł na katolicyzm, próbując w ten sposób nadać — jak to określił — „duchowy wymiar klęsce". Gdy kilka miesięcy później został wypuszczony na wolność, razem z rodziną wprowadził się do chaty z bali pod Elverum, zaledwie kilkaset metrów w dół rzeki od Kojedalów w Brustad; żyli z zasiłku od państwa, a także z anonimowych datków od dawnych nazistów z okolicy oraz ze sporadycznych zleceń przy pracach gospodarskich. Kiedy we wrześniu 1961 roku zmarł armator Johan W. Kojedal, małżonkowie Hennumowie postanowili wstąpić na drogę prawną, aby uzyskać rekompensatę za utracone prawa do Brustad. Przegrali we wszystkich instancjach.

Harald H. Hennum był człowiekiem wiernym swoim przekonaniom, nazistą i zagorzałym kibicem drużyny Borussia Mönchengladbach aż do samego końca, czyli do jesieni 1986 roku, kiedy siedząc w bujanym fotelu przy piecu opalanym drewnem, zasnął cicho, ubrany w dawny mundur Hird* i otulony norweską flagą, żeby było mu cieplej.

Mały Viggo przez całe dzieciństwo słyszał, że jego ogromnie religijny ojciec boi się komunistów. Europa stała w płomieniach. Stary Hennum bał się, aby nie przepadły tradycyjne, norweskie, chrześcijańskie wartości.

W okresie dorastania Viggo starał się zamieść pod dywan to, co wiązało się z przeszłością ojca i jego politycznymi przekonaniami, mimo że całe Elverum wiedziało o wszystkim

* Hird — norweska paramilitarna formacja podporządkowana faszystowskiej partii Nasjonal Samling Vidkuna Quislinga.

ze szczegółami, a jemu nieustannie o tym przypominano — głównie robił to jego kolega szkolny Trym Kojedal ze swoimi kumplami. Chociaż Viggo i Trym chodzili do jednej klasy i doskonale wiedzieli, że ich ojcowie byli kiedyś najlepszymi przyjaciółmi i kompanami, młody Kojedal otrzymał surowy przykaz od matki, że ma się trzymać z daleka od gołodupca Vigga Hennuma.

Samotny i odpychany przez wszystkich, chłopiec szukał pocieszenia w muzyce. Zaczął grać w szkolnym zespole na puzonie — głównie dlatego, że nikt nie chciał wybrać tego instrumentu, ale również z tej przyczyny, że był wielkim fanem jazzu w ogóle, a Tommy'ego Dorseya w szczególności, ponadto dawało mu to rzadkie poczucie panowania nad czymkolwiek. Muzyka stała się jego małą oazą, w niej był królem i nikt nie mógł go tknąć. Niestety jednak ani trombon, ani znajomość jazzu nie zapewniły mu uznania chłopięcych gangów w Elverum.

Gdy w 1975 roku skończył roczny kurs na inseminatora w szkole leśnej w Evenstad, matce udało się go przekonać do objęcia funkcji zastępcy przewodniczącego w Stowarzyszeniu Norweskich Dzieci Członków Zjednoczenia Narodowego; była to funkcja nic nieznacząca, niedająca żadnej władzy, prestiżu ani wpływów. Matce chodziło tylko o to, aby syn trochę się otworzył. Na zjeździe krajowym poznał dziewczynę, która została później jego żoną. Była to Linda Janken Østbye, córka osławionej nazistki i antysemitki Gunilli Østbye.

Życie Tryma Kojedala było znacznie prostsze. Kiedy w 1972 roku skończył szkołę kadetów, wyjechał za ocean, aby studiować ekonomię na University of Idaho w Moscow na północnym zachodzie USA. Był to najpiękniejszy czas w jego życiu i gdy tylko potem miał okazję, opowiadał, gdzie się dało, o swoich eskapadach po amerykańskim kontynencie. Później Trym wrócił ze Stanów i nastało dla niego dwadzieścia lukratywnych lat w branży ubezpieczeniowej; zamieszkał w willi położonej na czteroakrowej działce w stołecznej dzielnicy Bestum, z czasem jednak znudziło mu się bycie wyłącznie jednym z wielu bogatych, którym powiodło się w życiu, i w 1999 roku zdecydował się wrócić w rodzinne strony, do Elverum, przejąć posiadłość rodzinną i zaangażować się w politykę lokalną po stronie swojej ukochanej Partii Konserwatywnej.

Dla Tryma było to jak triumfalny powrót do domu po podbiciu wielkiego świata. Jego jedynym krajanem, który odniósł jeszcze większy sukces, był — obok ministra sprawiedliwości Knuta Storbergeta — piłkarz Stig Inge Bjørnebye, lewy obrońca Liverpoolu, jedyny Norweg, jaki kiedykolwiek znalazł się w Premier League, tyle że on nie wrócił do Elverum, i jak głosiła plotka, nigdy nie zamierzał tego uczynić.

Pierwsze, czym musiał się zająć Kojedal, to gruntowny remont domu i przywrócenie mu dawnej świetności, po tym jak żarliwi zielonoświątkowcy, którym go wydzierżawił, doprowadzili go do ruiny. W drugiej kolejności rozpoczął bieg, który zakończył się tym, że w 2008 roku, po kampanii pod hasłem „Elverum ma serce", został wybrany burmistrzem gminy.

Dosyć wcześnie zrozumiał, że aby komfortowo czuć się w pracy, powinien mieć zastępcę, który nie będzie mu wkładał kija w szprychy. Zawarłszy odpowiednie polityczne układy z Partią Postępu, Norweską Partią Liberalną i Centrum, postawił w końcu na swoim. Jego wybór padł na dawnego kozła ofiarnego, inseminatora Vigga Hennuma, który właśnie w tej chwili ze szklanki pełnej niemal po brzegi popijał whisky Upper Ten, siedząc w jednym z dwóch foteli w stylu chesterfield przed kominkiem w Salonie Niebieskim posiadłości burmistrza nad Glommą na północ od Elverum.

— Wszystko zaczyna się układać, Viggo. Aż trudno w to uwierzyć. — Kojedal zakołysał ciężką szklanką, wprawiając kostki lodu w ruch wirowy. — Ale wystarczy, że się wtrącisz, a od razu sprawy zaczną się pieprzyć.

Hennum zrobił kwaśną minę, po czym wciągnął do ust dwa kawałki lodu i zmiażdżył je zębami.

— Kto by przypuszczał, że wilki zrobią nam taką przysługę — powiedział Kojedal. — Kto by przypuszczał?

— Masz na myśli tę skośnooką Czing-Czong, czy jak jej tam? — Hennum podrapał się po skroni.

— Od dziesięciu lat powtarzałem na okrągło, że wilki są niebezpieczne. Zaczynałem już wyglądać na idiotę, tamci goście wylądowali za kratkami, ale w końcu coś się wydarzyło. — Podniósł zaciśniętą pięść do góry. — W ostatniej chwili zostałem uratowany przed wyliczaniem przez gong.

— Raczej przez Czing-Czong — rzucił Hennum, poruszając kruczoczarnymi brwiami.

Kojedal zachichotał.

— Teraz musimy się spiąć i dobrze wykorzystać karty, które mamy w ręce — powiedział. — Ludzie są gotowi?

— Już przebierają nogami, czekają na sygnał. — Hennum poprawił się na fotelu. — Tylko najpierw musimy wytropić te bydlaki, zorientować się, gdzie mniej więcej się kręcą. Nasz człowiek w Evenstad przekaże w sobotę najświeższą aktualizację.

Hennum powiódł po pokoju wygłodniałym spojrzeniem, jakby patrzył na coś, co właściwie powinno należeć do niego, i zatrzymał wzrok na dwóch błyszczących czarnych kongach stojących pod ścianą za biurkiem.

— Ilu was będzie?

— Trzydziestu. Dziś wieczorem wyruszą w teren, żeby zrobić rozeznanie.

— Svendsbråten też?

— Papież miałby nie wierzyć w Boga? — rzucił Hennum z drwiącym uśmiechem, ale nie otrzymał odpowiedzi. — Szef też będzie, jak najbardziej. To on wszystkim kieruje.

— Faktycznie jest taki dobry, jak mówią?

— Najlepszy. — Hennum zaczerwienił się po uszy. — Jest jak skromna gwiazda rocka. To taki Keith Richards myśliwych.

Burmistrz Kojedal spotkał w swoim życiu wielu podejrzanych typów i nie byli mu obcy ani psychopaci, ani inni pomyleńcy, mimo to za każdym razem, kiedy patrzył w lodowatoniebieskie oczy Erika Svendsbråtena, żałował, że wrócił do Elverum. Jeśli jednak wilki miały zniknąć szybko i w odpowiedniej kolejności, był on właściwym człowiekiem na właściwym miejscu, żołnierzem najemnym, gotowym za pieniądze wykonać każde zlecenie, wyzutym z emocji i niedopuszczającym do siebie niczego, co mogłoby stanąć na drodze do celu. Rzekomo żył z kłusownictwa, zabijał zwierzynę, a potem sprzedawał ją dla mięsa, futra albo do wypchania. Jak głosiła plotka, ustrzelone po kryjomu owce i krowy dostarczał bezpośrednio do ubojni halal w stołecznej dzielnicy Grønland.

— Skąd on pochodzi? — Kojedal upił ze szklanki łyk whisky Lagavulin, szesnastoletniej single malt, kupionej w destylarni na szkockiej wyspie Islay. — Chyba nie z Østerdalen?

— Nie mam pojęcia — odpowiedział Hennum. — Mieszka w niewielkim gospodarstwie głęboko w lesie pod Myklebu, trzyma parę świń, zimą sam odśnieża drogę do siebie, całe osiem kilometrów, pługiem zamontowanym przed toyotą z napędem na cztery koła.

Kojedal zmarszczył nos.

— A z tego kłusownictwa mogą być jakieś pieniądze?

— Za ptaka leśnego dostaje czterysta koron, za zająca pięćset, osiemset za lisa. Ustrzelenie łosia czy jelenia dla konkretnej restauracji poza sezonem może się całkiem opłacać. Kiedyś upolował konia na pastwisku na południe od Rasty i dostał do ręki dziesięć tysięcy od jakiegoś rzeźnika z Hamaru.

— A o co chodzi z tą bródką? — zaciekawił się Kojedal. — Wygląda przez nią jak jakiś dziewiętnastowieczny kaznodzieja.

— Børre Knudsen — zachichotał Hennum.

— Kobiety?

Hennum pokręcił głową przecząco.

— Najważniejsze dla niego są jego psy.

Burmistrz wstał i dołożył do ognia grube polano.

— Dobrze, że trzyma się w cieniu.

— Przez ostatnich pięć lat zastrzelił co najmniej dwanaście wilków i nie wierzę, że Tomteberget nie wie o jego istnieniu.

— Jasne, że wie — odrzekł Kojedal, odwracając się od kominka. — Powiedział, że kiedyś zmył mu głowę za to, że usuwał śnieg za pomocą miotacza ognia. Kiedy spytał, dlaczego to robi, usłyszał: „Mam dość użerania się z tym białym gównem".

Hennum wybuchnął serdecznym śmiechem, ale umilkł od razu, kiedy się zorientował, że burmistrz mu nie wtóruje.

— Czy to nie dziwne, jak bardzo przypadek rządzi naszym życiem? — spytał Kojedal.

— Co masz na myśli?

— Zdecydowałeś się tu wrócić.

— Oczywiście. Østerdalen to mój dom.

— Powinieneś był wyjechać, Viggo, kiedy miałeś szansę. — Burmistrz pociągnął łyk whisky. — Wyższa szkoła muzyczna, byłeś dobry w grze na puzonie.

— Znasz mnie, w dużym mieście na pewno bym się stoczył. — Krótki śmiech, dwa palce na krtani. — Za dużo pokus.

— Mógłbyś grać jazz, znaleźć przyjaciół, należeć do cyganerii, stać się artystą zamiast idiotą.

Burmistrz usiadł w fotelu.

— To była tylko taka dygresja! — Kojedal uniósł wysoko szklankę. — Teraz pora na polowanie. Jaki jest plan?

Hennum odchrząknął.

— Rozwieziemy po gminie sześć padłych łosi wysmarowanych trucizną i nafaszerowanych trującymi kulkami i rozłożymy je mniej więcej w jednakowych odległościach. Piekarz ma dostęp do łosi przejechanych na drogach, w trzech gigantycznych zamrażarkach trzyma wszystkie uśpione sztuki albo zabite przez samochody zeszłej zimy.

— Ale czy ta zatruta przynęta zadziała? — Kojedal pogładził się po nosie. — Ostatnio nie za bardzo się udało.

— Teraz spróbujemy w inny sposób — odpowiedział Hennum, poprawiając się w fotelu. — Zaatakujemy z wszystkich stron!

Burmistrz wstał i podszedł do bębnów.

— Czyli?

— Sześć przynęt, dwóch strzelców przy każdej, czyli w sumie dwunastu. Reszta będzie polować z samochodów: jeden kierowca, jeden strzelec, i z nagonką, chociaż akurat z tym będzie trudniej, jeśli spadnie śnieg.

Kojedal zaczął uderzać w kongi — nierówno, bez wyczucia i bez rytmu, wywołując jedynie hałas. Zamknął oczy i bębnił coraz głośniej, walił bez opamiętania w napiętą skórę, w końcu zaczął podśpiewywać, przeraźliwie fałszując: *Tall and tan and young and lovely, the girl from Ipanema goes walking...*

Hennum skulił się na fotelu.

Kojedal raptownie przerwał i wrócił na swoje miejsce.

— Musimy być bardziej przewidujący. — Uniósł wysoko palec wskazujący. — Zapamiętaj sobie: dzień jutrzejszy nigdy nie jest bliżej niż ten, który właśnie trwa.

— Co to znaczy?

— Że musisz być przygotowany na to, co nadejdzie.

— A co nadejdzie?

— To my o tym zdecydujemy. — Burmistrz pociągnął łyk whisky, przymknął powieki i cmoknął. — Czy Gilbert wypuścił ostatnio nowe sztuki, wiadomo coś na ten temat?

— Nic nie mówi naszemu kretowi, wygląda na to, że mu nie ufa.

— Można odnieść wrażenie, że ten atak wilków podziałał na profesora jak kubeł zimnej wody. Po prostu się wycofał jak ranne zwierzę, na spotkaniu mieszkańców wydawał się całkiem nieobecny.

— Stary napaleniec pewnie znalazł pocieszenie u dziewczęcia ze Słonecznego Wzgórza*, tej z mysimi ogonkami.

— Masz na myśli Emmę Vase?

— Z Bærum. — Hennum zarechotał. — Ekspert od wilków z Bærum! Dobre sobie!

— Przecież ona ma chyba nie więcej niż osiemnaście lat.

— Z tego Gilberta jest niezły numer — stwierdził Hennum i zapatrzył się przed siebie. Chociaż szczerze nienawidził Bjarnego Gilberta i wszystkiego, co reprezentował, podziwiał jednak jego nieustępliwość, inteligencję, wytrwałość, podejście do kobiet i sposób, w jaki korzystał z życia. Ale o tym nie mógł wspomnieć Kojedalowi.

— Przechodząc do innych spraw… — Burmistrz poprawił fryzurę. — Przeczytałem wywiad z tobą w „Østlendingen".

Hennum wypiął pierś, czekał na werdykt.

— Musisz przestać fotografować się z tym wypchanym wilkiem z Muzeum Leśnego w tle. Nie widziałem chyba ani jednego twojego zdjęcia bez tego wyliniałego zwierzaka.

---

* Tytułowa postać opowiadania Bjørnstjernego Bjørnsona (1832–1910), którego akcja rozgrywa się w norweskim środowisku wiejskim.

Hennum zapadł się w sobie i zmienił temat:

— Czy to ty włożyłeś mi wczoraj zdechłego szczupaka do skrzynki pocztowej?

Burmistrz przeciągnął dłonią po gładko ogolonym policzku.

— Po jakie licho miałbym wkładać ci do skrzynki zdechłą rybę?

— Myślałem, że to kawał, taki jak wtedy, kiedy zostawiłeś mi w śniadaniówce martwego nietoperza.

— Pewnie któryś z tych dowcipnisiów z RR tak sobie z tobą pogrywa.

— Ryba była zawinięta w gazetę.

— Luca Brasi — zachichotał Kojedal.

— Luca? A kto to taki?

— Widziałeś *Ojca chrzestnego*?

— Tylko trzecią część.

Kojedal się uśmiechnął, ale powściągliwie, w kącikach oczu tym razem nie pojawiły się zmarszczki.

— Nikt nie ogląda samej trójki *Ojca chrzestnego*.

Hennum dobrze znał ten uśmiech i z całego serca życzyłby sobie być w tej chwili gdzie indziej. Spytał, czy jego zwierzchnik ma całkowitą kontrolę nad lensmanem Tomtebergetem, na co usłyszał odpowiedź twierdzącą. Następnie Kojedal sięgnął po butelkę whisky Upper Ten i napełnił nią do połowy szklankę Hennuma, sobie zaś nalał whisky Lagavulin. Poczęstowanie swojego zastępcy szesnastoletnią single malt byłoby rzucaniem pereł przed wieprze, drwiną z tego starannie destylowanego trunku i jego zbalansowanego smaku. Nawet Hennum to rozumiał.

Kojedal przeszedł za biurko i usiadł, po czym uruchomił stojącego na nim laptopa.

— Póki pamiętam — odezwał się po chwili. — Mam do ciebie sprawę.

Hennum uniósł brwi, słysząc w tonie burmistrza zmianę niezapowiadającą niczego dobrego.

— Wczoraj wszedłem na twojego Facebooka.

Hennum wiercił się na krześle jak robak nadziany na haczyk.

— Proszę — Kojedal wskazał na ekran komputera. — Ostatni twój post z poprzedniego tygodnia. Jak można być takim imbecylem?

Hennum utkwił wzrok w podłodze i chrząknął nerwowo; poczuł się tak, jakby znowu był w piątej klasie.

Burmistrz założył na nos okulary, zawieszone na rzemyku na jego szyi, i zaczął czytać:

— „Przyszła wiosna i azylanci znowu zaczynają pedałować po naszych drogach. Uważaj, żebyś na żadnego nie najechał. Bo to może być twój rower".

Hennum starał się zapanować nad mimiką, nie potrafił jednak powstrzymać uśmiechu.

W przeciwieństwie do Kojedala, który zdjąwszy okulary, spytał:

— Uważasz, że to zabawne?

Wiceburmistrz odkaszlnął.

— Trochę.

— Jeszcze jedno potknięcie z twojej strony — powiedział Kojedal — i zanim się zorientujesz, wrócisz do obory w gumowych rękawicach.

Hennum utkwił wzrok we własnym brzuchu, sterczącym pod polarowym swetrem. To, co zaczęło się obiecująco, po partnersku, skończyło się tym samym gównem, co zawsze. Myślał, że opowie Kojedalowi o Szwedzie, psach, planie oraz o tym, jak on i Svendsbråten okpili cały naród, jak cała prowincjonalna Norwegia powinna mu dziękować, a tymczasem powiedział:

— To było przeoczenie. Więcej się nie powtórzy.

— Powiedz mi — burmistrz położył nogi na biurku. — Jakie są nastroje wśród zwykłych ludzi?

— Wszyscy śmiertelnie się boją.

Kojedal uśmiechnął się nieznacznie.

— Tak z dnia na dzień zaczęli uważać, że wilki są groźne, bo zaatakowały człowieka?

— Wilki są groźne, ludzie czują strach i musimy brać ten strach na poważnie.

— Nie finansuję polowania dlatego, że boję się wilków — wtrącił Kojedal. — Robię to, żeby wygrać następne wybory.

Hennum milczał.

— Ludziom w Elverum potrzebny jest wspólny wróg. — Burmistrz pociągnął łyk whisky i przecedził ją między śnieżnobiałymi zębami. — Nic bardziej nie łączy niż wilk.

— Ale teraz mamy szansę pozbyć się tego cholerstwa — powiedział Hennum. — Wytępić to pieprzone plemię w Norwegii.

Kojedal podszedł do okna, popatrzył w ciemność i na światła przy drodze krajowej numer trzy po drugiej stronie rzeki.

— Naprawdę myślisz, że chcę wytrzebić wilki?

Hennum nie wiedział, co odpowiedzieć.

— Moim celem nie jest ostateczne rozwiązanie kwestii wilków. Bo moje życie polityczne całkowicie zależy od tego, żebym mógł je zwalczać.

Po brodzie Hennuma spłynęła kropla śliny.

— Muszę okazać wolę działania, wyłącznie to się liczy — kontynuował Kojedal. — Muszę pokazać mieszkańcom Elverum, że coś robię z tym problemem.

Hennum wytarł palcem ślinę. Miał wiele do przetrawienia, mnóstwo do przemyślenia. Chociaż w gruncie rzeczy wolałby się skupić jedynie na drinku w dłoni i na polowaniu, które go czekało. A to i tak niemało.

— Ludzie muszą wiedzieć, że to ja finansuję tę nagonkę. Muszą uwierzyć, że jestem jednym z nich, że stoję po ich stronie.

— A tak naprawdę nie stoisz po stronie ludzi?

— Kiedy wejdziesz między wrony, musisz krakać jak i one.

— Jakie wrony?

— To takie przysłowie. Trzeba dostosować się do tych, którzy cię otaczają, nawet jeśli ich nie lubisz ani nie szanujesz.

Hennum pokręcił głową, trochę zdezorientowany.

— Spójrz na mnie — zwrócił się do niego Kojedal, podchodząc całkiem blisko i wskazując na swoją twarz. — Co widzisz?

— Starego Tryma, swojego kolegę, burmistrza Elverum.

— Błąd, Viggo. Jestem obywatelem świata. Masz przed sobą Europejczyka. — Wyprostował się. — Elverum jest pełne skupionych na sobie wieśniaków, którzy widzą jedynie czubek własnego nosa. Ja jestem inny. Widziałem świat. Mieszkałem w Stanach.

Hennum upił spory łyk whisky Upper Ten.

Kojedal usiadł na skórzanym fotelu i oparł się wygodnie.

— Może w przyszłości będę oferować ekskluzywne polowania na wilki za pieniądze, bo na przykład bogaci Anglicy zapłacą krocie za możliwość ustrzelenia autentycznego skandynawskiego wilka, żeby potem powiesić sobie jego skórę na ścianie apartamentu przy Marble Arch.

— Czasami naprawdę nie potrafię cię zrozumieć — wyznał Hennum.

— Wystarczy, żebyś robił swoje. Postaraj się zabić tyle wilków, aby ludzie byli zadowoleni.

— Czyli to wszystko jedynie dla zabawy?

— To się nazywa polityka, Viggo. Realna polityka.

Hennum miał taką minę, jakby świat, który znał, roztrzaskał się na kawałki.

— Moglibyście wypchać dla mnie jedną z tych bestii? — spytał Kojedal. — Powiesiłbym ją sobie chętnie na górze, w narożniku przy łóżku.

— Postaramy się.

Kojedal pochylił się do przodu.

— Jesteś jakiś markotny. Macie z Lindą problemy?

Hennum pokręcił głową.

— Nie, po prostu ostatnio trochę za dużo się dzieje.

— Nie sądziłem, że aż tak się tym przejmujesz. Nigdy nie martwiło cię to, że jesteś niezbyt rozgarnięty.

Hennum wcisnął się w fotel jak ślimak próbujący wśliznąć się do domku, którego nie ma.

— Ale każda wieś potrzebuje swojego idioty, Viggo. Mówiliśmy już o tym wcześniej.

Hennum zapadł się jeszcze głębiej w chesterfieldzie.

— Jesteś wprost idealnym wioskowym głupkiem. Pod tym względem reprezentujesz poziom światowy. Sprawiasz, że przy tobie każdy czuje się królem. To jest twoje zadanie życiowe: uczynić nas wszystkich szczęśliwymi z tego powodu, że nie jesteśmy tobą.

Viggo Hennum powoli podniósł się z fotela, dopił whisky, ostrożnie postawił ciężką szklankę na biurku i ze zgiętym karkiem i wilgotnymi oczami opuścił pokój, po czym zszedł po schodach do wyjścia. Kiedy zamknął za sobą masywne drzwi, z daleka dobiegły chaotyczne dźwięki bębnów. Po raz kolejny po rozmowie z Trymem Kojedalem czuł się malutki, roztrzaskany na kawałki, jak szyby w piwnicy domu, w którym dorastał.

18

NA DWORCU GŁÓWNYM w Oslo Leo Vangen przesiadł się do pociągu podmiejskiego i dotarł do Lysaker w Bærum, gdzie odebrał go jego lokator rzeźbiarz. Kjartan stawił się na stacji w szortach i zielonych sandałach, z gołym torsem, niezmiennie irytująco pogodny, szczupły i umięśniony, bez grama zbędnego tłuszczu w którymkolwiek miejscu.

— Był ktoś oglądać dom? — spytał Leo, kiedy już ruszyli ciemnobłękitną teslą Kjartana w kierunku Fornebu i Snarøyi. Szyberdach był otwarty, szyby opuszczone, z głośników rozbrzmiewał *Victorious* australijskiego zespołu Wolfmother. Leo wiedział, że to przypadek.

— Wczoraj zajrzało jakieś stare małżeństwo — odpowiedział Kjartan. — Nie pytając o pozwolenie, przybili princessą czterdzieści pięć do kamiennego pomostu i godzinę łazili po działce. Facet opukiwał ściany, strasznie psioczył na dom, gminę Bærum, widok, dobór materiałów, dojazd, jakość wody w Indre Oslofjord; ogólnie zrzędził na wszystko, co możliwe.

— Skąd się dowiedzieli?

— Nie mam pojęcia. To pewnie jacyś znajomi twojej siostry.

— Kiedy będą oglądać dom?

— Twój brat chciałby, żeby to było w połowie września, ale siostra nalega na pierwszy weekend października.

— Czyli to będzie pierwszy weekend października.

Kjartan skinął głową.

— Pierwszy weekend października.

Leo wyciągnął rękę przez okno, poczuł łagodne powietrze otaczające całą południową Norwegię.

— Z jakiej racji oni dzwonią do ciebie, a nie do mnie?

— Widocznie rozumieją, że to ja tu rządzę. — Kjartan spojrzał na Leo z uśmiechem. — Dlaczego nie zaprotestowałeś, nie powiedziałeś, że nie chcesz sprzedawać domu?

Leo wzruszył ramionami.

— To popsułoby atmosferę.

— Nie możesz pozwolić, żeby jeździli po tobie jak po łysej kobyle.

Leo pokręcił głową.

— To bardzo dziwne, że zdecydowali się na sprzedaż.

— Dla mnie bardziej niepojęte jest to, że nie próbowali zrobić tego wcześniej. Po dziesięć milionów dla każdego z was.

— Cena wynosi trzydzieści milionów?

— Dostaniecie na pewno trzydzieści pięć.

— Nikt nie da tyle za taką starą ruderę.

— Kupiec zburzy tę ruderę i zbuduje sześć nowych, funkcjonalnych domów. Z syberyjskiego modrzewia. To działka ma wartość.

— A gdzie my się podziejemy? — Leo zerknął na Telenor Arenę, która mignęła po prawej stronie. — Jesteśmy jak Stabæk. Zostaliśmy wyrzuceni z własnego boiska.

— Trzeba zrobić tak jak oni — powiedział Kjartan. — Wrócić tam, gdzie nasze miejsce.

— A gdzie jest nasze miejsce?

— Musimy się tego dowiedzieć.

W samochodzie zaległa cisza.

— Ty możesz po prostu wrócić do Rjukan i kupić sobie małe gospodarstwo — odezwał się Leo po chwili. — A co ja mam zrobić?

— Będzie cię stać na kupno nowego domu — odrzekł Kjartan. — Normalnego domu.

Leo patrzył na mijane zabudowania i nie widział ani jednego normalnego domu na terenie starego lotniska, tylko same wielkie, nowoczesne budynki przemysłowe: Telenor, Aker Solutions, Statoil, a po drugiej stronie drogi — nieduże bloki mieszkalne na płaskim terenie. Zaczynało ich przybywać coraz więcej, to nie była już pustynia Gobi. Kiedy minęli Rolfstangen, Leo pomyślał o drapieżnym inwestorze Terjem Klavenesie i zadał sobie pytanie, kto przejął jego projekty, gdy Rino Gulliksen zadbał o to, by Klavenes stopił się we własnym sejfie. Pewnie jakiś nowy skurwysyn — i nic się nie zmieniło.

— Nie chcę mieć normalnego domu — powiedział Leo. — Chcę mieszkać blisko morza. Chcę siedzieć na obskurnym krześle i patrzeć na wodę.

— Mówisz jak jakiś rozpieszczony bachor.

— Mam udawać, że wszystko jest w porządku?

— Skąd, nie udawaj.

— Nie chcę mieszkać w ciasnym mieszkaniu w mieście, potrzebuję powietrza i wody.

— Powiedz to swojemu bratu i swojej siostrze, a nie mnie.

Leo zamilkł i zaczął masować sobie ucho, usiłując znaleźć punkt Shen Men, tak ważny dla Chińczyków, stymulujący układ sympatyczny.

Kjartan zaparkował samochód na stałym miejscu na pomoście przy Vestfjorden na Snarøyi, po czym obaj wskoczyli do starej łódki With, usiedli na plastikowych siedzeniach za szybą ochronną — Kjartan za sterem — i ruszyli w kierunku Gåsøyi. Wciąż było magicznie ciepło jak na tę porę roku, bardziej letnio niż jesiennie, dookoła unosił się zapach słonej wody, smoły i zgniłych wodorostów. Leo pomachał do grupy nastolatków z żaglówki kąpiących się w przesmyku między

Grimsøyą i Oustøyą; byli wśród nich i chłopcy, i dziewczyny, szczęśliwa młodzież z Bærum, mająca całe życie przed sobą. Siri powinna być taka jak oni. Leo próbował odnaleźć w sobie pozytywne emocje, które zawsze się pojawiały i go przepełniały, kiedy po krótkiej wyprawie w wielki świat wracał do Oslofjorden i na Gåsøyę, tym razem jednak to przelotne doznanie było nieuchwytne. Pojawiło się jedynie niewyraźne poczucie, że coś minęło i nigdy nie wróci, że zniknął fundament i zbliża się dzień sądu.

— Jak Siri?! — spytał Kjartan, przekrzykując ryk silnika. — Rozmawiałeś z nią?

— Nie chce ze mną gadać. Przypuszczam, że nadal jest w szpitalu. — Leo skrzyżował ręce na piersi i wtulił głowę w ramiona. — Wybiorę się do niej jutro.

— Mimo że nie chce cię widzieć?

— Spróbuję jeszcze raz.

Kjartan zwolnił trochę, żeby nie musieli do siebie wrzeszczeć.

— A Ragna, rozmawiałeś z nią?

Leo pokręcił głową.

— Starałem się.

— Ma kogoś?

— Chyba tak. — Leo stanął, trzymając się osłony przed wiatrem. — Jakiegoś hodowcę łososi z Bergen.

— Powinniście współpracować ze sobą w tej sprawie. Siri jest ważniejsza niż zaszłości między wami.

Leo przeczesał palcami włosy.

— Jutro spróbuję do niej zadzwonić.

— A dlaczego nie teraz, od razu?

— Muszę się trochę przygotować — odparł Leo. — Ułożyć sobie w głowie, co mam powiedzieć.

Kjartan uśmiechnął się i dodał gazu. Pięć minut później zacumowali przy zrujnowanym kamiennym pomoście, po czym ścieżką wysypaną żwirem przeszli sto metrów do podupadłej rezydencji.

Posiliwszy się zwykłym makaronem z kurczakiem, do którego wypili butelkę włoskiego czerwonego wina, usiedli na zewnątrz na pasiastych leżakach, każdy z gołym torsem i z butelką tuborga w dłoni. Mimo siódmej wieczór słońce wciąż grzało, odbijając się intensywnym pomarańczowym blaskiem w szklanych powierzchniach domów w Nesodden po drugiej stronie fiordu. Woda była usiana łódkami pełnymi ludzi, którzy cieszyli się resztkami lata. Zza uchylonych drzwi sączyło się *Into My Arms* w wykonaniu Nicka Cave'a.

— Niedługo to wszystko się skończy — bąknął Leo.

— W Norwegii szybko robi się jesień — odpowiedział Kjartan.

— Miałem na myśli co innego. Takie życie.

— Na pewno czeka cię jeszcze wiele dobrych lat.

Leo spojrzał na Kjartana.

— Chodzi mi o dom, o ciebie i o mnie, o wszystko tutaj — wyjaśnił, wskazując szerokim gestem na oficynę, ogród i fiord.

— Zrzędzisz.

— Ale taka jest prawda.

Przez chwilę panowała cisza.

— Przydałaby ci się jakaś miłość — stwierdził Kjartan.

— Tylko jak ją znaleźć? — roześmiał się Leo.

— Na pewno są lepsze sposoby niż wegetacja na pustej wyspie, żłopanie piwa i litowanie się nad sobą.

Leo nie odpowiedział, tylko pociągnął łyk piwa.

— A może sprawiłbyś sobie psa? — zasugerował Kjartan. — To wierne stworzenie.

— Na przykład cocker-spaniela? — zadrwił Leo.

Stado mew nadleciało znad morza i usiadło na trawniku przed nimi.

— Kiedy ostatni raz byłeś w biurze? — spytał Kjartan.

— Sto lat temu.

— Nie powinieneś do niego zajrzeć?

Leo znowu nie odpowiedział, tylko zapatrzył się na mewy, które stały i wyglądały tak, jakby na coś czekały.

— A jak sobie radzi Rino Gulliksen?

— Fantastycznie. Mieszka w namiocie głęboko w lesie w okolicy Elverum.

— Namiot to z reguły dobry znak.

— Postanowił uratować wilki.

— Wilki? — Kjartan też wypił łyk piwa. — Nie wystarczy mu ratowanie siebie?

— Chce ocalić wilki przed wrogami. Co oczywiście zakończy się jedną wielką katastrofą.

— A co robił przez ostatnie dwa lata?

— Nie do końca wiadomo. Ukrywał się.

— Nadal nikt nie wie, że on żyje?

Leo pokręcił głową.

— Czyli może robić, co mu się żywnie podoba?

— Knuje coś naprawdę ponurego. — Leo uniósł palec wskazujący. — Mogę tylko powiedzieć to, co zawsze mówiła moja matka: to skończy się jakimś nieszczęściem.

— A dlaczego tak mu zależy na wilkach?

Leo bezradnie wzruszył ramionami.

— Chyba po prostu musi mieć jakiś cel.

Wypił piwo do końca, po czym wstał, wszedł do domu przez przesuwne drzwi, a po chwili wrócił z dwiema pełnymi butelkami i z szarym wełnianym ponchem z Peru, którym się nakrył, usiadłszy ponownie na leżaku. Obaj patrzyli na wodę. Ubyło na niej łodzi. Cienka warstwa chmur sprawiła, że słońce przestało grzać i nagle zrobiło się zimniej. Finn Brothers grali *Edible Flowers*.

— Cholera, będzie mi tego brakowało — odezwał się Leo.

— Czytałem w gazecie o ataku wilków — powiedział Kjartan.

— Chora sprawa — rzucił Leo.

— Byli tacy, którzy przed tym przestrzegali.

— Wyłącznie przeciwnicy wilków.

— Ucierpieli ludzie.

— Nic dziwnego — powiedział Leo. — Ci faceci są po prostu opętani. Nienawidzą wilków, mieszkańców Oslo, azylantów i obrońców przyrody z zajadłością, jakiej mógłby im pozazdrościć Joe Pesci.

— Joe Pesci?

— Ten niski gość z *Kasyna* i *Chłopców z ferajny*.

— A co on ma z tym wspólnego?

— Chciałem tylko zobrazować stopień zapamiętania.

Zapatrzyli się na wielki wycieczkowiec, który powoli wypływał z fiordu.

— Czy to nie dziwne, jak to wszystko się ze sobą wiąże? — spytał Leo.

— Co się ze sobą wiąże?

— Niechęć do wilków, niechęć do imigrantów i niechęć do ekologów. Ludzie, którzy są sceptyczni wobec wilków, z reguły są także nieufni wobec imigrantów i uważają, że zmiana klimatu nie jest wynikiem działania człowieka.

— Czy nie jesteś trochę zbyt kategoryczny?

— Przecież ta zależność jest wyraźnie widoczna, wręcz rzuca się w oczy. Nigdy bym nie pomyślał, że klimat może mieć coś wspólnego z imigrantami i wilkami.

— A co ze mną? — spytał Kjartan. — Ja bynajmniej nie wątpię, że zmiany klimatyczne zostały wywołane przez ludzi, ale jestem sceptyczny wobec wilków.

Leo przeniósł wzrok ze statku na swojego lokatora:

— Jesteś sceptyczny wobec wilków?

— Właściwie po co nam one?

Leo lustrował twarz Kjartana w poszukiwaniu nieznacznego uśmieszku albo innej oznaki ironicznego dystansu, niczego takiego jednak nie odkrył.

— Zobowiązaliśmy się je chronić. W konwencji berneńskiej.

— Wilki w Norwegii nie są prawdziwe — stwierdził Kjartan. — Zostały wypuszczone, mają obroże z chipem, są monitorowane od łba po tyłek. Jaki w tym sens?

— Zaskoczyłeś mnie — powiedział Leo. — Byłbym gotów się założyć, że jesteś za wilkami.

— Zapominasz, że wychowałem się na farmie owczej w Telemarku.

— Czyli chłop hodujący owce zwyciężył w tobie hippisa?

Kjartan zerwał się z leżaka i podszedł do krzaków róż.

— Pamiętasz polowanie na wilka w Vegårshei na początku lat osiemdziesiątych?

— Jasne — potwierdził Leo. — Cały kraj je śledził.

— Czterdziestu facetów czyhało na niego przez dziesięć miesięcy. Kiedy w końcu go dopadli i zastrzelili, położyli go na stercie śniegu z kawałkiem drewna w pysku, żeby ludzie mogli zobaczyć zęby drapieżnika. Potem wystawiono go na widok publiczny w szkole podstawowej w Espeland, dyrektor wywiesił flagę, a później przyszła kolej na miejscowy dom starców.

— Dom spokojnej starości?

— Chodziło chyba o to, żeby starcy, którzy za dawnych czasów walczyli tak dzielnie przeciw wilkom, też mogli sobie popatrzeć na bestię. Zapomniano tylko, że ostatniego wilka w Sørlandet widziano w dziewiętnastym wieku. Na sam koniec wilk wylądował przed urzędem gminy.

— Byłeś tam?

Kjartan skinął głową.

— Razem z ojcem. Miałem wtedy dziesięć lat. Przyjechaliśmy specjalnie z Rjukanu. Atmosfera była jak w narodowe święto siedemnastego maja. Następnego dnia przetransportowano bydlę do stolicy i wystawiono przed gmachem parlamentu, nadal z drewienkiem w pysku. Potem jakiś specjalista z Kristianstad go wypchał i wreszcie umieszczono go w szklanej gablocie w banku w Vegårshei, gdzie stoi po dziś dzień.

— Norwegia w najlepszym wydaniu — podsumował Leo.

— To jeszcze nie koniec historii — roześmiał się Kjartan. — Jej ukoronowaniem było to, że pracownicy państwowego Inspektoratu do spraw Myślistwa i Rybołówstwa kilka tygodni później zjedli truchło wilka.

— Żartujesz?

— Ani trochę. Państwo skonsumowało jedynego wilka w całej Norwegii. Pamiętam, że w „Dagbladet" przytoczyli potem słowa jakiegoś badacza rysiów, który mówił, że mięso było bardzo smaczne.

Muzyka już dawno ucichła. Leo poszedł więc do salonu i włączył *Try Whistling This* w wykonaniu Neila Finna; po drodze zgarnął dwa piwa i bluzę. Kiedy wyszedł przed dom, Kjartan skakał w miejscu jak Masaj.

— Za grosz nie wierzę temu profesorowi Gilbertowi — oświadczył podskakujący hippis. — Plemię jest całkiem zależne od nowych genów. Dlatego aż się prosi, żeby co pewien czas wypuścić jakiegoś basiora. Ja bym tak zrobił.

Leo westchnął.

— Słyszałeś o projekcie „Wilk"? Szwedzkim planie wprowadzania wilków do natury? — spytał Kjartan.

— Powstał w latach siedemdziesiątych i nic z niego nie wyszło.

— To był szczegółowy program hodowli wilków w ogrodach zoologicznych. Potem miały być wypuszczane na wolność, w naturalne warunki. Efektem tego właśnie projektu jest to, co dziś nazywamy skandynawskim plemieniem wilków. — Kjartan przestał skakać i ciężko dyszał. — Co oczywiście nie znaczy, że nie przywędrowały do nas żadne osobniki. Przypuszczam, że mamy do czynienia z kombinacją tych dwóch czynników.

Leo podał mu bluzę i piwo. Obaj ponownie usiedli na leżakach.

— No i co z tego, że wypuszczamy wilki? — spytał Leo. — Przecież ingerujemy w przyrodę wszędzie, gdzie to tylko możliwe.

— To prowadzi do zbyt wielu konfliktów. Niewarta skórka wyprawki. — Kjartan odstawił butelkę, włożył bluzę i splótłszy dłonie na karku, odchylił się do tyłu z zamkniętymi oczami. — Jak by powiedział utylitarysta Peter Singer: przywrócenie wilka norweskiej naturze spowodowałoby większą sumę cierpienia niż zrezygnowanie z nich!

— Rino też mi nawijał o Singerze — wtrącił Leo. — Ale posłużył się nim, aby mnie przekonać, że wilki są warte tyle samo co ludzie.

— Dlaczego, do jasnej cholery, Norwegia miałaby zachować populację wilków, które nie są stąd? — zapytał Kjartan.

— Czy to nie wspaniałe? — odpowiedział mu Leo pytaniem na pytanie. — Że my dwaj siedzimy sobie tutaj i prowadzimy całkiem sensowną dyskusję, podczas gdy świat, który znamy, właśnie się wali? Czy to nie fantastyczne?

O godzinie jedenastej Kjartan poszedł grzecznie położyć się do łóżka. Nic nowego — nie obchodziły go sentymentalne gadki o dawnych czasach, nigdy nie pozwolił sobie na dwa kieliszki za dużo, zawsze zachowywał pełną kontrolę, zawsze skupiony na dniu jutrzejszym.

Leo posiedział jeszcze trochę na zewnątrz, otulony ponchem, słuchając Neila Finna i popijając piwo; spoglądał na gwiazdy, na światła statków i łodzi sunących w oddali po czarnej tafli wody. Bał się przeraźliwie następnego dnia i nie mogła tego zmienić żadna ilość piwa. Bał się wizyty w pracy, bał się rozmowy z Ragną, bał się odtrącenia przez córkę.

Około północy wszedł do domu i znalazł na YouTubie medytację mindfulness w wersji norweskiej; rozsiadł się w salonie w obszernym fotelu ze słuchawkami na uszach i przymknął powieki.

— Jeśli jesteś niespokojny, męczą cię niemiłe myśli i uczucia — zaczął głos z wyraźnym bergeńskim akcentem, po czym polecił skupić się na wdychaniu i wydychaniu powietrza przez nos. Świeże, zimne powietrze do środka, ciepłe i martwe powietrze na zewnątrz. — Pamiętaj: twoje doświadczenia nie są tobą.

Zaczerpnąć zimnego powietrza, wypuścić ciepłe powietrze; Leo czuł, jak serce się uspokaja, odstępy między jego uderzeniami stawały się coraz dłuższe i dłuższe.

— Myśli i doznania to coś, czego doświadczasz jedynie mózgiem i ciałem — powiedział głos tak bardzo przepełniony duchowością, że aż wydawał się nie z tego świata.

Leo próbował zapanować nad myślami, które kłębiły się gdzieś w podświadomości, nieustający wir teorii, mów obrończych, oskarżeń i wyjaśnień.

— Podobnie jak odbierasz dźwięki za pomocą uszu albo zapachy za pomocą nosa. Ale myśli i uczucia nie są tobą...

Czym są wobec tego? — pomyślał Leo.

— One nie są tobą — powtórzył miły głos z bergeńskim akcentem.

19

EMMA VASE chodziła tam i z powrotem po posadzce wyłożonej białymi kafelkami w laboratorium w Evenstad, od czasu do czasu zerkając na rolnika w żółto-zielonym uniformie kooperatywy rolniczej, który zmagał się ze stertą różowych beli siana pod stodołą. Do Østerdalen zawitała jesień. Natura się przeobrażała, nieuchronnie i tak szybko, że każdego dnia było widać zmiany. Tylko patrzeć pierwszych nocnych przymrozków.

Ten ciągnący się bez końca bezlitosny czas, który ich czekał, przypominał przymusowy pobyt przez pięć miesięcy w zamrażarce, oznaczał chodzenie w rakietach śnieżnych, kompletną ciemność o godzinie czwartej po południu i zapadanie się w głębokim śniegu. Już na samą myśl o tym przeszył ją dreszcz.

Powłoka świeżej zieleni w dolinie zniknęła. Trawa pożółkła, zmarniała. Ale niebo było czystoniebieskie, powietrze rześkie i przezroczyste, w ciągu dnia nadal było ciepło. Emma upomniała samą siebie, że powinna cieszyć się jesienią, póki jeszcze trwa, zbierać grzyby i jagody, łowić lipienie w Glommie, wylegiwać się we wrzosach i chłonąć zapachy natury.

Pewność, że to nie wilki pozbawiły życia Phung Johansen, przyniosła jej sporą ulgę — z różnych względów. Teraz Emma wyrzucała sobie, że kiedykolwiek w to wierzyła. Usiadła na stołku przy aluminiowej szafce. Co powinna zrobić? W jaki sposób świat ma się dowiedzieć, że to nie dzieło wilków? Najprościej byłoby pójść od razu do Embreta Tomtebergeta i powtórzyć mu wszystko, co usłyszała od Evena. Ale to nie wchodziło w rachubę. Przysięgła przecież temu sympatycznemu dzikusowi, że tego nie zrobi. Mogłaby wysłać anonim dotyczący Vigga Hennuma, jednak lensman na pewno wyrzuciłby go do kosza jako zasrany donos od najbardziej zatwardziałych obrońców z RR. Ci bowiem wciąż podsyłali anonimowe informacje o tym, co wyprawiają ludzie polujący na wilki, jedni drugim wielokrotnie grozili śmiercią i w gruncie rzeczy przypominało to lokalną wojnę domową.

Emma nie miała gwarancji, że Even mówił prawdę. W jego oczach, w sposobie, w jaki o tym opowiadał, było jednak coś, co ją przekonało. Nikt nie byłby w stanie zmyślić czegoś takiego. Mimo wszystko istniał czynnik, który sprawiał, że miała wątpliwości: wyjątkowy stan, w jakim się znajdowała, gdy Even relacjonował jej to, co widział tamtego krytycznego dnia. Wszystko było zasnute mgłą nierealności, niczym sen.

Dlaczego zgodziła się na picie herbaty z grzybków halucynków gdzieś w głębi lasu w towarzystwie kompletnie obcego mężczyzny z wężem wytatuowanym na szyi? Dlaczego nie odmówiła? Bała się go urazić? Poczuła lekkie mrowienie, kiedy przypomniała sobie tego osmolonego, refleksyjnego człowieka natury.

Wcześniej czy później będzie zmuszona opowiedzieć o wszystkim Gilbertowi. Ale istnieje ryzyko, że on od razu poleci do lensmana, skorzysta z okazji, żeby wreszcie dopaść swojego największego wroga Vigga Hennuma. Guzik będzie go obchodziło, co się stanie z zarośniętym pustelnikiem, którego nigdy nie widział na oczy.

Wyniki z laboratorium Rovforsk były zgodnie z oczekiwaniami precyzyjne. Na miejscu zdarzenia znaleziono DNA pięciu różnych wilków; nie wspomniano natomiast, czy były to wilki czystej krwi, czy mieszańce. Rovforsk bowiem nigdy nie określał struktury procentowej genotypu. Emma przypuszczała, że ustalenia laboratorium są dokładnie takie, jakich spodziewał się Gilbert. Analitycy mieli możliwość rozróżnienia wilków i bastardów, posiadali odpowiednie technologie, ale nigdy tego nie robili. Jedyne, co mogli potwierdzić, to czy matka danego zwierzęcia nie była psem. A to dowodziło najwyżej, że osobniki, które zamordowały Phung Johansen, miały coś z wilka. Ponadto materiał z DNA wilków mógł zostać bez trudu podłożony przez sprawców. To dla nich żaden kłopot, w końcu w okolicznych gospodarstwach zamrażarki pękają od tych zwierząt. Na ścianach kuchni, sypialni, sławojek, magazynów i dużych pokojów w całej dolinie Østerdalen wiszą wilcze skóry.

Rozważała, czy nie zadzwonić anonimowo do jakiejś gazety i nie przekazać informacji, że granica między wilkiem a psem niekoniecznie jest tak wyraźna, jak uważają ludzie, tyle że w ten sposób niczego by nie dowiodła. Miałoby to sens jedynie wtedy, gdyby powiedziała im, kim jest, że zajmuje się badaniem wilków w Evenstad — a na to nie mogła sobie pozwolić.

Gdy tak siedziała i biła się z myślami, do laboratorium wszedł Balder. Był ubrany w strój treningowy — czarne obcisłe spodnie, cytrynową bluzę i różowe buty do biegania. Na jego czole lśniły krople potu. Ogolone skronie i ukośna grzywka były wilgotne. Oddychał ciężko. Nagle Emma zapragnęła się przed nim otworzyć, opowiedzieć mu o spotkaniu w lesie i o tym, co tak naprawdę stało się z Phung Johansen. Ale przecież Balder jest spokrewniony z zastępcą burmistrza Viggiem Hennumem, niezbyt blisko, ale jednak.

— Biegałeś?

— Przebiegłem osiem kilometrów — odpowiedział, podpierając się pod boki. — Najdłuższa trasa dookoła Tronkberget.

— Chyba zwariowałeś — odparła, krzyżując ręce na piersiach. — Przecież w okolicy jest pełno wilków.

— Czyli miałem szczęście, że mnie nie napadły. — Chwycił się brzegu szafki i zaczął rozciągać prawą łydkę.

— Jesteś spokrewniony z Viggiem Hennumem, prawda? — spytała mimo wszystko.

— To kuzyn mojego ojca.

— Jaki on jest?

— To biedny człowiek. — Balder wyprostował się i odetchnął głęboko. — Jego ojciec był znanym nazistą. — Znowu oparł dłonie na szafce i rozciągnął drugą nogę. — To niełatwe w miejscu, gdzie wszyscy wiedzą wszystko o wszystkich.

— Jak to możliwe, że został zastępcą burmistrza?

— Kojedal wybrał go osobiście. Znają się od małego. Trzyma go w szachu.

Emma przekrzywiła głowę.

— Kim on jest z zawodu?

— Inseminatorem. Kimś, kto jeździ od wsi do wsi i wsadza krowom ręce w tyłek.

Emma zsunęła się ze stołka.

— Wiem, na czym polega praca inseminatora.

Balder się wyprostował.

— Dlaczego o to pytasz?

— Czyli będzie miał do czego wrócić, gdy skończy polityczną karierę?

— Jeśli wszystko mu się zawali, zawsze może wciągnąć gumowe rękawice i robić to, co kiedyś.

Emma podeszła do okna.

— Chyba nie jest ci łatwo tu pracować?

— Co masz na myśli?

— Ludzie ci nie dokuczają?

Balder chwycił prawą stopę za plecami, drugą ręką trzymając się szafki.

— Czemu pytasz?

— Zastanawiałam się nad tym ostatnio. Wydaje mi się, że to może być trudne.

— Rodzina matki uważa mnie za zdrajcę.

— Serio? — zdziwiła się Emma, odwracając się do niego.

— Nie żartuję. — Zmienił nogę. — Dziadek, jej ojciec, nazywa mnie Quislingiem.

— Dlaczego gość z Rasty decyduje się zostać badaczem wilków? Musiałeś wiedzieć, że pakujesz się w kłopoty.

Balder wykrzywił twarz.

— Wydawało mi się, że wiedza i fakty zmienią sytuację. Tak mi się marzyło.

Emma wybuchnęła śmiechem.

— Przecież znasz miejscowych mężczyzn... Jak teraz wygląda sytuacja?

— Nie wiem. Prawdopodobnie nie odważą się nic zrobić, bo wszyscy patrzą im na ręce. — Opuścił nogę i się otrząsnął. — Będziesz na polowaniu w przyszłym tygodniu? — Próbował zmienić temat.

— Polowanie nie stoi wysoko na liście moich priorytetów.

— Polowanie z psami na zające to nie przelewki, nie ma tam miejsca na nudę i przyczajanie się, najważniejsza jest współpraca z psami. Spodobałoby ci się.

— Uważam, że to trochę nie w porządku.

— Samo życie.

Balder rozwodził się jeszcze kilka minut o niepowtarzalnych walorach polowania na zające, mówił o czytaniu terenu, interpretowaniu reakcji psów, potrawce z zająca z ziemniakami i borówkami, rodzinnym rewirze, opowiadał z zaangażowaniem i przejęciem i był przy tym taki słodki i ożywiony, że Emma nie mogła już dłużej wytrzymać — czuła nieprzepartą potrzebę podzielenia się z kimś swoją tajemnicą.

— Muszę ci coś powiedzieć — przerwała mu.

— Zabrzmiało poważnie — stwierdził Balder.

— Może lepiej usiądź.

Balder przysiadł na stołku i palcem wskazującym starł pot znad górnej wargi.

— No to dawaj!

— Wczoraj wybrałam się do lasu, na miejsce, gdzie to się zdarzyło. — Emma zaczęła chodzić tam i z powrotem. — Kiedy przetrząsałam wrzosy, nagle pojawił się pewien gość. Powiedział, że wszystko widział.

Balder zmarszczył czoło.

— Widział co?

— Całe zajście. To, co przytrafiło się Phung Johansen i jej synowi.

Jego twarz stężała.

— Kto to taki?

— Ten sam facet, który przyniósł małego na komisariat.

— Ten przypadkowy turysta?

Emma odchrząknęła.

— Powiedział, że twój kuzyn i jeszcze jeden gość wynajęli szwedzkiego tresera, który wypuścił swoje psy na Phung i jej syna, aby ludzie myśleli, że zrobiły to wilki.

Balder miał dziwny wyraz twarzy, jakby zawadził palcem u nogi o próg i czekał na ból, który na pewno się pojawi. Kręcił głową, próbował się uśmiechnąć, co mu się jednak nie udało, wreszcie prychnął, skulił ramiona i powiedział:

— I ty w to uwierzyłaś?

— Chłopiec miał szczęście, że przeżył.

— Ten facet jest na pewno z RR, nie pojmujesz tego? — głos Baldera drżał. — Pieprzy jakieś bzdury zmyślone od początku do końca.

— Jestem przekonana, że mówił prawdę.

— Jeśli mam być szczery — ciągnął Balder, splótłszy dłonie na karku — wuj Viggo zawsze był durniem, ale nigdy nie zrobiłby czegoś takiego, po prostu nie jest w stanie wymyślić czegoś równie przebiegłego.

— A może chciał w ten sposób zaistnieć?

— Wykluczone.

— Albo wszystkim steruje ten drugi?

— Jaki drugi?

— On mówił o trzech mężczyznach: Szwedzie, Hennumie i jakimś przerażającym facecie z dziwną bródką w czarnym kaszkiecie.

Balder westchnął ciężko i spojrzał w okno.

— To kompletny nonsens.

— Pomyślałam o Svendsbråtenie — powiedziała Emma. — Gilbert mówi, że to on jest prowodyrem tej całej nagonki na wilki.

Balder pokręcił głową.

— To mi wygląda na sprawkę ludzi z RR. Są teraz kompletnie zdesperowani.

— Ale dlaczego mieliby zachowywać się w ten sposób?

— Bo zdają sobie sprawę, że najlepiej byłoby znaleźć jakiegoś kozła ofiarnego. — Utkwił wzrok w podłodze. — Oni są nieobliczalni, grozili wielu ludziom.

— To są przecież tylko czcze pogróżki, odpowiedź na bezpośrednie groźby ze strony przeciwników wilków, dobrze o tym wiesz.

— Przestań nazywać ich przeciwnikami wilków.

— Dlaczego? Przecież oni nienawidzą wilków.

— Wcale nie. — Balder spojrzał jej prosto w oczy. — Po prostu nie rozumieją, po co nam wilki w norweskiej przyrodzie.

— Zamierzasz ich bronić? — Patrzyła na niego nieustępliwie, jak jeleń oślepiony światłem samochodowych reflektorów.

— Powinniśmy przestać myśleć schematycznie, widzieć tylko białe i czarne — rzekł. — To nic nie daje.

— Uważam, że trzeba nazywać rzeczy po imieniu. Ci faceci nienawidzą wilków i nic tego nie zmieni, od pokoleń zżera ich irracjonalna nienawiść.

— A kim oni są, ci faceci? — Balder otarł czoło przedramieniem. — Ludzie przeważnie nie pałają nienawiścią bez powodu. Chcą jedynie spokojnie żyć, bez konfliktów i bez strachu.

— Ci faceci to ludzie, którzy zabijają wilki i się tym chełpią.

— To niewielka grupka.

— Wystarczająco duża, żeby populacja wilków nigdy się nie odrodziła.

— A co wiadomo o tym gościu? — Balder podszedł do szafki i spojrzał przez stojący na niej mikroskop. — Zdaje się, że Tomteberget go przesłuchiwał?

— Powiedział, że ma na imię Even.

— Co to za człowiek?

— Wygląda jak połączenie pustelnika z designerem, mieszka w namiocie niedaleko Bjørnmyry.

— Zaufałaś jakiemuś zwariowanemu dziwakowi, który koczuje w namiocie w głębokim lesie?

— Jest w nim coś czystego i prawdziwego. — Emma zapatrzyła się przed siebie. — Poza tym ma niesamowitą wiedzę.

— Widziałaś się z nim tylko raz?

Potaknęła.

— On musi być z RR. Gwarantuję ci.

— To miło, że niezachwianie wierzysz w moją zdolność oceny sytuacji.

— Po prostu znam tutejszych ludzi — odpowiedział Balder. — Nigdy nie zrobiliby czegoś takiego.

— Znasz Erika Svendsbråtena?

— Nie — odparł, po czym naciągnął kaptur na głowę i wyszedł.

* * *

Kiedy Viggo Hennum wrócił do domu po upokorzeniu, które go spotkało u burmistrza, od razu zszedł do piwnicy i wypił dwie szklanki vargtassu*, posłuchał trochę Billie Holiday, zagrał kilka smutnych taktów na puzonie razem z Billie i jej bandem, takie puzonowe karaoke. Później poszedł na górę i delikatnie wśliznął się do łóżka, aby nie obudzić chrapiącej Lindy.

Przez chwilę leżał z otwartymi oczami. Mnóstwo myśli krążyło mu po głowie, zrobił więc to, co zwykle, gdy nie mógł zasnąć: wyobraził sobie cycki Dolly Parton i jak by to było, gdyby mógł wcisnąć w nie swoją twarz.

Kiedy obudził się o dziewiątej, w sypialni było całkiem jasno. W nocy zapomniał zaciągnąć żaluzji. Linda wciąż chrapała, lubiła sobie pospać, najchętniej do południa. Hennum wyciągnął rękę w stronę nocnej szafki, szukając po omacku czegoś, czym mógłby zasłonić sobie oczy przed światłem zza okna. Wtedy poczuł wilgoć na stopach, kolanach i udach, aż do krocza. Pomyślał, że chyba musiał się posikać, co mu się już wcześniej zdarzało, pamiętał to uczucie poniżenia. Ostrożnie wsunął rękę pod kołdrę, wyczuł pod palcami gęstą ciecz, za gęstą na mocz, cofnął dłoń i zobaczył, że jest pokryta czymś ciemnoczerwonym, prawie czarnym. Powąchał ją.

* Wódka z sokiem żurawinowym, zwykle pita z lodem.

Krew.

Zdarł z siebie kołdrę. Puls mu gwałtownie przyspieszył, a przed oczami pojawiły się mroczki, gdy na końcu łóżka zobaczył kotkę Billie, wpatrzoną w niego martwymi ślepiami. Miała poderżnięte gardło i przypominała szmatę z głową. Trzy tabletki nasenne, które Linda połknęła poprzedniego wieczoru, okazały się zbyt słabe, gdy Hennum, wyzbywszy się wszelkich hamulców, wrzasnął tak, jak nie zdarzyło mu się od czasu, kiedy w szóstej klasie Trym Kojedal z kolegami przywiązał go do sosny i zaczął strzelać do niego z wiatrówki.

20

DYM UNOSIŁ SIĘ znad płonących brzozowych szczap, po czym gęsty i biały wydobywał się przez otwór w dachu drewnianej myśliwskiej szopy w głębi lasu, kilka kilometrów na północny wschód od Elverum. Dwunastu mężczyzn i jedna kobieta siedzieli na klepisku wokół paleniska pośrodku pustego pomieszczenia, otoczeni trzystuletnimi balami. Suche polana trzaskały raz po raz, płomienie i dziura w dachu stanowiły jedyne źródła światła w ciemności. Plastikowa butelka bez etykiety z jasnoczerwonym płynem — bimbrem własnej roboty z dodatkiem wódki i soku z żurawin, domowym vargtassem — krążyła w koło.

Ich auta stały zaparkowane przed chatą — isuzu, toyota, suzuki, nissan i mitsubishi — wszystkie z napędem na cztery koła, wszystkie z zielonymi tablicami. Na tylnej szybie w rogu widniały naklejki: „Problem do rozwiązania", „Prawdziwy mężczyzna strzela do wilków" i „Norweska przyroda jest wspaniała — bez wilków".

Prawie wszyscy mężczyźni, a także młoda kobieta mieli na sobie kompletne uniformy myśliwskie, czyli byli ubrani od stóp do głów w odzież kamuflującą w czternastu odcieniach zieleni. Loke, gończy fiński Svendsbråtena, siedział tuż przy drzwiach i sapał ciężko w stroju chroniącym przed wilkami, czyli w pomarańczowej kamizelce z pięciocentymetrowymi, ostrymi jak brzytwa stalowymi kolcami, nabitymi wzdłuż grzbietu. Było to coś w rodzaju psiej zbroi, szwedzki wynalazek wrogów wilków.

— Czy wszyscy słyszeli, co przydarzyło się Prebenowi Hognestadowi podczas wczorajszego rekonesansu? — spytał Svendsbråten, jak zwykle ubrany cały na czarno.

Wszyscy skinęli głowami, bąkając coś pod nosem.

— Jak on się czuje? — spytał mężczyzna z blisko osadzonymi oczami i kozią bródką.

— Miał operację — odpowiedział Hennum. — Lekarz mówi, że będzie utykał do końca życia.

— Skąd, do jasnej cholery, wzięły się tam wnyki na wilki? — rzucił inny, z kucykiem i szerokimi bakami.

— Pewnie ktoś zapomniał je zabrać — odpowiedział ten z kozią bródką.

— Zapomniał? W tysiąc osiemset dziewięćdziesiątym szóstym? — zarżał Svendsbråten, zachowując kamienną twarz. — Raczej ktoś je tam podłożył.

— À propos: wrzuciłeś ludziom z RR liściki do skrzynek? — Hennum zatrzymał wzrok na czterdziestoletnim chudzielcu z rzadką brodą, w okularach i czapce moro.

— Tak — odpowiedział mężczyzna. — Wczoraj w nocy. Pełny pakiet.

— Co napisałeś?

— To, co zawsze. — Wzruszył ramionami.

— To znaczy?

— Ørnhøiowi: „Jesteś pierdolonym kutasem", a palantowi Kervelandowi: „Tacy jak ty nie powinni chodzić po ziemi, to błąd, że się urodziłeś". — Mówiąc, przechylał głowę z boku na bok i wpatrywał się w płomienie.

— Pamiętałeś, że „chodzić" pisze się przez ch? — rzucił Svendsbråten.

Chudzielec skwapliwie pokiwał głową, ale w jego wzroku była niepewność.

— Nie mogłeś wymyślić czegoś nowego? — spytał Hennum. — Być trochę bardziej kreatywny? Przecież on wie, że mamy go za kutasa.

— Czy takie liściki odnoszą jakikolwiek skutek? — zapiał jakiś trzydziestolatek o gładko ogolonej czaszce, z okoniem wytatuowanym na szyi i dwoma złotymi kółkami w prawym uchu. — Czy nie należałoby do tych słów dodać jakichś czynów?

— Powoli, panowie. — Funkcjonariuszka Sigrun Wroldsen, ubrana w strój moro i pomarańczową czapkę, włączyła się do dyskusji. — Jeśli przywódcom RR coś by się stało, Embret musiałby zareagować.

Wroldsen dostała pracę w komisariacie w Elverum nie dlatego, że była szczególnie zdolna czy miała rozwinięte poczucie sprawiedliwości. Dostała ją, ponieważ jej ojciec, notoryczny kłusownik, babiarz i basista z kapeli tanecznej, był bliskim przyjacielem zarówno Vigga Hennuma, jak i Tryma Kojedala.

— Jeżeli te wnyki to ich sprawka, nie możemy tego tak zostawić — stwierdził mężczyzna z wytatuowaną rybą.

— Ale nie wiemy, czy to oni — odpowiedziała Wroldsen. — To mógł być rupieć z dawnych lat, po prostu pech.

— Wnyki były nowiuteńkie — wtrącił Viggo Hennum. — To nie przypadek.

— Kiedy wczoraj robiliśmy rozeznanie — powiedział gość z tatuażem — Jerveland jeździł tam i z powrotem swoim przerdzewiałym suzuki, udawał, że nas filmuje, krzyczał coś, powrzaskiwał.

— Jakie są nastroje w Evneveikstad? — Erik Svendsbråten zwrócił się do mężczyzny siedzącego naprzeciw niego po drugiej stronie płomieni. Był młody i wydawał się nie pasować do reszty, jako jedyny nie był ubrany w strój maskujący. — Czy Gilbert myśli, że pozyska opinię publiczną?

— Jest dosyć zdesperowany — wymamrotał asystent Balder Brekke i spuścił wzrok. — Nie chce zaakceptować, że jego najlepsi przyjaciele zabili człowieka.

— On zawsze żył w nierealnym świecie — stwierdził Viggo Hennum, wpatrując się w tors Baldera. — Pieprzony Walt Disney.

— To, co się stało, jest kompletnie chore — dodał Balder. — To nie powinno było się zdarzyć.

— Jeśli o mnie chodzi, czekałam na coś takiego — wtrąciła Sigrun Wroldsen, wypinając pierś do przodu.

— W każdym razie to dobrze, że wilki okazały się selektywne, że wybrały skośnooką przybłędę, a nie kogoś z nas. — Svendsbråten uśmiechnął się, nie otwierając ust.

— Czy ona nie należała do tego stowarzyszenia obrońców wilków? — spytał ogolony z tatuażem.

— Należała, a jakże — potwierdził Hennum. — I ona, i jej mąż. Najgorszy sort nieprzytomnych wielbicieli wilków.

— Przecież ty sam zawsze twierdziłeś, że wilki nie są groźne dla ludzi. — Svendsbråten obrzucił Baldera ironicznym spojrzeniem. — No więc co się właściwie stało?

— Nie mam na to żadnego wyjaśnienia.

— Czyli nawet badacze są bezradni? — Svendsbråten udawał zaskoczonego. — Myślałem, że to wasza specjalność, że znacie się na wilkach jak nikt inny.

Balder znowu utkwił wzrok w klepisku.

— Czy to może mieć coś wspólnego z tym, że w Norwegii nie ma prawdziwych wilków? — zapytał Hennum, spoglądając nieco dziwnie na Svendsbråtena.

— Dobrze wiesz, że to bzdura. — Balder spojrzał na swojego kuzyna, szukając odpowiedzi w jego twarzy. — Ale osobniki, które zaatakowały dziewczynę, mogły być mieszańcami, jest to możliwe. Tym bardziej powinniśmy je schwytać i wykluczyć.

— Do tej pory nie doszło do żadnego ataku tylko dlatego, że w kraju nie było ani jednego wilka — oznajmiła funkcjonariuszka Wroldsen. — A teraz jest ich mnóstwo, ich populacja jest poza kontrolą.

— Poza kontrolą? — powtórzył Balder. Jego oczy błyszczały. — Sześćdziesiąt sztuk po norweskiej stronie to ma być populacja poza kontrolą? O czym ty mówisz? Na Alasce jest kilka tysięcy wilków i w ciągu ostatnich dwustu lat zginęło dwoje ludzi. Prawdopodobieństwo śmiertelnego ukąszenia przez osę, komara albo kota sąsiadów jest sto razy większe.

— Ale w Indiach kilkaset dzieci…

— Zamknij się! — wrzasnął Balder. — Wilki nie są niebezpieczne dla ludzi! To jest ślepa uliczka!

— Johansenowie sprzedawali naszym dzieciom grzyby halucynogenne i marihuanę — powiedział Hennum. — Wmuszali im ten szajs, byle tylko zarobić parę zasranych koron. — Splunął w płomienie.

Balder spojrzał na niego.

— Co to ma wspólnego ze sprawą?

— To prawdziwa katastrofa, że ona nie żyje — odezwał się Svendsbråten. Zdjął okulary i zaczął je czyścić szmatką, którą wyjął z kieszeni kurtki. — Skąd nasze dzieci będą teraz brały dragi?

Niektórzy zachichotali, ale nie wszyscy, Balder Brekke nawet nie mrugnął powieką.

Jadąc tutaj, bał się tego, co mogło go tu dzisiaj spotkać, bał się, że może się okazać, iż jego znajomość ludzkiej natury jest płytka, że każdy z nas jest słaby i potencjalnie zdolny do okrucieństwa. Mowa ciała tych ludzi, sposób, w jaki ze sobą rozmawiali i wymieniali spojrzenia — to wszystko sprawiło, że nabrał przekonania, iż Emma miała rację: za atakiem wilków kryli się jego kuzyn Viggo i Svendsbråten.

— Niech Phung Johansen spoczywa w pokoju — powiedziała Sigrun Wroldsen, zdejmując z głowy pomarańczową czapkę. — Dwa lata temu wlepiliśmy Lyderowi Johansenowi solidną grzywnę za uprawianie konopi. A trzeba było raczej przegnać ze wsi całą tę hippisowską bandę.

— Gdybyśmy to zrobili, ona by dzisiaj żyła — wtrącił mężczyzna w kowbojskim kapeluszu i z fajką kukurydzianą w ustach.

— Otóż to — zgodził się Svendsbråten, wkładając z powrotem okulary na nos. — Czasami prześladowanie kogoś do skutku może być najlepszym rozwiązaniem dla wszystkich.

Towarzystwo zgromadzone przy palenisku śmiało się, popijało kawę, pociągało bimber, wymieniało się historiami z polowań i sprośnymi żartami; mlaszcząc, przeżuwało suszone mięso łosia, brane prosto z foliowej reklamówki Kiwi, podawanej z rąk do rąk.

Hennum odkaszlnął i znowu wbił wzrok w tors Baldera.

— A jakie są wyniki DNA? Dostaliście odpowiedź z laboratorium?

— Nie było tam żadnego z naszych zwierząt, żadnego, które jest gdziekolwiek zarejestrowane. — Balder odchrząknął, próbując jednocześnie nawiązać kontakt wzrokowy z kuzynem. — Znalezione DNA pochodzi od wilków. Nic więcej nam nie powiedzieli. Zawsze tak jest.

— Czyli nie są w stanie ustalić, czy to były wilki, czy hybrydy? — dociekał Hennum.

— Pora skupić się na polowaniu i je zaplanować. — Svendsbråten wyjął mapę ze skórzanej teczki, która stała obok niego, rozwinął ją i rozłożył sobie na kolanach. — Nie mógłbyś nam trochę pośpiewać w tym czasie?

— Nie wziąłem gitary — odpowiedział Hennum.

— A znasz jakiś kawałek Rogera Whittakera? Na przykład *New World in the Morning*?

— Nie — skłamał Hennum. — Ale znam *The Last Farewell*.

— Może być — zgodził się Svendsbråten. — Dawaj!

— *There's a ship lies rigged and ready in the harbor*... — zaczął nucić Hennum.

Jasne, czyste dźwięki zdecydowanie nie pasowały do mężczyzny, z którego ust się dobywały, a także do wszystkich siedzących wokół i omawiających czekające ich łowy.

— Sørskogbygda to miejsce, przez które przewijały się wszystkie watahy — powiedział Svendsbråten. — Zgadza się?

— Zgadza — potwierdził Balder słabym głosem.

— Misiek, Psychopata i bracia Koppangowie obstawiają Røtkjølen — wskazał na mapę. — Tam kręci się co najmniej siedem sztuk. Stałe stado pięciu i prawdopodobnie dwa migrujące. Mam rację, Balder?

— Tak — odpowiedział po chwili wahania.

— *For you are beautiful, and I have loved you dearly, more dearly than the spoken word can tell*... — nucił dalej Hennum.

— Rozłóżcie przynętę między Fiskelaus i Djupsjøen. Tylko dobrze się ukryjcie, nie kłapcie dziobem i ubierzcie się, jak trzeba. — Svendsbråten wessał policzki, odchylił głowę do tyłu i jak sroga babcia uniósł wysoko palec wskazujący. — Wełniana bielizna, kilka warstw termicznych ciuchów, a na wierzchu coś przeciwwiatrowego, ale nie szeleszczącego. Pamiętajcie o śpiworach i prowiancie i nie przesadzajcie z alkoholem.

Myśliwi siedzieli wpatrzeni w płomienie z poważnymi minami, jakby słuchali rozkazów przed akcją militarną w górach Afganistanu.

— Dlaczego przestałeś śpiewać? — Svendsbråten zerknął na Hennuma.

— Bo znam tylko jedną zwrotkę.

— No to pogwiżdż — zasugerował.

— Nie jestem w tym dobry.

— Chyba każdy umie gwizdać?

— A może coś Bruce'a, szefie? — zaproponował Hennum.

— Bruce jest okej. Znasz *Born in the USA*?

Hennum się przygotował, zaczął od intro na keyboardzie, a potem zaśpiewał: *Born down in a dead man's town, the first kick I took was when I hit the ground...*

Ubrani na zielono ludzie kołysali się do rytmu wokół ognia, klaskali i wrzeszczeli na całe gardło słowa refrenu *Born in the USA*.

Svendsbråten przyglądał im się przez chwilę, po czym wstał, uniósł rękę, odchylił głowę do tyłu i powiódł wzrokiem po wszystkich po kolei. Jeden za drugim przestawali klaskać i śpiewać. Gdy na końcu zamilkł także Hennum, przywódca spytał:

— Zdajecie sobie sprawę, że to jest właściwie antyamerykańska piosenka?

Nikt się nie odezwał, wszyscy z zawstydzeniem utkwili wzrok w ziemi.

Svendsbråten usiadł.

— Bruce to pierdolony socjalista.

Hennum sprawiał wrażenie, jakby chciał coś powiedzieć, zrobił się czerwony jak burak, w końcu jednak zrezygnował.

Svendsbråten wyciągnął z kieszeni srebrne etui, wyjął z niego cygaro i wcisnął je sobie w kącik ust. Sigrun Wroldsen natychmiast podbiegła z zapalniczką.

— Terje i Siggen przejmą okolice nad Kynną — oznajmił. — Według naszego profesora tam też można się spodziewać potencjalnych imigrantów. — Spojrzał pytającym wzrokiem na Baldera, który tylko pokiwał głową w milczeniu.

Następnie Svendsbråten sięgnął do skórzanej teczki po czarny notes, otworzył go i jednocześnie wypuścił dym z cygara przez nos.

— Boss i Piekarz odpowiadają za Letjennę, Psychopata i Gunnar za Julussę. Wiecie, co macie robić.

Następnie wskazał na Hennuma.

— Ja i Bruce przejmujemy Kråkmyrę i Ryssjøen. Balder mówi, że ostatnio namierzyli tam parę sztuk, obroże, sierść, odchody.

— Dopóki nie spadnie śnieg, nie możemy na sto procent potwierdzić, że to były młode — odezwał się cicho Balder. — Ale nie ma wątpliwości, że w tamtej okolicy na pewno jest sporo wilków.

— Jakiej przynęty użyjemy? — spytała z zapałem Wroldsen.

— Wypróbowałem już wszystko — odpowiedział Svendsbråten i zaciągnął się cygarem, długo zatrzymując dym w płucach. — Podkładałem czaszkę łosia, koński łeb, łososia hodowlanego, łososia oceanicznego, kaszalota, wnętrzności, podstawiałem dorosłą waderę, ujadającego psa i kota. Któregoś razu kupiłem pojemnik byczej krwi, najpierw wystawiłem ją na gorące słońce, żeby sfermentowała, a potem polałem nią ziemię, pnie drzew i rośliny dookoła przynęty. — Wypuścił dym z płuc. — Wszystko świetnie się sprawdziło, ale jestem przekonany, że najskuteczniejsze jest co innego.

— Co? — spytała Wroldsen, pozostali zaś czekali w napięciu.

— Ścierwo łosia. Z takiego czy innego powodu wilki nie potrafią się oprzeć solidnemu, martwemu, cuchnącemu łosiowi.

Hennum czuł się zawiedziony, liczył na coś bardziej egzotycznego.

— *Keep it simple* — rzuciła Wroldsen.

— Czy czekając, będziemy mogli zapolować na lisa? — spytał gość z wytatuowaną rybą.

— Musicie uważać na kierunek wiatru. Pamiętajcie, żeby kłaść przynętę zawsze łbem albo tyłkiem do waszej kryjówki. Wilk zwykle dobiera się do ofiary od brzucha lub ud, czyli będzie stał do was bokiem.

— Będziemy mogli się zabawić i ustrzelić lisa? — facet z tatuażem nie dawał za wygraną.

— Nie zapominajcie też o zakazie telefonowania — kontynuował Svendsbråten. — Komunikujemy się za pomocą esemesów. Każdy zna kody?

Wszyscy skinęli głowami.

— Byłeś kiedyś w wojsku? — Sigrun Wroldsen spojrzała na Svendsbråtena wygłodniałym wzrokiem i wypięła biust do przodu.

On ponownie zaciągnął się cygarem.

— Intendentura wojskowa w Gardermoen. Cztery lata zajmowania się kalesonami, pasztetem i olejem napędowym.

Zapadła cisza, pomieszczenie wypełniło — niczym zły zapach, do którego nikt nie chce się przyznać — poczucie zawodu.

— Potem dwa lata w Libanie, w siłach pokojowych ONZ-etu.

Nabrano nadziei.

— Później byłem trzy lata w Angoli, Kongu i Czadzie, a na koniec cztery lata spędziłem w rafinerii ropy naftowej w Liberii, pracowałem dla Statoilu w południowoafrykańskiej firmie ochroniarskiej.

Nikt się nie odezwał, wszyscy wpatrywali się w ogień błyszczącymi oczami, uspokojeni, rojąc o przygodach pod dalekim niebem.

— Zabiłeś kiedyś kogoś? — spytała Wroldsen, po czym zaległa podniosła cisza.

Svendsbråten powtórnie zaciągnął się cygarem, wydawało się, że jest gdzie indziej. Wreszcie powiedział:

— Używamy zwykłej amunicji. Nie strzelamy w brzuch. Każda ustrzelona sztuka zostanie wypchana.

— Będziemy wypychać materiał dowodowy? — zapiał facet z kukurydzianą fajką.

— Będziemy — potwierdził Svendsbråten. — Burmistrz chce mieć wilczą łapę nad łóżkiem.

21

KIEDY LEO OBUDZIŁ SIĘ o dziewiątej, w pokoju było już całkiem jasno. Dopiero po kilku sekundach zdał sobie sprawę, gdzie jest. Wyciągnął się na plecach i wpatrując się w sufit, wcisnął zesztywniały kręgosłup w miękki materac; poczuł, że dzień, który go czeka, powoli wnika w jego ciało. W końcu wstał, pokręcił głową i podszedł do okna.

Kolejny piękny dzień. Stopniowo zaczynały się dewaluować. Rześka bryza z południowego zachodu tworzyła niewielkie fale o białych grzbietach. Żeglarze, windsurferzy i kitesurferzy szaleli na wodach fiordu. Ale jak okiem sięgnąć — ani jednego wędkarza. Nikt już nie łowi z łodzi, pomyślał Leo. Gdzie się podziali ci wszyscy, którzy łowili na trolling?

Po długim, samotnym śniadaniu na tarasie za osłoną od wiatru poszedł boso do kuchni; miał na sobie tylko szorty. Usiadł na krześle i spojrzał na telefon leżący na stole. Nie ma wyjścia, pomyślał, wziął go do ręki i wybrał numer Ragny.

— Skąd to nagłe zainteresowanie? — rzuciła była żona. — Sumienie cię ruszyło?

— Nie chcę się kłócić — powiedział Leo.

Ragna zamilkła.

— Jak ona się czuje?

— Jest osłabiona. Ale z każdym dniem stopniowo odzyskuje siły.

— Kiedy są godziny odwiedzin w szpitalu?

— Siri nie chce, żebyś przychodził.

Leo zacisnął lewą pięść, wbił zęby w pobielałe kostki.

— Skąd to wiesz?

— Mówiła mi dziesiątki razy.

Wciągnął powietrze najgłębiej, jak potrafił, policzył w duchu do pięciu.

— Nie mogę zrezygnować, chyba rozumiesz?

— Myślałam, że już dawno zrezygnowałeś.

— Nie miałem pojęcia, że jest aż tak źle.

Ragna nie odpowiedziała.

— Uważasz, że nie mogę w niczym pomóc? — spytał.

— Uważam, że możesz tylko pogorszyć sytuację.

Leo podniósł się z krzesła; musiał się ruszyć z miejsca, wypadł więc na dwór przez przesuwne drzwi i zaczął chodzić tam i z powrotem po tarasie.

— Dlaczego nigdy nic mi nie powiedziałaś? — Jego serce waliło pod T-shirtem. — Chodziło o to, żebym sam się domyślił, sam odgadł?

— Siri strasznie się wstydziła — odparła Ragna. — Zabroniła mi o tym mówić.

— Przecież to jeszcze dziecko. To nie ona powinna decydować.

— Ma dwadzieścia lat — rzuciła Ragna. — Muszę liczyć się z jej zdaniem.

— Co to za tabletki, których się nałykała?

— Sarotex, zwykły antydepresant.

— Jak długo je brała?

— Parę lat.

— I nikt nie wspomniał mi o tym ani słowem.

— Leo... Przemknąłeś przez jej życie jak ciemna chmura po niebie. Nigdy z nią o niczym nie rozmawiałeś.

— Jesteś pewna? — spytał, chociaż wiedział, że Ragna ma rację.

— Nie mam siły się kłócić.

— Przyjadę jutro ją odwiedzić — oznajmił.

Żadnej reakcji. Zacisnął zęby.

— Przenieśli ją na oddział psychiatryczny dla młodzieży — poinformowała go Ragna.

— Słyszałem. To dobrze?

— Chyba tak — westchnęła. — Nie można się odsuwać i czekać, aż wszystko samo się ułoży.

— Właśnie próbuję to naprawić — powiedział.

Długa pauza.

— Idź do niej po południu, między trzecią a czwartą — odezwała się w końcu Ragna. — O tej porze zwykle jest w najlepszej formie.

Po drodze do szpitala Leo chciał wstąpić do biura, które wynajmował przy Lilleaker Torg. Nie był w nim od końca czerwca, od chwili, gdy Siri zabrała karetka.

Kiedy zaparkował przed kawiarnią o nazwie Zielona, stwierdził, że w miejscu dawnej restauracji Stara Łaźnia znajduje się sieciowa apteka. Ciemnobrązowa knajpa prawdopodobnie zniknęła już wiele lat wcześniej, tylko on nie zauważył tego aż do dzisiaj.

Dygotał na całym ciele, miał wilgotne dłonie, czuł się odległy i nieważki; nie mógł się doczekać, kiedy tabletki, które połknął przed wyjazdem z domu, wreszcie zaczną działać.

Gdy szedł korytarzem i mijał otwarte gabinety, wszyscy pozdrawiali go uprzejmie.

— Cześć, Leo!

— Fajne buty!

— Co słychać?

Nikt nie pytał, gdzie się podziewał ani co robił przez ostatnie dwa miesiące.

Wszedł do swojego pokoiku i zamknął za sobą drzwi.

Na biurku był jeden wielki śmietnik. W pomieszczeniu panował zaduch, zalatywało też czymś zepsutym. Zajrzał do kosza na śmieci. Połówka bagietki z serem i szynką, zawinięta w folię, pamiętała lepsze czasy. Podszedł do okna i wpuścił trochę świeżego powietrza; przez chwilę patrzył na ludzi w dole, którzy wchodzili i wychodzili z nowo otwartego baru sushi przy parkingu.

W końcu usiadł za biurkiem i utkwił wzrok w czarnym monitorze peceta. Jego klienci zniknęli. Trudno się dziwić, skoro przez dziewięć miesięcy nie odpowiadał na telefony, nie odpisywał na mejle i wiadomości. Musi zacząć od nowa. Tylko gdzie to jest?

Przemknęło mu przez myśl, że mógłby przynajmniej trochę posprzątać, zetrzeć kurz, opróżnić kosz. Kiedy wstał, klonazepam rozpłynął się w końcu po całym ciele: słoniowaty krok, ociężałe myśli, mózg opakowany w watę; czuł się jak jakiś ćpun z Brugata z przetrąconymi kolanami. Lekoman. Oto kim jest.

Zamknął okno i wyszedł z pokoju, zostawiając otwarte drzwi; opuścił budynek jakby w zwolnionym tempie, nie mówiąc nikomu „do widzenia". Kiedy znalazł się na ulicy, dał dwudziestokoronówkę żebrakowi siedzącemu przed sklepem Kiwi, wsiadł do samochodu i ruszył w kierunku szpitala Bærum.

22

SZEŚĆ GODZIN po spotkaniu w myśliwskiej chacie Erik Svendsbråten i Viggo Hennum siedzieli w brudnych fotelach w małej czatowni ukrytej wśród brzóz u stóp wzgórza. Ta przeniesiona z Moelv chałupka była pomalowana na zielono, nie miała okien, a jej dach częściowo pokrywały gałęzie jedliny. Dwa otwory strzelnicze w ścianie wychodziły wprost na przynętę leżącą na brzegu trzęsawiska Kråkmyra, siedemdziesiąt metrów dalej. Jeden otwór znajdował się także w bocznej ścianie, ale myśliwi wypełnili go pianką izolacyjną Glava, aby podejrzliwe wilki przypadkiem ich nie wyczuły. Na podłodze walały się śmieci i puste butelki.

Nierówna żwirowa droga prowadziła niemal pod sam barak. Biegła przez teren należący do przyjaciela z dzieciństwa Hennuma, dawnego mistrza okręgu w trójskoku i zatwardziałego wroga wilków, który co prawda nie chciał osobiście uczestniczyć w polowaniu, ale z wielką ochotą pozwalał, by strzelający do nich myśliwi korzystali z jego prywatnej drogi.

— Gdyby tak zobaczyła nas teraz policja ekologiczna… — odezwał się Hennum i podekscytowany zassał głośno powietrze przez zęby.

— Przecież podkładanie jako przynęty martwych zwierząt będących częścią lokalnej fauny nie jest zabronione — odpowiedział Svendsbråten. — Ja poluję na lisa, a ty?

— Ja też, oczywiście — potwierdził Hennum.

— Któregoś razu podłożyłem fokę — ciągnął Svendsbråten ze wzrokiem utkwionym w jednym punkcie. — Kupiłem ją od Fiskebilen.

— I co? Sprawdziła się?

Svendsbråten pokręcił głową.

— Tylko odstraszała lokalną zwierzynę. Nic nie odważyło się podejść. Nawet wrony trzymały się z daleka.

Obaj mężczyźni byli owinięci czarnymi kocami. Loke leżał w rogu i spał. Strzelba spoczywająca na kolanach Hennuma, standardowy mauzer Karabiner 98 kurz, należała kiedyś do ojca Vigga, który w piwnicy na ziemniaki miał cały arsenał niemieckiej broni. Za jego życia Viggo nie mógł jej tknąć. Natomiast karabin Svendsbråtena to zmodyfikowany Gewehr 33/40 z kolbą z fabryki broni Kongsberg. Dostał go na konfirmację od rozkochanego w broni wuja. Miał ten sam kaliber co mauzer, ale był krótszy i lżejszy; został wyprodukowany w 1941 roku dla elitarnych oddziałów niemieckich wyspecjalizowanych w walce w terenach górskich. Obie giwery były wyposażone w mocne celowniki optyczne, sfinansowane przez burmistrza Tryma Kojedala.

— Wiesz, co zawsze powtarzał mój ojciec? — mruknął Hennum.

— Niby skąd, kurde, miałbym wiedzieć, co zawsze powtarzał twój ojciec?

— Nie ufaj niczemu, co pochodzi z morza. — Hennum się uśmiechnął i pokręcił głową. — Nie miał zaufania do niczego, co nie pochodziło z Hedmarku.

Svendsbråten charknął i splunął na ścianę, a potem przyglądał się zielonożółtej flegmie, która spływała powoli po desce, zostawiając lepki ślad jak ślimak.

— Kiedyś zatruł się omułkami na wyspie w okolicy Tvedestrandu — kontynuował Hennum.

— Po co o tym opowiadasz? — spytał Svendsbråten. — To całkiem zbędna informacja.

— Sam nie wiem. Tak po prostu przyszło mi do głowy.

— To lepiej się już zamknij — powiedział Svendsbråten i z wewnętrznej kieszeni czarnej wojskowej kurtki wyjął małą, przejrzystą torebkę z szarobiałym proszkiem. Następnie sięgnął po termos stojący na podłodze obok fotela, odkręcił nakrętkę i wsypał do środka trochę proszku.

— Co to jest? — zainteresował się Hennum, unosząc brwi.

— Amfetamina. *Speed*.

— Dodajesz narkotyki do rosołu?

— To wyostrza zmysły — odparł Svendsbråten. — Lepsze coś takiego niż to gówno, które ty w siebie pakujesz.

— No tak, każdy ma jakąś słabość — skwitował Hennum, po czym sięgnął po plastikowy pojemnik stojący na podłodze i pociągnął trochę vargtassu własnej roboty. Potem przeciągnął palcami po kolbie swojej strzelby, pogłaskał ją i spojrzał przez otwór w ścianie w kierunku przynęty.

Było wpół do dziewiątej. Zaczynało zmierzchać. Mieli przed sobą całą noc. Morze czasu. Viggo czuł się doskonale. Rozpierała go duma, że siedzi razem z tak utalentowanym i szanowanym myśliwym jak Erik Svendsbråten, który jako żywa legenda mógł wybrać sobie na partnera, kogo tylko chciał, ale wybór padł na niego, Hennuma. To musiało coś znaczyć.

Łoś rozkładający się na skraju trzęsawiska to klempa przejechana w połowie lipca na drodze numer sześćdziesiąt pięć na północ od Skarnes przez szwedzką rodzinę jadącą na wakacje żółtą kią soul. Potężne martwe cielsko leżało przy szosie trzy dni. Wrony i sroki od razu je obsiadły i zaczęły dziobać, wydłubały oczy i próbowały spenetrować grubą sierść, ale na szczęście był to potężny łoś: ani ptaki, ani lisy nie zdołałyby się z nim uporać.

— Jak tam twoja lepsza połowa? — rzucił Svendsbråten ostrym tonem; źrenice jego zimnych oczu błyszczały jak czarne szklane kulki. — Wyszła już z szoku?

— Zrobiła się jeszcze bardziej strachliwa niż do tej pory — odpowiedział Hennum.

— Martwy kot w łóżku... — Svendsbråten zarżał serdecznie, ale w jego twarzy nie drgnął ani jeden mięsień. — Cudne.

— Wszędzie była krew.

— Znasz *Ojca chrzestnego*?

— Kojedal pytał mnie o to samo. Obejrzałem tylko trzecią część.

— Widziałeś tylko trzecią część *Ojca chrzestnego*?

Hennum kiwnął głową.

— Z ciebie naprawdę jest chory skurczysyn, Viggo.

Hennum wyczuł w jego głosie uznanie, którego nigdy wcześniej nie zauważył.

— W pierwszej części gość z mafii podkłada producentowi filmowemu do łóżka koński łeb — objaśnił mu Svendsbråten.

— I co to znaczy?

— To rodzaj ostrzeżenia.

Hennum podrapał się po głowie przez czerwoną czapkę z Østerdalen, usiłując zrozumieć, co tamten właściwie miał na myśli.

— Kto według ciebie mógł to zrobić?

— Ktokolwiek.

— Jerveland? RR?

— Profesor Gilbert.

— Tak uważasz? — Hennum podrapał się tym razem po brodzie. — Byłby zdolny do czegoś takiego?

— On chce cię upokorzyć, Viggo. — Svendsbråten popił łyk rosołu prosto z termosu. Para z ust i metalowego naczynia osiadła na szkłach okularów.

Coś takiego nigdy nie przyszłoby Hennumowi do głowy. Znał profesora od ponad trzydziestu lat. Wiedział, że on nigdy by się tak daleko nie posunął, że nigdy nie wyrządził nikomu fizycznej krzywdy — ani ludziom, ani zwierzętom. Nie, to nie mógł być on.

— A wnyki na wilka? — spytał Viggo.

— Gilbert.

Hennum pociągnął łyk vargtassu; zdawał sobie sprawę, dokąd zmierza ta rozmowa, postanowił więc zmienić temat.

— Zajebiście będzie uwolnić Norwegię od wilczej zarazy.

Żadnej reakcji ze strony Svendsbråtena.

— Szkoda tylko, że nie doczekamy się żadnego uznania za to, co zrobimy. — Hennum poklepał kolbę swojej broni. — Aż mnie skręca, żeby opowiedzieć o tym ludziom.

— Dostaniesz nagrodę w niebie.

— Nie wierzę w Boga. — Na twarzy Hennuma pojawił się cień cierpienia. — A ty wierzysz?

— Jasne. — Svendsbråten odchylił głowę do tyłu. — Jak wyjaśnisz inaczej gwizdanie do Rogera Whittakera?

Hennum przewrócił oczami, a potem spojrzał przez otwór strzelniczy na gwiazdy na czarnym niebie i na idealny półksiężyc świecący nad lasem. Na dworze panowała absolutna cisza, było kilka stopni powyżej zera, wiatr ucichł, Viggo słyszał jedynie odgłosy dochodzące ze swojego brzucha, złowróżbne burczenie w nierównych odstępach, niczym grzmoty w oddali.

— Zajebiście będzie wytępić wilka — powtórzył Hennum, byle powiedzieć cokolwiek, co zagłuszyłoby ten rumor.

— Wytępić wilka? — Svendsbråten parsknął śmiechem. — Wilk to najpiękniejsze stworzenie, jakie występuje w norweskiej przyrodzie.

— Słucham?

— Wilk jest królem.

Hennum otworzył szeroko usta, jakby chciał coś powiedzieć, ale nie wykrztusił ani słowa.

— Wilk pokazuje nam, jak poruszać się po terenie, jak możemy wykorzystać różne zagłębienia, rowy, zarośla, kierunek wiatru, uczy nas cierpliwości, skupienia i panowania nad emocjami. — Svendsbråten utkwił lodowatoniebieskie oczy w Hennumie: — I w razie konieczności: bezduszności w decydujących momentach.

Hennum wciąż miał rozdziawioną gębę.

— Nigdy nie pozbędziemy się wilków. — Svendsbråten wyciągnął cygaro z wewnętrznej kieszeni kurtki, zapalił je. — Nie dlatego to robimy.

Viggo łyknął znowu trochę wódki z sokiem żurawinowym.

— Ale przecież trzeba się ich pozbyć, żeby mogła wzrosnąć liczebność łosi.

— W Norwegii już od lat siedemdziesiątych jest niewiele łosi — powiedział Svendsbråten. — W wielu miejscach całkowicie je wytrzebiono. Ale ludzie na prowincji zupełnie nieźle sobie poradzili. Człowiek ma zdolność przystosowywania się. Jednak mnie najbardziej interesuje te pięćdziesiąt kawałków, które dostaniemy za każdą sztukę.

Hennum miał teraz co przetrawiać.

Obaj mężczyźni zatopili się w myślach, we własnych światach. Viggo pociągnął znowu ze swojego plastikowego pojemnika i odpędził negatywne obrazy, wyobrażając sobie Emmylou Harris, Dolly Parton i Lindę Ronstadt — wszystkie trzy razem w łóżku, nagie, naznaczone długim życiem w drodze. Chyba się upił, zaczynało mu odbijać. Nie mając pojęcia dlaczego, nagle wydał z siebie potężny ryk, bezdenny, przeciągły krzyk, który przeciął jak nożem ciężkie powietrze wypełniające chatę.

Svendsbråten podskoczył na fotelu, chwycił oburącz strzelbę i starając się zniżyć głos do szeptu, wrzasnął:

— Co ty, kurwa, wyprawiasz?!

— Pomyślałem sobie, że muszę spróbować czegoś nowego — odpowiedział Hennum, chichocząc.

— Loke nie znosi hałasu, ile razy mam ci to powtarzać?

Hennum zasłonił sobie dłonią usta i spojrzał na psa, który leżał w rogu i spał.

— Chciałem jedynie spróbować czegoś nowego, dopóki nie będzie za późno.

— To miało być wabienie? — rzucił Svendsbråten, okazując nieznaczne zainteresowanie. Uchylił nieco drzwi.

— W zimie chodziłem na kurs w Rendalen. *Predators call*. Chodzi o imitowanie krzyku zwierzyny łownej wydawanego przed śmiercią.

Svendsbråten uśmiechnął się szeroko.

— Gilberta też umiesz naśladować? Śmiertelny krzyk profesora?

Rozległo się chore wycie, któremu towarzyszyło pozbawione emocji rżenie Svendsbråtena.

— Wiedziałeś, że wycie wilka ma dziewięć różnych tonacji i jedenaście niuansów? — spytał Hennum. — I że każdy taki niuans oznacza co innego?

— W Angoli polowaliśmy z nagonką — odparł Svendsbråten. — Nasz rekord to dziewiętnaście szakali i dwóch Murzynów w jedną noc.

— Wycie jesienią, kiedy chodzi tylko o komunikację, kompletnie się różni od tego zimą, w okresie godowym. — Viggo sprawiał wrażenie, jakby nie usłyszał tego, co przed chwilą powiedział jego towarzysz. — Rok temu kupiłem sobie CD z odgłosami wilków. Trenowałem całą zimę.

— A co Linda na to, kiedy tak siedzisz w piwnicy i ryczysz?

— Nie odważy się pisnąć słówkiem — odpowiedział Viggo.

— Boi się pana i władcy? — Svendsbråten uśmiechnął się w ciemności.

Hennum nie zareagował, nie bardzo wiedział, jak ma sobie poradzić z sarkazmem, to przekraczało jego możliwości. Zaległa cisza. Rozmowa o przynętach i odblokowanie emocji za pomocą wrzasku położyły kres rewolucji w brzuchu Hennuma. W oddali rozległ się przeciągły, zawodzący głos, klasyczne wycie wilka.

— Coś mi się zdaje, że odezwał się twój potencjalny partner — zauważył Svendsbråten.

Hennum wypiął pierś, wyprostował plecy, nabrał głęboko powietrza w płuca i odpowiedział potwornym rykiem, donośnym wyciem, które przewyższało wszystko, co do tej pory z siebie wydał.

— Zamknij się — syknął Svendsbråten. — To i tak za daleko.

Hennum opadł na fotel. Powiedzieli już wszystko, co należało powiedzieć. Czuł się zmęczony i zawiedziony, coraz bardziej ciążyły mu powieki. Za każdym razem, kiedy ziewał, miał wrażenie, że szczęka wypada mu z zawiasów i żuchwa zwisa bezwładnie, jakby był boa dusicielem próbującym połknąć zbyt dużą ofiarę. Svendsbråten popijał rosół i gapił się przez dziurę w ścianie; jego oczy świeciły za dużymi szkłami okularów.

Zaledwie kilka minut po tym, jak Hennum zaczął chrapać, koło przynęty na skraju trzęsawiska wyłoniło się coś dużego i ciemnego. Zwierzę stało bokiem w świetle księżyca, przez chwilę obwąchiwało martwego łosia, po czym podjęło próbę wbicia zębów w grubą skórę w okolicy brzucha. Svendsbråten ostrożnie schował okulary do kieszeni na piersi czarnej wojskowej kurtki i trącił w ramię Hennuma, który natychmiast posłał mu zmętniałe spojrzenie i przeciągnął dłonią po brodzie jak zamroczony bokser. Następnie obaj z nabożeństwem umieścili strzelby w otworach strzelniczych i przyłożyli oczy do celowników.

— No i jest — szepnął Svendsbråten. — Jeden szary. Bardzo proszę.

— Jesteś pewny? — odpowiedział szeptem Hennum, tylko częściowo obecny.

— Strzelaj w płuca.

— Jeszcze nigdy nie ustrzeliłem wilka.

— Wiem — odparł Svendsbråten opanowanym, niskim głosem. — Celuj w płuca.

— Nigdy dotąd nie strzelałem do wilków — powtórzył Viggo.

— Przestań kłapać jadaczką i strzelaj!

Hennumowi drżały dłonie, ale widział wilka na wprost siebie, zamknął więc oczy i wypalił.

Huk wypełnił chatę. Odrzut cisnął Vigga do tyłu na fotel, Loke zerwał się jak oparzony i zaczął opętańczo ujadać. Wilk przy trzęsawisku przestał szarpać przynętę, ale zamiast paść czy puścić się kłusem, wyciągnął do góry łeb i stał całkiem spokojny jak rzeźba na tle jasnych trocin, które Hennum rozsypał wcześniej dookoła łosia.

— Widziałem coś takiego już wcześniej — szepnął Svendsbråten z twarzą przyklejoną do otworu strzelniczego.

— Co widziałeś? — wyjąkał Hennum.

— Że zamiast uciekać, zamarł. — Nabrał głęboko powietrza, zatrzymał je na kilka sekund w płucach i pociągnął za spust.

Wilk padł na ziemię.

— Wiesz, co mówią ludzie? — spytał Svendsbråten głosem łagodnym jak pasat, wciąż nie odrywając oka od celownika.

— Nie — odpowiedział Viggo, który nadal zasłaniał sobie uszy. — Co mówią?

— Że zimno w Østerdalen albo cię zabije, albo zahartuje. — Erik utkwił wzrok w Hennumie. — Co ci się, do cholery, stało?

— Co takiego? — Svendsbråten rechotał niepowstrzymanie. — Boss wpadł do dołu, do starej pułapki?

Myśliwi zebrali się w piwnicy u Hennuma, aby podsumować akcję. Linda poczęstowała ich vargtassem, kawą oraz goframi z domowym dżemem malinowym i bitą śmietaną.

— I z czego tu się śmiać? — rzuciła. — Przecież mógł się zabić.

— Wszyscy możemy umrzeć — odpowiedział Svendsbråten, gapiąc się na żonę Hennuma w taki sposób, jakby była jego własnością. — W każdej chwili.

— To niesamowite — odezwał się mężczyzna nazywany Piekarzem. — Poluję tam całe życie i nigdy się na nią nie natknąłem.

— To dziura w ziemi głęboka na trzy metry — zdziwił się Hennum.

— Gdzie to było? — Svendsbråten upił łyk kawy.

— Nad Letjenną — odpowiedział Piekarz.

— Jak on się czuje? — zainteresowała się Linda, poprawiając włosy.

— Złamał prawą nogę w kostce i ma kilka naciągniętych kręgów — poinformował Piekarz. — Leży na oddziale intensywnej opieki. Prawdopodobnie zapamięta to do końca życia.

— Nikt nie wiedział o tym dole? — Hennum wepchnął do ust całego gofra w kształcie serca. — Przecież kręcicie się po tej okolicy od pokoleń.

— Nie słyszałeś, co mówił Piekarz?

Hennum przeżuwał gofra, zapatrzony w swoje dłonie.

— Dziura była zasłonięta gałęziami — dodał Piekarz.

— Życie jest kruche — stwierdził Svendsbråten.

— Zaledwie kilka centymetrów dzieliło go od ostrych żerdzi na dnie dołu. Mógł się na nie nadziać — uzupełnił Piekarz. — Nie wyglądały na stare. Stare byłyby zbutwiałe.

— Facet od reklamy z Oslo wszedł prosto na wnyki — wtrącił gość z tatuażem na szyi. — Co tu się, kurwa, dzieje?

— *Rambo cztery* — rzucił Hennum, oblizując palce. — Widzieliście?

— Nikt nie oglądał *Rambo cztery* — odpowiedział Svendsbråten.

— Ja widziałem — pisnął mężczyzna z tatuażem.

— Sęk w tym, że od dziewiętnastego wieku nikt nie używa do łapania zwierzyny ani wnyków na wilki, ani dołów — rzekł Piekarz. — I to jest w tym wszystkim najciekawsze.

— Życie jest dziwne, mawiała moja babcia, zanim ją zadręczyłem — rzekł Svendsbråten z kamienną twarzą.

Wszyscy spojrzeli na niego. On zaś odczekał dziesięć sekund i dodał z uśmiechem:

— Zasłużyła sobie.

Ten i ów się roześmiał. Linda pokręciła głową i wyszła.

— Trzy szare, panowie! — Hennum wziął szklankę do ręki, aby wznieść toast. — To, kurde, wcale nie najgorzej.

Svendsbråten uniósł wysoko kubek z kawą.

— Gratuluję, chłopcy! W końcu nasz burmistrz będzie miał nad łóżkiem szarą łapę.

23

LEO WSZEDŁ przez automatyczne drzwi na oddział psychiatryczny dla młodzieży w szpitalu Vestre Viken w okularach przeciwsłonecznych na nosie. Czuł się odrętwiały i nietykalny. W korytarzu unosił się przenikliwy zapach uryny i amoniaku.

Kiedy spytał młodego człowieka w zielonym czepku, zielonej kurtce, zielonych spodniach i niebieskich ochraniaczach na stopach, gdzie leży Siri Vangen, zauważył, że bełkocze, nienawidził bełkotać. Pielęgniarz wskazał w głąb korytarza i wymamrotał numer pokoju: chyba sto dwadzieścia dwa.

Nie był dobrym ojcem dla Siri, to pierwsza rzecz, jaką musiał przyznać. Doświadczyła od niego wszystkiego, co najgorsze. Kłótni, krzyków, chłodu i wzgardy. On i Ragna trzymali się siebie zbyt długo. Facet z jajami odszedłby dużo wcześniej. Kiedy w końcu zdobył się na to i się wyniósł, wydawało się naturalne, że Siri zamieszka z matką.

Na początku regularnie wpadała na Gåsøyę, nierzadko z przyjaciółkami, zwłaszcza latem. W miarę upływu czasu i dorastania jej wizyty stawały się coraz rzadsze. Przez ostatnie trzy lata ani razu nie pokazała się na wyspie. Kiedy ostatnio zrobili coś razem? Czy nie wtedy, gdy we dwójkę wybrali się do Nowego Jorku, kiedy miała piętnaście lat?

Wyczuwał mrok wokół niej, jednak nie na tyle silnie, aby chciał coś z tym zrobić. Ragna nic nie mówiła. On nie pytał. Zaniechanie, tchórzostwo — na tym polegało jego przestępstwo.

Zapukał ostrożnie. Ponieważ nikt nie odpowiedział, nacisnął klamkę, wszedł do środka i zamknął za sobą drzwi.

Leżała tam, krucha, drobna istota z rurkami i przewodami przymocowanymi do ręki i nosa. Wyglądała, jakby spała. Przypominała mu w tym momencie jego babcię, jedyną martwą osobę, jakiej kiedykolwiek dotknął.

Zrobił kilka kroków, pochylił się nad łóżkiem i pogłaskał Siri po włosach. Uniosła powieki i popatrzyła na niego, jakby był kimś obcym. Leo miał nadzieję, że gdy całkiem się ocknie, może się uśmiechnie. Ale wiedział, że to niemożliwe.

— Tata — odezwała się słabym głosem. — Co ty tutaj robisz?

— Chciałem zobaczyć, jak się czuje moja dziewczynka — wybełkotał; wciąż nie był w stanie mówić normalnie.

Przeniosła spojrzenie na jakiś punkt na suficie. Nic nie powiedziała.

— Ostatnio dużo o tobie myślałem — bąknął.

Jej wzrok znowu spoczął na nim.

— Dlaczego nie przyszedłeś wcześniej?

— Przecież nie chciałaś ze mną rozmawiać.

— Kto tak powiedział?

— Mama mówiła, że nie chcesz mnie widzieć.

— To tylko takie gadanie. — Uśmiechnęła się nieznacznie. — Tak naprawdę liczyłam na to, że przyjdziesz.

— Dzwoniłem do ciebie ze sto razy, nagrywałem się na sekretarkę...

— Tato... Dzisiaj już nikt nie nagrywa się na sekretarkę.

— Ale dlaczego nie odbierałaś?

— Nie wolno mi rozmawiać przez telefon.

Leo próbował się uśmiechnąć, mięśnie twarzy jednak nie były mu do końca posłuszne i skończyło się na dziwnym grymasie. Wiedział, że powinien poczuć ulgę, ale miał wrażenie, że nie jest w stanie w ogóle nic odczuwać.

Na chwilę zaległa cisza.

— Wydawało mi się, że nie zasługujesz na to, żeby mieć córkę — powiedziała Siri. — Myślałeś tylko o sobie.

— Sądziłem, że wolisz, abym dał ci spokój.

— Byłam trudna, nie radziłeś sobie z tym, więc się wycofałeś.

— Czułem się zraniony, że nie chcesz mieć ze mną nic wspólnego.

— To ty byłeś dorosły, jesteś moim ojcem, nie powinieneś się obrażać.

— Masz absolutną rację — przyznał Leo. — Przepraszam. Nawaliłem.

— Po prostu zniknąłeś.

— Ale teraz jestem tutaj. I nigdzie się nie wybieram.

Zamknęła oczy. Uśmiechnęła się.

— Wiem, że byłam okropna.

Leo żachnął się i pokręcił głową.

— Nie byłaś okropna.

— Owszem, byłam — rzekła, unosząc powieki. — Dawałam wam w kość.

Leo chciał jej powiedzieć, że ją kocha, uścisnąć ją mocno i długo trzymać w ramionach, ale stał jak słup soli.

— Fajne buty — zauważyła, wskazując głową na jego stopy w obuwiu Masai.

— Dzięki. Są dobre na kręgosłup.

— To nie twoja wina — powiedziała. — To ja wszystko schrzaniłam.

— Kocham cię — wykrztusił jednak i przełknął ślinę. — Nigdy nie wolno ci w to wątpić. — Przysunął do łóżka taboret i usiadł.

— Chyba lepiej będzie, jak już pójdziesz — rzekła.

Leo ujął jej dłoń, zimną i suchą, pogłaskał ją.

— Chciałbym chwilę przy tobie posiedzieć.

— Wolałabym zostać sama — odparła, zamykając oczy. — To nie ma nic wspólnego z tobą.

Leo gorączkowo szukał w głowie czegoś, co mógłby powiedzieć, ale na próżno, przez jego wnętrze przetoczyła się fala otępiałej ulgi i zobojętniałego smutku. Dźwignął się ze stołka, stanął na niepewnych nogach, pochylił się nad córką i pocałował ją w czoło. Kropelka śliny wyciekła mu z ust i spadła na jej policzek. Natychmiast wytarł ją grzbietem dłoni. Siri otworzyła oczy i się uśmiechnęła.

— Potrzebuję trochę czasu — szepnęła.

— Zadzwoń, gdy poczujesz się silniejsza — odparł. — O każdej porze.

Powoli opuściła powieki.

Leo zrobił dwa kroki do tyłu, zatrzymał się i popatrzył na nią wilgotnymi oczami. Pomyślał o wszystkim, co powinien był zrobić, o wszystkim, co powinien był powiedzieć; miał nadzieję, że nie jest za późno. Następnie odwrócił się i po cichu wyszedł na korytarz.

24

TRESER PSÓW Rolf „Roffe" Wassberg ze Svinesundu, zajmujący się także kasacją samochodów, właśnie miał wrzucić ostatni, czwarty worek ziemniaków na przyczepę stojącą obok wybiegu dla jego ukochanych czworonogów — bonus od zastępcy burmistrza Vigga Hennuma za dobrze wykonaną pracę — gdy nagle dostał czymś ciężkim i twardym w tył głowy i stracił przytomność.

Kiedy ocknął się piętnaście minut później, musiał kilkakrotnie zacisnąć powieki i ponownie je otworzyć, aby mózg zaakceptował to, co pokazywały mu oczy.

Roffe nie był na tyle głupi, by nie zdawać sobie sprawy, że ryzykuje, świadcząc specjalne usługi norweskim wrogom wilków. Nie miał złudzeń, że to, co robi, jest bezpieczne. Ale że skończy w takiej pozycji — z szeroko rozłożonymi ramionami i nogami, jak Jezus na krzyżu, z dłońmi i stopami mocno przywiązanymi do pali wbitych w ziemię, nagi na zimnych porostach, oblepiony mrówkami, chrząszczami i innym robactwem włażącym we wszystkie możliwe otwory ciała — tego nie przewidział.

Kilka metrów dalej stał ogolony na łyso mężczyzna w brązowych gumiakach, czerwonych szortach i kamizelce z owczej skóry na gołym ciele. Duże, okrągłe okulary przeciwsłoneczne zasłaniały mu twarz. Gwizdek na psa, własnej roboty, z wierzbowego drewna ze zdobieniami, którego Roffe używał przez cztery miesiące, wisiał na plecionym sznurku na szyi mężczyzny. Obok niego stały psy — powarkiwały i wyły z wywalonymi na wierzch jęzorami; były przywiązane, ale prawdopodobnie nie na zawsze. Roffe wiedział, że są głodne. Od kilku dni nie dostały nic porządnego do jedzenia.

Wielki mężczyzna podszedł do niego bez słowa. W jednej ręce trzymał białe plastikowe wiadro, w drugiej — mały pędzel malarski, okrągły, czerwony, marki Jotun. Wciąż nic nie mówiąc, olbrzym przykucnął, zanurzył włosie w wiadrze, otarł je o brzeg, jakby usuwał nadmiar farby czy lakieru, i zaczął smarować Roffemu podeszwy, palce u nóg, wierzch stóp, kostki. Posuwał się coraz wyżej i bez pośpiechu, systematycznie pokrywał każdy centymetr skóry cienką warstwą ohydnej bezwonnej masy.

— Co ty, kurwa, odstawiasz? — spytał Szwed najbardziej perfekcyjnym norweskim, na jaki było go stać. — To łaskota.

— Łaskocze. Po norwesku mówi się: łaskocze — poprawił go mężczyzna.

— Kto ty, kurwa, jesteś?

— Nazywam się Rino Gulliksen.

— Co ty wyprawiasz?

— Odpłacam się — odpowiedział Rino.

— Za co?

— Chyba wiesz.

— Nic nie zrobiłem.

— Jak sobie pościelesz, tak się wyśpisz — rzekł Rino.

— Co to za gówno?

— Rycyna w płynie — wyjaśnił. — Naturalne białko z nasion rącznika pospolitego, jedna z najsilniejszych substancji trujących na świecie, popularna wśród pozbawionych skrupułów idiotów podkładających zatrute przynęty w lesie.

— Nigdy nie podkładałem zatrutej przynęty w lesie — próbował bronić się Roffe.

— Ale zamordowałeś co najmniej jednego niewinnego człowieka — oświadczył Rino. — I niewiele brakowało, a przez ciebie zginąłby jeszcze mały chłopiec.

— To był nieszczęśliwy wypadek. — Roffe poczuł, że drżą mu nogi. — Miałem ich wystraszyć.

Rino pokręcił głową z uśmiechem.

— Leż spokojnie.

— Zimno mi. — Roffe zaczął szlochać, mimo że starał się panować nad sobą, aby zachować choć trochę godności.

— Naprawdę wierzyłeś, że ujdzie ci to na sucho? — rzucił Rino.

— Robiłem tylko to, co mi zlecono.

Rino cmoknął i pokręciwszy głową, dalej smarował pędzlem nagie ciało, niewzruszenie i metodycznie, została już tylko twarz.

— To nie był mój pomysł! — krzyknął Roffe.

— A czyj?

— Svendsbråtena, Erika Svendsbråtena.

— A co z zastępcą burmistrza?

— Hennum to głupek. — Teraz już cały dygotał. — O wszystkim decyduje Svendsbråten, to on jest szefem.

— Czyli twierdzisz, że jesteś niewinny?

Roffe usiłował kiwnąć głową, ale nie mógł nią poruszyć.

— Nie chciałem nikogo zamordować.

— Chciałeś czy nie chciałeś, to nie ma żadnego znaczenia. Liczą się tylko skutki twoich czynów. — Rino przerwał „malowanie", zdjął z nosa okulary, pochylił się nieco i spojrzał prosto w oczy Szwedowi, który trząsł się jak galareta. — Tresujesz psy wilkowate, żeby rzucały się na ludzi, napuszczasz je na kobietę i dziecko, a potem mówisz, że nie chciałeś nikogo zamordować?

Roffe milczał, drżąc coraz bardziej.

— Prowokujesz mnie — rzucił Rino.

Roffe zaczął szlochać.

— Wszystko widziałem. — Rino przystąpił do smarowania jego twarzy, zbliżał się do końca. — Stałeś tam z uśmiechem na ustach.

Szwed dygotał.

— Muszę cię ukarać dla przykładu — powiedział Rino. — Niestety, nic nie możesz na to poradzić.

* * *

Dwie godziny później Rino Gulliksen załadował pięć martwych psów i szpadel na czarnego volkswagena amarok należącego do Roffego, usiadł za kierownicą i ruszył z piskiem opon szutrową drogą przez las w kierunku moczarów — odludnego miejsca, w którym nikomu nie przyjdzie do głowy szukać. Zabijanie nigdy nie stanowiło dla Rina problemu. Miał to po ojcu. Stary Harald Gulliksen doskonale wiedział, kiedy należało położyć czemuś kres. Gdy Rino miał dziesięć lat, ojciec wyprowadził do lasu ich golden retrievera i zastrzelił go ze śrutówki, a potem zakopał. Nigdy nie znaleziono tego miejsca.

25

— KTO TO JEST? — spytała Emma Vase, wpatrując się w nagie ciało, które leżało na ziemi, oświetlone czterema reflektorami na baterie przywiezionymi z biura lensmana.

Sosny rzucały długie cienie. Był piątek, jedenasta wieczór, zimne podmuchy z północnego wschodu wprawiały w falowanie niskie krzaki, szarpały liśćmi brzóz i koronami sosen. Nad ich wierzchołkami rozciągało się dosyć jasne niebo, było zaledwie kilka stopni powyżej zera.

Kilka godzin wcześniej dwaj Polacy, którzy zbierali w lesie jagody, znaleźli zwłoki, zadzwonili na komisariat i łamaną angielszczyzną opisali, gdzie leży denat. Tomteberget i Wroldsen ruszyli od razu kiepską żwirową drogą w kierunku tej odludnej okolicy, położonej około siedmiu kilometrów na północ od centrum Elverum. Zaczynało się ściemniać. Oboje nie byli przygotowani na widok, jaki ujrzeli. Tomteberget natychmiast skontaktował się z miejscowym lekarzem medycyny sądowej, ordynatorem Korenem ze szpitala w Elverum, który właśnie siedział z rodziną przed telewizorem i jadł tacosy, gdy zadzwonił telefon. Przybył na miejsce, zwymiotował, zrobił swoje najlepiej, jak potrafił, znowu zwymiotował i wrócił do domu, aby patrzeć na innych, jak wciąż jedzą tacosy.

Ręce i stopy denata były przywiązane grubym sznurem do pali wbitych głęboko w miękką ziemię. Leżał na plecach. Nie miał prawie całej nogi, jedna ręka wyglądała tak, jakby ktoś mu ją wyrwał z barku, brzuch był otwarty, wnętrzności wyżarte, krtań przecięta, organy płciowe zniknęły. Jedyne, co pozostało nietknięte, to głowa i twarz. Sądząc po niej, denat mógł być około trzydziestki, miał półdługie, jasne włosy i wyglądał na całkiem zwyczajnego faceta. Oczy i usta były szeroko otwarte, w źrenicach zastygł wyraz zaskoczenia, w ustach coś tkwiło.

— Na razie nie wiemy — powiedział lensman Tomteberget.

— Boże drogi — odezwała się Emma. — Co się stało z Elverum?

Emma nie miała wątpliwości, kim jest człowiek, który leży przed nią, ani kto go przywiązał, nie powiedziała jednak tego lensmanowi.

— Myśli pan, że to może mieć związek z jakimś rytuałem? — wtrąciła Wroldsen.

— Z rytuałem? — Tomteberget przeniósł na nią wzrok. — Tutaj? W Elverum?

— Przecież on wygląda jak Jezus przybity do krzyża — wyjaśniła Wroldsen.

— Co on ma w ustach? — spytała Emma.

— Spodenki marki Björn Borg — stwierdził lensman, po czym podszedł krok bliżej, pochylił się i przymrużył oczy. — Lekarz wyjął je pincetą, ale włożył z powrotem, bo powiedział, że ludzie z kryminalnej się wkurzą, jeśli cokolwiek usuniemy.

— A kiedy oni będą? — zainteresowała się Emma.

— Jutro przed południem.

— Zostawicie go tutaj do tego czasu?

— Chyba trzeba będzie zabrać go do szpitala — odpowiedział Tomteberget. — Tam obłożą go lodem.

Emma odwróciła się, przyklęknęła i zwymiotowała.

— A nie lepiej w ogóle go nie tykać, dopóki nie zjawi się kryminalna? — zasugerowała Wroldsen.

— Nie mam pojęcia — przyznał lensman. — Nigdy dotąd nie miałem do czynienia z takim przypadkiem.

— Myśli pan, że ludzie znowu przypiszą to wilkom? — spytała Emma, ocierając usta.

— Nie wiem, po to pani jest tutaj. Żeby ustalić, czy to dzieło wilków.

— Jak pani myśli? — zaciekawiła się Wroldsen. — To mogła być ta sama wataha? Rany prawie identyczne jak te, które miała tamta żółta.

Emma przyłożyła sobie chusteczkę do ust, pochyliła się nad ciałem i przyjrzała się ranom.

— Zgadza się, są bardzo podobne. — Z plecaka stojącego na ziemi wyjęła aparat i zaczęła robić zdjęcia. Lampa błyskowa rozświetlała las niczym małe błyskawice.

Sigrun Wroldsen stała z rękami skrzyżowanymi na piersiach. Ciemność skrywała nieznaczny uśmiech w kącikach jej ust.

— Koren był na sto procent pewny, że to sprawka wilków.

— Ktoś przywiązał tego biedaka do ziemi i zostawił go jako żywą przynętę. — Tomteberget omiótł zwłoki snopem światła z latarki.

— Tak czy inaczej, zamordowały go wilki. — Wroldsen wsunęła pod wargę odrobinę sypkiego snusu General z pudełka, które wyjęła z kieszeni na piersi, po czym otarła palce o granatową policyjną bluzę. — Ten, kto go przywiązał, jedynie stworzył do tego warunki.

— To jest zabójstwo — powiedział Tomteberget.

— No, nie wiem. — Wroldsen palcem wskazującym usunęła z języka drobinę snusu. — Realnie patrząc, jest to drugi atak wilków w Norwegii w bardzo krótkim czasie.

— Zaraz, zaraz — przerwała jej Emma, mrużąc oczy i unosząc ręce. — Nie ulega wątpliwości, że to zrobił człowiek. W tym przypadku nie możemy obwiniać wilków.

— Najwyraźniej zasmakowało im ludzkie mięso — kontynuowała Wroldsen, niezrażona. — Do podobnych sytuacji dochodziło wiele razy w Australii, z białymi rekinami w roli głównej, z lwami w Afryce i tygrysami w Indiach.

— To są bajki — rzuciła Emma.

— Lekarz sądowy powiedział, że ciało jest posmarowane jakąś trucizną — wtrącił Tomteberget. — Więcej dowiemy się ze wstępnego raportu poobdukcyjnego.

— A kiedy on powstanie?

— Za kilka dni — odpowiedział lensman.

— To by znaczyło, że zwierzęta leżą martwe gdzieś niedaleko — zasugerowała Emma.

— Wysłaliśmy ludzi, żeby przetrząsnęli las. Niczego nie znaleźli.

— A ślady?

— Śladów jest całe mnóstwo, i zwierzęcych, i ludzkich, między innymi odcisk ciężkiego kalosza, rozmiar pięćdziesiąt.

— A gdzie się podziewa król Gilbert z Evenstad? — rzuciła Wroldsen.

— Mówię o podeszwie…

Pomarańczowa toyota land cruiser z końca lat osiemdziesiątych zatrzymała się w ciemności na żwirowej drodze sto metrów dalej. Bjarne Gilbert wyskoczył z samochodu i podbiegł do nich truchtem, jak zawsze ubrany w swój zielony uniform polowy; świeżo umyte i starannie wymodelowane włosy powiewały na wietrze.

— Co się dzieje? — spytał podekscytowany, utkwiwszy głęboko osadzone oczy w zmasakrowanym ciele.

— Przywiązany do ziemi, następnie pożarty przez wilki — wyjaśnił Tomteberget i wsunął za wargę kawałek białego snusu.

— Nie wiadomo, czy to były wilki — odezwała się Emma. — Równie dobrze to mogły być lisy.

Gilbert zbliżył się do ofiary, przykucnął i ogarnął ją wzrokiem.

— Mogę dotknąć?

— Oczywiście, że nie — odpowiedział Tomteberget.

— Nie jestem pewna, czy z prawnego punktu widzenia to jest zabójstwo z premedytacją tylko dlatego, że ktoś przykuł go do ziemi — oświadczyła funkcjonariuszka Wroldsen.

— Żył, kiedy dopadły go zwierzęta? — dociekał Gilbert.

— Koren twierdzi, że tak — odparła Emma. — Ale na sto procent nie wiadomo.

— Biorąc pod uwagę to, co się stało dziesięć dni temu, chyba można nazwać to zabójstwem — stwierdził Tomteberget.

— W każdym razie nie z premedytacją. — Funkcjonariuszka Wroldsen wypluła snus. — Nie zapominajmy, że od tysiąc osiemsetnego roku wilki nie zaatakowały ze skutkiem śmiertelnym ani jednego człowieka. Jeśli więc ktoś przywiązuje ofiarę do ziemi, jak duża jest szansa, że pojawią się wilki i ją pożrą? Taki będzie tok rozumowania prokuratura. I moim zdaniem całkiem możliwa jest argumentacja, że skoro prawdopodobieństwo zjedzenia ofiary przez wilki było nikłe, tym samym sprawca może być oskarżony tylko o pozbawienie wolności, a nie o zabójstwo.

— Sprawca wysmarował gościa trucizną — zaoponował Tomteberget — i zostawił go totalnie bezbronnego. Jest to co najmniej nieumyślne spowodowanie śmierci, chociaż przypuszczalnie celowe. — Zsunął czapkę na tył głowy. — Ale najprawdopodobniej to nie będzie nasze zmartwienie. Jutro przyjadą ludzie z kryminalnej i przejmą sprawę, rozpoczną wielkie dochodzenie, a nas odsuną.

— To jakieś szaleństwo — odezwał się Gilbert.

— To chore. — Tomteberget splótł dłonie na karku. — I wszystko zmienia.

— Niczego nie zmienia — zaprzeczyła Emma. — Polowania na wilki są organizowane od dwudziestu lat.

Lensman spojrzał na nią, nie kryjąc zdziwienia.

— Duże, piękne, nikomu niewadzące, przyjazne zwierzęta były systematycznie wybijane i zatruwane przez te wszystkie lata, kiedy sprawuje pan funkcję komendanta policji — ciągnęła Emma. — I nawet nie kiwnął pan palcem w tej sprawie.

— Obok nas leży martwy człowiek. — Lensman wskazał na zwłoki. — Dlaczego pani opowiada teraz o polowaniach na wilki?

— Ludzi są w Norwegii miliony — odparowała Emma. — A wilków mamy tylko sześćdziesiąt.

— Matko, pani kompletnie odbiło! — zareagowała funkcjonariuszka Wroldsen, po czym spojrzała na lensmana. — Czy mam objąć pierwszą wachtę?

— Tak — potwierdził Tomteberget.

— Sama?

— Tak. Naciesz się widokiem.

Wiatr zdmuchnął policjantce na czoło kosmyk włosów. Odgarnąwszy go, obrzuciła Emmę surowym spojrzeniem, po czym odwróciła się na pięcie i poszła do policyjnego radiowozu, aby przynieść sobie termos.

Podczas gdy Sigrun Wroldsen przygotowywała się do długiej i zimnej samotnej nocy w lesie w towarzystwie okaleczonych ludzkich zwłok, a Tomteberget zmierzał z powrotem do biura, aby spisać raport i porozmawiać z kolegami z kryminalnej, Gilbert i Emma, wziąwszy zebrane przez nią próbki, jechali do laboratorium w Evenstad. Profesor wsunął do odtwarzacza płytę *How Will the Wolf Survive* zespołu Los Lobos i nastawił cicho piosenkę *Don't Worry Baby*. Przez kilka chwil oboje nic nie mówili.

— O czym pan myśli? — spytała w końcu Emma, gdy wciąż jeszcze toczyli się przez ciemny las.

— O tobie — odpowiedział Gilbert z uśmiechem. — Wciąż myślę o tobie.

— Niech pan lepiej myśli o czym innym.

— Dlaczego?

— Bo pan jest stary, a ja jestem młoda.

Profesor się roześmiał.

— Wiesz, o czym tak naprawdę myślę? O tym, że to wszystko jest kompletnie surrealistyczne. — Przeczesał włosy palcami. — To istny Salvador Dalí.

— Dlaczego nie włączy pan długich świateł? — spytała Emma.

— Staram się jak najmniej przeszkadzać naturze. Jak byś zareagowała, gdyby w środku nocy ktoś przyszedł do twojej sypialni i włączył reflektor?

— Ale długie światła zmniejszają ryzyko, że na coś wpadniemy — odpowiedziała z uśmiechem Emma.

— Kiedyś mimo długich przejechałem łosia, wyskoczył mi prosto przed maskę, roztrzaskał przednią szybę, krew była wszędzie. Musiałem go dobić. — Uniósł prawą dłoń i zagiął rozstawione palce. — Lewarkiem.

— Wiem, kto to był. — Emma siedziała nieruchomo i patrzyła prosto przed siebie.

— O czym ty mówisz? — zdziwił się Gilbert.

— Wiem, kto go przywiązał.

— Kto?

— To nie wilki napadły na Phung Johansen.

Gilbert wcisnął hamulec, samochód sunął jeszcze parę metrów poślizgiem po żwirze, aż wreszcie się zatrzymał. Przez kilka sekund profesor gapił się w przednią szybę, nie wyłączając silnika.

— Chyba nie masz wyjścia i musisz mi opowiedzieć wszystko od samego początku. — Gdy przekręcił kluczyk, muzyka ucichła i zapanowała całkowita ciemność.

Emma opowiedziała Gilbertowi o Evenie, Szwedzie, Hennumie, ubranym na czarno mężczyźnie w kaszkiecie, psach, Phung i chłopcu, a na koniec dodała:

— Jestem pewna, że ten facet w lesie to szwedzki treser psów i że to wszystko zrobił Even.

— Skąd ta pewność?

— Bo podkreślał, że musimy odpłacić im tą samą monetą, że tylko to odniesie skutek. — Emma potarła czoło. — Wydawał się bardzo zdeterminowany.

— Według ciebie to były te same psy?

— To nie psy. To są wytresowane mieszańce.

— Wilki, psy, mieszańce, hybrydy... Gdzie, do jasnej cholery, przebiegają granice? — Gilbert przekręcił kluczyk w stacyjce, wcisnął zapalniczkę w tablicy rozdzielczej, włączył światło pod sufitem, po czym zaczął grzebać w schowku między siedzeniami i po chwili wyjął z niego gotowego skręta. Włożył go między wargi. — Różnice między nimi są bardzo płynne.

— Chce pan powiedzieć, że osobniki, które wypuściliśmy, nie są czyste rasowo? — spytała Emma.

— C z y s t e r a s o w o? — Spojrzał na nią jak na wariatkę. — Niczego się nie nauczyłaś? Nie istnieje coś takiego jak czystość rasy. Mówisz jak Benito Mussolini.

Emma skrzyżowała ręce na piersiach.

— Dlaczego nie grał pan w otwarte karty?

— Zajmuję się tym całe swoje życie. — Przypalił skręta zapalniczką. — A tacy jak ty przychodzą i odchodzą.

— Jak pan może być taki cyniczny?

— Gdybym nie był cyniczny, spakowałbym walizki i wyjechał stąd już trzydzieści pięć lat temu. — Gilbert zaciągnął się głęboko i zatrzymał dym w płucach. — Biedny Viggo. Ten kretyn nawet nie zdaje sobie sprawy, w co się wplątał.

— Jakoś specjalnie mu nie współczuję.

— Znam go od trzydziestu lat. Ten facet po prostu desperacko chce być lubiany, kochany i szanowany, zresztą tak jak my wszyscy. — Wydmuchnął dym. — To Erik Svendsbråten, ten gość w czerni, jest wielkim, wstrętnym wilkiem.

— Co to za jeden? — spytała Emma, otwierając okno, ponieważ zaczęła dławić się dymem.

— Nie mogę nic na niego znaleźć. Na stronach internetowych nie ma o nim ani słowa. Zupełnie jakby gość w ogóle nie istniał. — Przeniósł spojrzenie z deski rodzielczej na Emmę. — Ale wiem, gdzie mieszka.

— Na stronach internetowych? — powtórzyła Emma z uśmiechem. — Ile pan ma lat, tak naprawdę?

— Nie pamiętam już — odparł Gilbert. — Wiesz, po czym można poznać, że jest się starym?

— Nie.

— Po tym, że w twojej obecności ludzie przestają mówić o śmierci.

— Mazgaj.

— Kto to, do cholery, może być? Jakiś nawiedzony ekolog, któremu odbiło? Dziwne, że wcześniej o nim nie słyszeliśmy. Pomijając już to, że zabijanie dla sprawy wydaje się mocno wątpliwe. Wygląda na to, że ma jakiś plan.

— Wydawał się sympatyczny i rozsądny. To potworne, ale trzeba przyznać, że on ma rację: jedynie coś takiego może odnieść skutek.

— Coś takiego, czyli zabijanie?

— Tych ludzi trzeba powstrzymać fizycznie.

— Podoba mi się twoje podejście — roześmiał się Gilbert. — Obawiam się jednak, że twój znajomy spartolił sprawę.

— Co pan ma na myśli? — Machnęła ręką, aby rozproszyć dym, który unosił się tuż przed nią, i skrzywiła się z dezaprobatą.

— Jeśli coś zdarza się raz, ludzie zwykle potrafią się z tym uporać... — Profesor też opuścił szybę i pozwolił się ulotnić duszącej, ciężkiej woni marihuany. — Jeśli jednak to samo zdarza się po raz drugi... Może rozpętać się piekło. Prawdziwe piekło.

— Ale przecież to wszystko sprawka ludzi. To nie jest wina ani wilków, ani mieszańców.

— Z technicznego punktu widzenia to wilki go rozszarpały.

— Sęk w tym, że to nie były wilki.

— Ludziom jest wszystko jedno, czy w tych bestiach było pięćdziesiąt, siedemdziesiąt, czy dziewięćdziesiąt osiem procent wilka. I tak one za to odpowiedzą.

Emma siedziała w milczeniu, próbując zrozumieć, do czego to wszystko może doprowadzić.

— Sądzi pan, że władze mogą wydać pozwolenie na wybicie wszystkich wilków w Norwegii?

— Wcale nie byłbym zaskoczony, gdyby tak się stało. — Zgasił skręta, uruchomił silnik, włączył długie światła i ruszył z wyprostowanymi rękami na kierownicy i z plecami wciśniętymi w wytarte oparcie. — Wspominałem ci już, że Lyder i Phung Johansenowie byli moimi przyjaciółmi?

— Mówił pan tylko, że ich znał.

Zabębnił palcami o kierownicę.

— Lyder i ja chodziliśmy razem na kurs pisania.

— Kurs pisania? — Emma zmarszczyła czoło. — Kiedy to było?

— Na początku lat osiemdziesiątych. Miałem dosyć pracy naukowej. Chciałem zostać pisarzem.

— I co?

— Nic z tego nie wyszło. Przeniosłem się do Østerdalen.

— To wtedy zaczął pan pracować w Evenstad?

Skinął głową.

— Lyder należał do najbardziej miejskich ludzi, jakich kiedykolwiek znałem. Począwszy od lat dziewięćdziesiątych, zawsze gdy wybierałem się do Oslo, dzwoniłem do niego, żeby się dowiedzieć, dokąd powinienem się wybrać w stolicy, co obejrzeć, jakiego zespołu posłuchać.

— Od dawna tutaj mieszka?

— Kiedy skończył pięćdziesiąt lat, postanowił porzucić miasto i osiąść w niedużym gospodarstwie pod Astą, w samym środku lasu. Razem z Phung. Bardzo się ucieszyłem, kiedy urodził im się syn. Wszystko się wreszcie ułożyło.

— Co on tutaj robi?

— Gra na ukulele, maluje, rzeźbi. — Gilbert wyprostował plecy i wypiął pierś. — Uprawia marihuanę, świetnej jakości.

Emma próbowała włączyć ogrzewanie, manipulowała w ciemności gałkami i dźwigienkami.

— Sprzedaje narkotyki?

— Tylko znajomym i przyjaciołom. Na małą skalę.

— Czy to nie jest surowo zakazane?

Gilbert z uśmiechem zabębnił w kierownicę palcami prawej dłoni.

— Od dwudziestu lat nie sprzedał ani jednej książki. Biedak musi z czegoś żyć.

Wjechali w chmurę jakichś owadów. To pewnie chruściki, pomyślała Emma. Setki małych punktów trafiało prosto w przednią szybę, rozmazywało się na szkle. Gilbert polał ją płynem ze spryskiwacza i włączył wycieraczki, ale niewiele to pomogło.

— Masz jakieś plany na jutrzejszy wieczór? — spytał.

— Słucham? — Spojrzała na niego wzrokiem babci karcącej niesfornego wnuka.

— Co robisz jutro wieczorem?

— Świat, który znamy, właśnie się wali, a pan usiłuje mnie poderwać?

Gilbert się uśmiechnął i poprawił włosy.

— Pomyślałem sobie, że moglibyśmy się po prostu spotkać, zjeść kawałek łosia, napić się wina, omówić sytuację i ustalić, jakimi kartami powinniśmy dalej grać.

— Jutro wybieram się z Balderem do Restauratora.

Spojrzał na nią smutnym wzrokiem.

— Co ty widzisz w tym dupku?

— Balder jest uroczy i jest w moim wieku.

— To jeszcze dzieciak.

— Jest pozytywny, nieskomplikowany, zawsze w dobrym humorze. I ma ładne ciało.

— Ładne ciało? A jakie ono ma, u diabła, znaczenie? — Gilbert wciągnął brzuch i wyprężył się na siedzeniu. — Ten chłopak nie widział Jimiego Hendrixa w Monterrey w sześćdziesiątym ósmym, nie był nigdy na after party z Patti Smith, nie przykuł się z innymi demonstrantami w Alcie w siedemdziesiątym dziewiątym i nigdy nie został aresztowany za publiczne obnażanie się na festiwalu Kalvøya.

Emma roześmiała się głośno.

— Jest przystojny, ciekawy świata, niezarozumiały, niezgorzkniały. Pan też jest uroczy i elegancki, ale mógłby być moim dziadkiem.

— Wiek to tylko liczba.

— Błąd. Wiek to przygarbione plecy, pożółkłe zęby, włosy w uszach i widzenie tunelowe.

— To wredne z twojej strony.

— Niby dlaczego miałabym być panem zainteresowana? W taki sposób? — Spojrzała na niego i dodała: — Pan jest dla mnie jak miły, stary wujek.

— Naprawdę sprowadzasz mnie do takiej roli? — Pokręcił głową bezradnie. — Nadal jestem w stanie wiele dać, w sferze fizycznej i duchowej.

— To proszę znaleźć sobie kobietę w swoim wieku.

— Ale one są takie… stare.

— Sugerowałabym wybrać się do domu spokojnej starości w Sagbakken. W każdą środę wieczorem pensjonariusze grają w bingo.

— Wolę yatzy.

Emma oparła stopę o deskę rozdzielczą.

— Zamierza pan w końcu włączyć komórkę?

— Zrobiłem to już wczoraj. Trzysta nieodebranych połączeń, czterysta esemesów, dwieście wiadomości na Messengerze i sto pięćdziesiąt maili pozostawionych bez odpowiedzi. Jestem rozchwytywany jak nigdy dotąd. — Przetarł twarz dłonią i westchnął ciężko. — To ponad moje siły. Najchętniej spakowałbym plecak i zaszył się gdzieś w Femundsmarce*.

— Wykluczone. Właśnie teraz jest pan najbardziej potrzebny.

— W przyszłym tygodniu muszę wybrać się do Szwecji i przywieźć dwa wilki. — Stuknął w kierownicę zaciśniętą pięścią. — Pojedziesz ze mną?

— Czy to nie nazbyt ryzykowne? Akurat teraz?

— Prosto z Estonii. Dwa młode samce. — Spojrzał na nią i zabawnie poruszył sumiastymi brwiami. — Potrzebujemy nowych genów.

— Może lepiej poczekać, aż sytuacja trochę się uspokoi?

— Wtedy może być za późno — stwierdził Gilbert i wcisnął pedał gazu do oporu.

---

* Femundsmarka nasjonalpark — park narodowy na terenie okręgów Hedmark i Trøndelag, jeden z najdzikszych rejonów w południowej Skandynawii.

26

BURMISTRZ TRYM KOJEDAL grał na kongach, patrząc jednocześnie przez okno na niebieskie niebo, które wszędzie wygląda tak samo, niezależnie od tego, gdzie człowiek się znajduje. Lubił tak stać, uderzać w bębny i śnić na jawie, przenosić się myślami w inne rejony świata i do innego życia niż to, które wiódł w tej zapomnianej przez Boga i ludzi dziurze noszącej nazwę Elverum. Zawsze marzyło mu się coś więcej, polityka lokalna była jedynie substytutem. Kiedy przejdzie na emeryturę, sprzeda rodzinną posiadłość i kupi sobie zamek albo winnicę we Włoszech lub we Francji. Nie w Hiszpanii — jest zbyt trywialna, za dużo w niej Norwegów.

Cieszył się już na jesienny urlop; razem z żoną zdecydowali się na podróż tematyczną do Toskanii z Janem Vincentsem Johannessenem jako przewodnikiem — człowiekiem, który do tego stopnia opanował sztukę życia, że napisał na ten temat książkę. Kiedy tak Trym postukiwał sobie w bębny i z rozmarzeniem myślał o smażonych sardynkach, oliwkach i winie w środku dnia, ktoś zapukał do drzwi. Zawsze tak było, zawsze ktoś musiał mu przeszkodzić.

Na widok komendanta Kojedal przypomniał sobie, że wezwał go, aby zdał mu sprawozdanie z tego groteskowego odkrycia nad Lauvsjøen.

— Co się tutaj dzieje, do jasnej cholery? — rzucił Kojedal, siadając w fotelu za biurkiem. — Toż to jakiś horror.

Tomteberget zamknął drzwi i zajął miejsce na krześle naprzeciwko burmistrza.

— *Droga bez powrotu cztery.*

— Policja kryminalna przejęła sprawę?

Lensman potwierdził skinięciem głowy.

— Od tej pory jestem zepchnięty na boczny tor.

— Kim jest ofiara?

— To mniej więcej trzydziestoletni Szwed.

— Co tu robił?

— Nie mam pojęcia. Podobno szkolił psy.

Burmistrz oparł łokcie na biurku i podparł podbródek na dłoniach.

— Domyślam się, że mamy do czynienia z tymi samymi wilkami, co ostatnio?

— Oba miejsca dzieli zaledwie parę kilometrów, więc jest to wysoce prawdopodobne. — Tomteberget zwilżył górną wargę. — W usta miał wepchnięte spodenki marki Björn Borg.

— Własne?

— Mam nadzieję.

— Co to, do kurwy nędzy, ma być? — Burmistrz opadł bezwładnie na fotel. — Przecież to jest Elverum, a nie jakaś Guadalajara.

— Wygląda na to, że w końcu świat przybliżył się do Elverum.

— Ale ja nie chcę tu tego świata.

— To chyba nieuchronne.

— Wolałbym, żeby Elverum pozostało białą plamą, miejscem, w którym zawsze można się schronić.

— Nie my o tym decydujemy.

Kojedal spojrzał na lensmana i pomyślał, że to bystry facet, kto wie, czy nie za bardzo bystry.

— Pewnie miał jakieś powiązania narkotykowe — rzucił. — Tacy zawsze mają coś wspólnego z dragami.

— Nie zdziwiłbym się.

— Gdyby dwadzieścia lat temu ktoś mi powiedział, że po ulicach Elverum będą chodzić młodzi ludzie z niebieskimi włosami, nigdy bym tu nie wrócił. — Burmistrz położył nogi na biurku. — Słyszałem, że ten nieszczęśnik jeszcze żył, kiedy dopadły go wilki?

— Nadal czekamy na wstępny raport z obdukcji.

— Jakie było prawdopodobieństwo, że akurat w pobliżu będą kręcić się wilki i pożrą gościa? To się nie trzyma kupy.

— A jednak to wszystko wygląda na zaplanowane, w taki czy inny sposób.

— To będzie miało ogromne konsekwencje. — Kojedal przygładził świeżo uczesane włosy. — Nie wykluczam, że czynniki oficjalne zarządzą pozbycie się wszystkich wilków po norweskiej stronie.

— Na razie powiedzieliśmy jedynie tyle, że jest to podejrzany przypadek śmierci. Uważam, że powinniśmy poczekać z podawaniem jakichkolwiek informacji, dopóki nie zyskamy pewności. Jeśli wyjawimy, co rzeczywiście znaleźliśmy, zaczną się dzikie spekulacje.

— W pełni się z tobą zgadzam. — Burmistrz zmrużył oczy i popatrzył ponad głową lensmana. — To niesłychane, całkowicie nienorweskie.

— Dorównujemy najlepszym wzorcom z zagranicy — zadrwił Tomteberget.

— Co tam tak naprawdę się stało? — Kojedal spojrzał Tomtebergetowi w oczy. — Masz jakąś teorię?

— Wiem tylko, że to nie był przypadek. — Lensman wstał i podszedł do zdjęcia w ramce wiszącego na ścianie; przedstawiało burmistrza z wielkim szczupakiem w rękach. — Ile ważył?

— Dwanaście kilogramów.

— Na Rokosjøen?

Kojedal z dumą pokiwał głową.

— Używałeś woblerów?

— Żywej zanęty.

— Wiesz, że łowienie na żywą zanętę jest zabronione?

Kojedal rozłożył ręce i pochylił głowę.

— Przyłapałeś mnie in flagranti!

— Co takiego?

— In flagranti. To po włosku. Znaczy: na gorącym uczynku albo z opuszczonymi spodniami.

— To dlaczego nie powiesz po prostu „na gorącym uczynku" czy „z opuszczonymi spodniami"?

— Bo według mnie w in flagranti jest więcej fantazji. Norweski robi się strasznie płaski.

Tomteberget przewrócił oczami i podszedł do okna. Powiódł wzrokiem po samochodach na parkingu.

— Według mnie te dwa zabójstwa są ze sobą powiązane. W taki czy inny sposób.

— Sugerujesz, że za tamtym pierwszym przypadkiem też kryje się coś podejrzanego?

— W każdym razie nie można tego wykluczyć. Zwłaszcza teraz.

— Rozmawiałeś z dzieciakiem?

— On raczej nic nie wniesie do sprawy. Ma zaledwie pięć lat.

— Pamiętam, że kiedy ja byłem w tym wieku, wydawało mi się, że jestem całkiem duży.

— Nie chcę go naciskać. Rozpłakał się, gdy zadałem mu parę pytań.

— Co powiecie dziś wieczorem dziennikarzom? — Kojedal w głębokim skupieniu zaczął czyścić sobie paznokcie wykałaczką, zdecydowany usunąć spod nich wszystko co do odrobiny.

— Poinformujemy, że znaleziono martwego mężczyznę i istnieje podejrzenie, że popełniono przestępstwo.

— Moglibyście poczekać, aż porozmawiam z Prebenem?

— Myślałem, że leży w szpitalu ze zmiażdżoną nogą i zakażeniem krwi?

— Ale w mówieniu mu to nie przeszkadza.

— Musimy dzisiaj coś powiedzieć — oświadczył Tomteberget.

— Ale chyba nie o wilkach? Ani o tym, w jakim stanie go znaleźliście? Bez żadnych detali?

Lensman popatrzył na burmistrza.

— Nie będziemy się spieszyć.

— Myślę, że to rozsądne rozwiązanie. — Kojedal przesunął palcem wskazującym i kciukiem prawej dłoni po dolnej wardze. — Ta sprawa może przynieść naszemu miastu większą szkodę, niż swego czasu zrobił to Ole Paus piosenką *Elverum*, która według niektórych zaszkodziła nam bardziej niż Niemcy w czasie wojny.

— Jak brzmiał tekst?

— Pamiętam tylko refren. — Burmistrz zaczął śpiewać bez żadnej melodii: — „Ktoś by chciał, żeby ziemia była okrągła, ale w takie rzeczy nie wierzy się w Elverum!"

— Otóż to — wtrącił Tomteberget. — „Okrągła" i „Elverum". Przecież to się nie rymuje!

— Najwyraźniej to nie jest najważniejsze, ludzie uwielbiają tę piosenkę.

— Wydaje mi się, że porządny rym to minimum, którego powinno się wymagać od tekściarza.

— Ludzi gówno obchodzi, czy coś się rymuje, czy nie.

Kojedal wziął z biurka długopis i obracając go w palcach, powiedział, że jeśli to wyjdzie na jaw, skutki będą równie dalekosiężne jak przedstawione w filmie *Wybór króla*. Elverum zacznie uchodzić za dom wariatów, co skutecznie odstraszy zarówno turystów, jak i inwestorów.

— Wcześniej czy później i tak wszystko się wyda. Pytanie tylko kiedy.

— Musimy odwlec ten moment najdłużej, jak to możliwe.

— Co wiesz o Eriku Svendsbråtenie? — W tonie lensmana nastąpiła zmiana, brzmiał bardziej swobodnie.

— O gościu, który usuwa śnieg miotaczem ognia? Dlaczego się nim interesujesz?

— Czy to on kieruje nagonką na wilki?

— Czemu o to pytasz?

Tomteberget uśmiechnął się bez uśmiechu.

— Skąd on jest?

— Nie mam pojęcia. — Kojedal uniósł ramiona i wykrzywił twarz dokładnie tak, jak robią to Włosi. — O ile wiem, hoduje świnie. Był żonaty z jakąś Rosjanką, ale to chyba zamknięta historia.

— Kiedy ochrzaniłem go za ten miotacz ognia, spytałem, skąd go wziął. Powiedział, że kupił w sieci.

— Wygląda jak kaznodzieja.

Tomteberget wyjął z kieszeni spodni pudełko snusu i wsunął pod wargę białą poduszeczkę.

— Mógł wywołać panikę.

Kojedal klasnął w ręce.

— À propos: w przyszłym tygodniu w ośrodku kultury w Hamarze wystąpi Arja Saijonmaa z recitalem podsumowującym czterdzieści lat kariery.

— Super — skwitował Tomteberget i zakaszlał.

— Uwielbiam Arję. To wspaniała kobieta.

— *Jag vill tacka livet*[*].

---

[*] *Jag vill tacka livet* (Chcę podziękować życiu) — tytuł wielkiego szlagieru i albumu urodzonej w Finlandii wokalistki, która zrobiła karierę w Szwecji.

Kojedal podniósł wysoko palec wskazujący.

— Ma znacznie więcej sukcesów na koncie.

— Nadal jest z tym facetem, który został postrzelony?

Burmistrz pokręcił głową ze smutkiem w oczach.

— Zawsze kochała się w Mikisie Theodorakisie, greckim kompozytorze i działaczu wolnościowym.

Tomteberget pokiwał głową, nieszczególnie zainteresowany informacjami, którymi dzielił się z nim Kojedal.

— Co za kobieta! Nie miałbym nic przeciwko temu, gdyby… — Burmistrz wyraźnie się rozmarzył, przeniósł się myślami w zupełnie inne miejsce i inny czas. — O czym mówiliśmy? — ocknął się po chwili.

— O tym, że musimy mieć kontrolę nad tym, co wycieknie do mediów.

Kojedal westchnął ciężko.

— Czy w komisariacie możliwy jest przeciek?

— Wroldsen jest jak sito. — Tomteberget spojrzał burmistrzowi w oczy. — Ale to akurat chyba wiesz.

Burmistrz powoli podniósł się z fotela, podszedł do bębnów i zaczął grać czterema palcami obu rąk, ostrożnie, jak mały chłopiec, który obawia się dotknąć rozgrzanej płyty kuchennej, żeby się nie sparzyć.

— Niedługo powinny się zacząć polowania na łosie. Byłoby fatalnie, gdyby nic z nich nie wyszło.

— O czym ty mówisz?

— Cztery grupy Niemców zapłaciły kupę kasy za ustrzelenie łosia na łonie dziewiczej norweskiej natury.

— Zginęło dwoje ludzi, a ty zajmujesz się polowaniami na łosie?

— Pierwsza historia to był nieszczęśliwy wypadek. — Bębnienie w kongi przybrało na intensywności. — W drugim też mogło być podobnie.

— W okolicy grasuje jakiś maniak! — Tomteberget musiał krzyknąć, aby burmistrz go usłyszał. — To wszystko zmienia!

— W naszej okolicy zawsze kręciło się mnóstwo pomyleńców! — wrzasnął Kojedal. Walił w bębny jak oszalały, pod pachami miał mokre plamy, niebieski krawat dyndał przewieszony przez ramię. — Østerdalen jest pełne pomyleńców!

27

GDY LEO PRZEJEŻDŻAŁ bezgłośną błękitną teslą Kjartana przez most Minnesund, odezwały się w nim wspomnienia. Wyprawy do domu rodzinnego ojca w Hamarze, kanciaste volvo, niekończący się korek na krętej drodze biegnącej brzegiem jeziora Mjøsa, marznący deszcz i szklanka na szosie. Babcia przeszła wiele: w czasie wojny dziadek siedział dwa lata w obozie koncentracyjnym; kiedy wrócił, ważył trzydzieści osiem kilogramów i już nigdy nie był sobą. Ich życie nie należało do łatwych, ale Leo pamiętał babcię jako silną, hojną kobietę, swoje wnuki traktowała zawsze jak małe księżniczki i małe książęta.

Siri była do niej podobna, otrzymała po niej imię, miała takie same dobre oczy i identyczną okrągłą twarz.

Siedząc przy kuchennym stole w domu na Gåsøyi, Leo przeczytał w gazecie, że w lesie pod Elverum znaleziono zwłoki mężczyzny i że policja podejrzewa popełnienie przestępstwa. Natychmiast poszedł do sypialni i spakował walizkę na kółkach.

Z daleka pachniało mu to Rinem Gulliksenem. Leo uznał, że musi pojechać do Elverum i spróbować go powstrzymać, a właściwie uratować. Nie może się odwrócić, tak jak robił to do tej pory, tak jak postąpił w przypadku Siri.

Droga nad jeziorem była całkiem nowa — jechał nią po raz pierwszy, maksymalna dozwolona prędkość wynosiła sto dziesięć kilometrów na godzinę — ale wszystko przy niej już rdzewiało: bariery energochłonne, balustrady, mostki, poręcze, ogrodzenia, znaki drogowe, latarnie też były skorodowane. Leo doszedł do wniosku, że chyba specjalnie pozwalano im niszczeć, że celowo wybrano kiepską stal, aby w ten sposób osłabić wrażenie ingerencji w naturę i wyeksponować krajobraz rozciągający się po obu stronach drogi. Zardzewiała stal doskonale komponowała się z brunatnoczerwonymi górami i jesiennymi kolorami, wszelkimi odcieniami brązu, żółci i czerwieni, o wiele wyrazistszymi niż jeszcze kilka dni wcześniej.

Gdy wszedł do foyer hotelu Scandic Elgstua, Szwed za ladą recepcji przywitał go skinięciem głowy, dając mu do zrozumienia, że go rozpoznał.

— Wrócił pan do nas?

— Nie mogłem się powstrzymać — rzekł Leo. — Tyle się tu dzieje.

Recepcjonista w garniturze uśmiechnął się i puścił oko, aby zaznaczyć, że on także bynajmniej nie czuje się tu u siebie, że tak naprawdę jest zbyt kosmopolityczny i wielkomiejski, aby pracować w takiej dziurze jak Elverum.

— Jest cudownie ciepło jak na tę porę roku — powiedział. — *Indian summer.*

W barze i recepcji było niemało ludzi, choć nie tyle, co ostatnio. Najwyraźniej jednak sporo dziennikarzy dostrzegło potencjał w nowym odkryciu, mimo że na razie policja mówiła tylko o podejrzanym zgonie i wstrzymała się z przekazywaniem jakichkolwiek informacji, dopóki nie otrzyma wyników obdukcji. Do sprawy została włączona policja kryminalna, co podkreślało powagę sytuacji.

Leo poszedł na górę do pokoju, tego samego, co poprzednim razem. Coś na kształt powrotu do domu. Wziął ciepły prysznic, a potem, leżąc na łóżku w samym ręczniku, próbował zrobić body scan. Poddał się po pięciu minutach, ubrał się, wszedł do łazienki i połknął tabletkę rivotrilu. Przyjrzał się sobie w lustrze, przeciągnął dłonią po twarzy.

Musi przestać znieczulać się w ten sposób. Dopiero gdy się naszprycował, był w stanie spotkać się z własną córką. Taka jest prawda.

Proszek zaczął działać mniej więcej wtedy, kiedy Leo wszedł do Restauratora, „prostej, niedużej knajpki z norweskim i meksykańskim domowym jedzeniem", jak powiedział Bjarne Gilbert, proponując ją na miejsce spotkania, gdy Leo zadzwonił do niego jeszcze z drogi. Dwanaście stolików z ciemnego drewna nakrytych czerwonymi i białymi obrusami. Ciężkie welurowe zasłony w pomarańczowym kolorze odgradzały gości od słońca i łagodnego jesiennego wieczoru na zewnątrz. Przy czterech stolikach siedzieli samotni starzy mężczyźni z kuflami piwa i gapili się przed siebie. Inne miejsca były zajęte przez grupki młodych ludzi, którzy gadali jak najęci i od czasu do czasu wybuchali śmiechem. Pewnie żołnierze i studenci.

Na niedużej scenie w rogu siedział śpiewak o długich, jasnych włosach, w czarno-czerwonym sombrero na głowie, i grał żartobliwy kawałek Creedence'ów w jamajsko-meksykańskim klimacie *Have You Ever Seen the Rain*. Jego wykonanie skojarzyło się Leo z wersją Boney M. z 1977 roku.

Bjarne Gilbert pomachał do niego od stolika pod oknem, najbardziej oddalonego od sceny i muzyka. Gdy Leo podszedł bliżej, okazało się, że profesor przyprowadził ze sobą uroczą młodą badaczkę, tę samą, która przyjechała po niego, kiedy poprzednio spotkali się w nowoczesnym domu Gilberta w Gaupefaret. Tym razem nie miała mysich ogonków; jej proste, lśniące włosy sięgały ramion, a czoło zakrywała gęsta grzywka. Miała drobny nos, duże usta i trochę piegów pod żywymi zielonymi oczami; wyglądała naturalnie bez makijażu. Przypominała Siri, taką, jaka mogłaby być.

— Też dopiero przyszliśmy — powiedział Gilbert. — Proszę spocząć.

Leo przywitał się z nimi, po czym usiadł na drewnianym krześle. Natychmiast zjawił się kelner, który, sądząc po wyglądzie, pochodził ze Sri Lanki. Leo zamówił pulpety z łososia z groszkiem, ziemniakami i żurawiną, Emma zdecydowała się na meksykańską zupę pomidorową z plasterkami kiełbasy, Gilbert zaś na burrito z kurczakiem i porcję nachosów z guacamole. Leo i Emma wzięli po kuflu miejscowego piwa, a Gilbert coronę.

— Diabelnie naturalne miejsce — powiedział profesor, rozglądając się dookoła. — Bezpretensjonalne. Dlatego je lubię. Pod koniec lat sześćdziesiątych byłem na Jukatanie — kontynuował. — W Playa del Carmen, małej rybackiej wiosce, zniszczonej potem przez najazd Amerykanów i masowych turystów…

Leo podziękował grzecznie kelnerowi za przyniesione napoje.

— Nie macie limonki? — spytał Gilbert, unosząc wysoko brwi. — Do corony musi być limonka.

— Zaraz przyniosę — odpowiedział kelner i zniknął w kuchni.

— W Cancún grał Grand Funk Railroad, a Quicksilver Messenger Service podgrzewał atmosferę — opowiadał dalej profesor.

— Złote czasy, prawda? — Emma uśmiechnęła się znacząco do Leo. Miała przerwę między przednimi zębami, tak samo jak Siri.

Kelner przyniósł coronę z limonką w środku i z rozmachem postawił butelkę na stole.

Gilbert wziął ją do ręki i wpatrzył się w etykietę lekko zaszklonymi oczami.

— Pracowałem za darmo dla socjalistycznej gazety, wieczorami ścinałem trzcinę cukrową i zakochałem się w miejscowej dziewczynie, Pilar; niewiele brakowało, żebym się z nią ożenił, ale w ostatniej chwili interweniował jej ojciec. Uważał, że jestem europejskim imperialistą, któremu chodzi jedynie o jej ciało.

— A nie było tak? — wtrąciła Emma. — Nie chodziło panu o jej ciało?

Gilbert pokręcił głową.

— Nasza znajomość miała wymiar duchowy.

— Ale ojciec jednak pana przegnał?

— Przepędził mnie z wioski kijem do piniaty.

Jeszcze przez chwilę rozmawiali o wszystkim i o niczym, próbując się nawzajem wysondować, gdy nagle Leo wyskoczył z pytaniem:

— Co się tutaj dzieje? Kim jest facet znaleziony w lesie?

Gilbert i Emma wymienili spojrzenia; następnie profesor rozejrzał się po sali, jakby chciał sprawdzić, czy nikt ich nie podsłuchuje. Wreszcie przechylił się nad stolikiem i szepnął:

— Wygląda na to, że pański znajomy postanowił sam wymierzyć sprawiedliwość.

Leo przeniósł wzrok z Gilberta na Emmę i z powrotem. Wypił łyk piwa.

— Proszę mówić.

— Tydzień temu Emma spotkała go w lesie — zaczął Gilbert.

— Był dla mnie bardzo miły, ale widziałam, że jest wściekły. — Emma odchrząknęła. — Powiedział mi, że Phung

Johansen została zamordowana przez wytresowane psy wilkowate i że on widział całe zajście. Podobno był tam szwedzki treser, który je szczuł, żeby zaatakowały tę kobietę i dziecko.

Kelner przyniósł zamówione dania. Wszyscy troje podziękowali mu uśmiechem. Gilbert rzucił się od razu na burrito — jadł rękami, jakby od kilku dni nie miał nic w ustach. Pozostała dwójka nie tknęła swoich talerzy.

Zamknąwszy oczy, Leo przetrawiał to, co usłyszał. Gdy kelner zostawił ich samych, spytał:

— Czyli to jednak nie były wilki?

Kiedy Emma opowiedziała ze szczegółami historię dotyczącą zabójstwa Phung Johansen, spotkania z pustelnikiem i znalezionego ostatnio, częściowo pożartego ciała młodego Szweda, Leo oparł się na krześle, skrzyżował ręce na piersi i spojrzał uważnie na siedzących przed nim badaczy wilków. Uznał, że najwyższa pora wyłożyć karty na stół. Skoro grają w tej samej drużynie, nie ma sensu dłużej osłaniać szaleńca.

— To mi rzeczywiście wygląda na Rina.

— Rina? — Gilbert odłożył na talerz to, co zostało z burrito, oparł łokcie na stoliku i zaczął oblizywać opuszki palców.

— Tak ma na imię. Sądząc po opisie, mógł to zrobić Rino Gulliksen.

— Rino Gulliksen… — powtórzyła powoli Emma. — Mówił, że nazywa się Even.

Leo się uśmiechnął.

— Wina znowu zostanie przypisana wilkom?

— Policja na razie trzyma język za zębami — odrzekł Gilbert. — Ale gdy tylko dziennikarze coś zwęszą, wtedy dopiero zrobi się wesoło.

— Czy miejscowi nie zasadzili się jeszcze na wilki? — spytał Leo.

— Kilka dni temu urządzili wielkie polowanie — powiedział Gilbert. — W sumie było chyba ze trzydziestu ludzi. Zastrzelili trzy sztuki.

— Jeden z polujących wpadł do głębokiego dołu, pułapki nakrytej ziemią, zwichnął sobie kilka kręgów i złamał nogę w kostce — dodała Emma. — Wygląda na to, że Rino Gulliksen postanowił przywrócić dawne tradycje łowieckie.

— Parę dni temu specjalny doradca burmistrza do spraw wilków w czasie rekonensansu w lesie wdepnął w zardzewiałe wnyki — uzupełnił Gilbert. — Niewiele brakowało, a straciłby nogę.

— *C'est pas moi, c'est lui.* — Leo pokręcił głową ze zmarszczonym czołem. — Jaki był tytuł piosenki z tego filmu i kto wykonywał ten kawałek?

Gilbert przymknął oczy i zaczął się kołysać.

— Grateful Dead — powiedział, unosząc powieki. — Widziałem ich nad Lago Atitlán w siedemdziesiątym czwartym, to jezioro w górach w Gwatemali. To, co słyszałem, nie brzmiało jak fajne, dobre koncerty, na jakich bywałem. Dopiero potem zdałem sobie sprawę, że tam wcale nie było żadnego zespołu i że koncert odbywał się w mojej głowie. — Zanurzył nachosa w miseczce z guacamole, po czym z nabożeństwem uniósł go do ust. — Jerry zawsze był gwiazdą przewodnią.

— Proszę opowiedzieć nam o swoim przyjacielu — poprosiła Emma. — O Rinie Gulliksenie.

— Znam go już parę ładnych lat.

— Tak?

— Kiedyś uratował mi życie.

— Dlaczego mieszka w lesie?

— Ukrywa się.

— Czemu?

— Oficjalnie nie istnieje.

Emma próbowała go zachęcić, aby mówił dalej.

— To długa historia.

— Czy to znaczy, że nikt poza panem nie wie, że on żyje? — zainteresował się profesor.

— Okej. — Leo odchrząknął. — Wychowywał go ojciec, mieszkali w drewnianej chałupie nad rzeką Isielvą w Bærum. Ojciec pił, większość czasu przesiadywał w piwnicy, i odkąd Rino skończył dziesięć lat, musiał radzić sobie sam. Później pracował jako egzekutor długów, brał dużo dragów i anabolików, aż w końcu zatłukł dwóch gości, którym się to należało: śliskiego skurwiela o nazwisku Terje Klavenes i jego najlepszego kumpla, stukniętego Lapończyka o imieniu Nils. Uciekł, był poszukiwany, zaszył się w opustoszałym fiordzie w Nordlandzie, w domu, w którym się urodził, i wiódł tam spokojne, proste życie, uprawiając ziemię, polując i łowiąc ryby, dopóki nie zadarł z lokalną mafią hodowców łososi i nie pozbył się całej szajki, wywołując powódź.

Emma i profesor słuchali go z szeroko otwartymi oczami.

— Wszyscy myśleli, że on też utonął, dlatego został uznany za zmarłego. Jestem jedyną osobą, która wie, że Rino żyje.

— Czy chodzi o powódź w Storbørii przed kilku laty, w której zginęło pięciu ludzi? — spytała Emma.

Leo przytaknął.

— Rino wysadził dynamitem Storhellę, gigantyczna masa kamieni runęła z sześciuset metrów do fiordu i wywołała falę tsunami, wysoką na trzydzieści metrów, która zalała i zmiażdżyła wszystko na swojej drodze.

— Co robił potem? — chciała wiedzieć Emma.

— Nie mam pojęcia. Ukrywał się w lesie? — Leo bezradnie rozłożył ręce. — Jeśli policja go złapie i ustali, kim jest, będzie pozamiatane. Mówiąc krótko: Rino nie może być świadkiem, w ogóle nie może mieć nic wspólnego z policją.

— Mnie powiedział to samo — przyznała Emma. — Uwierzyłam mu.

— Czy on jest niebezpieczny? — zainteresował się Gilbert.

— To zależy. — Leo oparł łokcie na stole po obu stronach pełnego talerza i splótł dłonie. — Jest uosobieniem siły natury, żywiołem, nie sposób go zatrzymać, jeśli coś sobie postanowi. Wygląda na to, że teraz zdecydował się rozprawić z ludźmi polującymi na wilki.

— Dlaczego akurat wilki? — spytała Emma. — Czemu aż tak go obchodzą?

— Jego celem jest ocalenie przyrody przed człowiekiem. To stało się jego życiowym powołaniem. Moim zdaniem to przypadek, że teraz skupił się na wilkach.

— To brzmi trochę... inaczej. Jaki on właściwie jest?

— Właściwie? Niesamowicie dobry dla dobrych i niesamowicie bezwzględny dla podłych.

— Co pan zamierza? — odezwał się profesor.

— Znaleźć Rina i wywieźć go stąd, zanim znowu kogoś zamorduje albo sam zostanie zamordowany.

— Nie wyda go pan policji? — chciała się upewnić Emma.

— Oszalała pani? — Leo spojrzał jej prosto w oczy. — Przecież to mój przyjaciel.

— Wiem, gdzie go szukać — powiedziała. — Pokażę panu.

Wyjęła komórkę z plecaka, otworzyła aplikację Google Maps i wyjaśniła dokładnie, gdzie znajduje się obozowisko Rina. Leo zapisał sobie lokalizację na mapie w swoim telefonie. Gilbert w tym czasie połykał resztki burrito.

— Najpierw trzeba jechać dwadzieścia minut samochodem, a potem jeszcze kwadrans iść. — Emma pociągnęła łyk piwa. — To bardzo dogodna lokalizacja — dodała.

— Dlaczego nie pozwolimy tym opętańcom powybijać się nawzajem? — wtrącił Gilbert. — Niech te bestie się pozażerają.

— Czterdziestu przeciw jednemu? — spytał Leo. — To nie wydaje się fair.

Było już późno, kiedy Emma wróciła do swojego jednopokojowego mieszkania na piętrze szwajcarskiej willi w Renie. Usiadła przy stole w kuchni i zjadła kanapkę z pasztetem i pomidorem, posypaną solą i świeżo zmielonym pieprzem. Wypiła szklankę mleka, a potem umyła zęby i w samych majtkach i T-shircie położyła się na łóżku obok śpiącego mężczyzny.

Patrząc w sufit, myślała o Rinie Gulliksenie, żyjącym w ciemnym lesie razem ze zwierzętami. Zza otwartego okna dobiegały cykanie pasikoników i szum samochodów sunących drogą krajową numer trzy, a także odległe grzmoty burzy, która nie przyniosła deszczu.

Balder oddychał ciężko; nie chrapał, tylko rytmicznie posapywał. Mieszkał u niej od czwartkowego wieczoru, kiedy poszli razem na piwo do Restauratora; od tamtej pory przez długi czas w ogóle nie wychodzili. Całkiem naturalnie i dobrze się to wszystko między nimi ułożyło, wyglądało na to, że on też cieszy się z tego, że ma do kogo przylgnąć.

Przez dwa lata nie miała nikogo. Balder był fajnym chłopakiem, przystojnym, wrażliwym, seksownym i rozsądnym, ale sprawiał wrażenie, jakby coś go gryzło. Kiedy mówiła, niby jej słuchał, jednak po oczach widać było, że jest nieobecny. Emma postanowiła wyciągnąć z niego, co go męczy, jeśli nie od razu jutro, to może pojutrze. Przewróciła się na bok, oparła głowę na dłoni i zaczęła mu się przyglądać.

Spał niespokojnie, poruszał nogami, pomrukiwał. Pogłaskała go po policzku, poczuła ciepło wydychane przez nos. Nagle nabrał głęboko powietrza, zatrzymał je, potarł czoło zgiętym palcem wskazującym i otworzył oczy.

— Przepraszam — szepnęła. — Nie chciałam cię obudzić.

— To ty — powiedział oszołomiony, jeszcze nie do końca przytomny. — Nie miałem siły dłużej czekać. Musiałem się położyć.

— Jesteś uroczy, kiedy śpisz.

— Uroczy? Tylko tyle?

— To za mało?

— Muszę ci coś powiedzieć. — Balder usiadł, podrapał się po głowie i spojrzał jej w oczy. Był już całkiem przebudzony. — Na pewno będziesz bardzo zła.

28

— **NAJPIERW TA** obślizgła ryba, potem kot, wnyki, dół, teraz Roffe — Viggo Hennum wyliczał nerwowo, siedząc przy brązowym drewnianym stole w gospodzie Pod Głuszcem w centrum Elverum. — Kto będzie następny? My?

— Nie będę zawracał sobie głowy hipotetycznymi pytaniami — rzucił Erik Svendsbråten. — Świat i tak jest wystarczająco irytujący.

— Ale po okolicy kręci się jakiś szaleniec — powiedział Hennum drżącym głosem.

Zaledwie kilka godzin wcześniej znalazł w skrzynce pocztowej żółtą karteczkę ze słowami: „Let's rock". Od tamtej pory pił bez przerwy.

— Co znaczy to *let's rock*? — spytał Svendsbråten.

— To z *Twin Peaks* — wyjaśnił Hennum, który sprawdził to w Google'u. — Pamiętasz ten serial?

— Nie. — Svendsbråten nigdy nie słyszał o *Twin Peaks*, na początku lat dziewięćdziesiątych pochłaniały go zupełnie inne rzeczy. — Na moje ucho to brzmi jak zaproszenie do tańca.

Hennum pokiwał głową.

— Tak jakby.

— Ciekawe — bąknął Svendsbråten, napił się bulionu, który przyprawił porcją polskiej amfetaminy, i potoczył wzrokiem po lokalu.

Faceci siedzący w knajpie byli reliktami dawnej epoki: mówili dialektem z Østerdalen i nigdy nie przyglądali się sobie w lustrze; poza tym rzadko ruszali się dalej niż dwie gminy od rodzinnego domu, a to, co działo się w świecie, wydawało im się nieistotne i nie miało żadnego wpływu na ich życie.

— Jak tam w twoim małżeństwie? — spytał Svendsbråten.

— Daleko nam do Liz Taylor i Richarda Burtona.

— To akurat kiepski wzór.

— Dlaczego? — zdziwił się Hennum.

— Bo to nie była szczególnie szczęśliwa para. Często słyszy się takie górnolotne zdania, które w gruncie rzeczy gówno znaczą.

Hennum pokręcił głową. Nie bardzo wiedział, dokąd zmierza Erik.

— Gadałeś z tą policjantką? — spytał Svendsbråten.

— Tak, Wroldsen do mnie dzwoniła. — Viggo otarł usta grzbietem dłoni.

— Co jest między wami? Masz z nią na pieńku?

— Zwariowałeś? — Hennum pociągnął łyk piwa. — W każdy wtorek gram z jej ojcem w chińczyka.

— Pożarty przez własne psy… — Svendsbråten oparł się wygodnie na krześle. — Imponująco kreatywne, niemal symboliczne.

— Wysmarował Roffego rycyną. — Hennum miał łzy w oczach.

— Czyli psy też nie żyją?

— Prawdopodobnie.

— Nie znaleźli ich?

Hennum pokręcił głową tak energicznie, że puste kufle zakołysały się na stole.

— Kto to zrobił? RR?

— Nie wiadomo, obserwujemy ich. — Svendsbråten wyciągnął rękę. — Pokaż tę kartkę!

Hennum wyjął z kieszeni spodni zwitek papieru i podał go szefowi.

Mrużąc oczy, Svendsbråten przyjrzał się uważnie karteczce i pociągnął solidny łyk modyfikowanego bulionu.

— To mógł być tylko jeden człowiek.

— Kto?

— Na kilometr pachnie mi to Bjarnem Gilbertem.

— W życiu — zaprotestował Hennum, gorączkowo kręcąc głową. — Aż tak porąbany to on nie jest.

— Mogło odbić staremu hippisowi.

— Znam go od trzydziestu lat. Niemożliwe, żeby zrobił coś takiego.

— Ludzie się zmieniają — stwierdził Svendsbråten.

Hennum pił szybko. Wiedział, że musi się spieszyć, ponieważ Linda była w kwiaciarni po drugiej stronie ulicy; pewnie jeszcze tylko wstąpi do rzeźnika i zaraz przyjdzie po niego. Zapatrzył się tępo w pusty kufel.

— Sprawa jest banalnie prosta. — Svendsbråten oparł łokcie na stole. — Albo on, albo my.

Hennum poszedł do baru, zamówił piwo i wrócił na miejsce z półlitrowym kuflem w każdej ręce.

— Mógłbyś mniej walić kopytami? — odezwał się Svendsbråten. — Loke się denerwuje, jak tak człapiesz.

Hennum wzniósł oczy do nieba — rzygał już tym psem, ale nie odważył się tego powiedzieć. Patrzył na ubranego na czarno faceta z brodą amisza i zastanawiał się, co w nim siedzi. Chciał odebrać życie Bjarnemu Gilbertowi, pewnie już od dawna miał taki plan.

— Jedno jest pewne. — Svendsbråten opróżnił szklankę z bulionem; gdy powoli przełykał jasnobrązowy płyn, jego źrenice migotały jak motyle. — Teraz sobie nagrabił.

— O czym ty gadasz?

— To wszystko obróci się przeciw Gilbertowi. Ludzie będą myśleć, że to wilki pożarły Szweda.

W miarę jak do Hennuma docierało, co to znaczy, na jego twarzy rozlewał się coraz szerszy uśmiech.

— Trzeba go usunąć, żeby nie narobił jeszcze więcej problemów — powiedział Svendsbråten.

— Czy to naprawdę konieczne? — Viggo nagle się zasępił. — To jakby pozbyć się dalekiego krewnego.

— Czasy są niebezpieczne, musimy się do nich dostosować.

— Obrońcy są w odwrocie, to my mamy przewagę.

— Dlatego musimy zadać ostateczny cios.

— Ale przecież chyba już wygraliśmy?

— Historia pełna jest przykładów zwycięzców, którzy zrobili się zbyt ugodowi i zmiękli, kiedy poczuli się zwycięzcami, zamiast docisnąć i roznieść swoich przeciwników w pył, gdy była okazja.

— Tak jak Amerykanie w Wietnamie?

Svendsbråten pokręcił głową.

— Nie, Viggo. Raczej jak Idi Amin w Ugandzie.

Zanim Hennum zdążył cokolwiek powiedzieć, w drzwiach ukazała się Linda z pełnymi torbami w rękach. Z jednej wystawał kaktus. Dostrzegłszy ich, energicznym krokiem ruszyła do stolika.

— W samym środku dnia siedzisz i żłopiesz piwo?! — Postawiła torby na podłodze tuż obok psa, który od razu zaczął warczeć.

Viggo Hennum wbił wzrok w blat stołu jak mały chłopiec przyłapany na podkradaniu ciasteczek z pudełka.

— Mieliśmy iść na grilla do Wroldsenów — powiedziała, biorąc się pod boki. — Kupiłam kawałek szynki. Nic z tego nie wyjdzie, jeśli będziesz podpity.

— Do czego pani dąży? — rzucił Svendsbråten.

— Słucham? — spytała Linda Hennum.

— O czym pani marzy? — dodał, odchylając się na krześle i splatając ręce za głową.

Linda gapiła się na niego i na plamy potu na jego czarnej koszuli.

— O co panu chodzi?

— Co panią motywuje? Czego pani pragnie w życiu?

— A co to za pytania?

— Bardzo proste, podstawowe. O czym pani marzy?

— Nic panu do tego — odparła Linda.

Viggo podrapał się po obojczyku.

— Niech zgadnę — ciągnął Svendsbråten. — Śni pani o innym życiu, innym miejscu, od zawsze tęskniła pani za innym życiem i innym mężczyzną, który dałby pani wszystko, na co w swoim pojęciu pani zasługuje. Wie pani, że postawiła na złego konia, coraz częściej ogarnia panią paskudne poczucie, że jest za późno, że to koniec zawodów, że resztę życia przyjdzie pani spędzić w tej dziurze razem z tym oto błaznem.

Linda wpatrywała się w Svendsbråtena z otwartymi ustami.

— Jest pani seksualnie niezaspokojona — dodał. Wstał od stolika i nie odrywając od niej wzroku, włożył czarną wojskową kurtkę, która wisiała na oparciu krzesła. — Jeśli nabierze pani ochoty na porządnego ogiera, moje drzwi zawsze stoją otworem.

Kiedy pogwizdujący Svendsbråten wyszedł już na zewnątrz z psem na rękach, Linda powiedziała:

— Ten facet obraża mnie w najohydniejszy sposób, a ty tylko siedzisz i się przyglądasz.

Viggo pociągnął łyk piwa.

— Jesteś pieprzonym tchórzem — uzupełniła.

Nadal żadnej reakcji ze strony męża.

— Ma mysie uszy — dodała. — Nigdy nie ufaj człowiekowi, który ma mysie uszy.

Hennum prychnął.

— Erik Svendsbråten jest inny niż my. To fakt teologiczny.

— Co takiego? — spytał Viggo.

— Niedawno mi się przyśnił — wyznała Linda. — Zakopywał mnie żywcem na trzęsawisku, a ty i Liberace staliście obok nadzy i biliście brawo.

Hennum parsknął śmiechem i uderzył w stół otwartą dłonią.

— Co to według ciebie znaczy? — spytała Linda.

— Że musisz się wybrać do psychologa.

— Za dużo wypiłeś.

— Chyba wolno mi czasem napić się piwa?

— Co wy kombinujecie?

Hennum przechylił się nad stołem i szepnął:

— Mamy wytłuc wszystkie wilki, kotku.

— Kotku? Nie mówiłeś tak do mnie od osiemdziesiątego dziewiątego roku.

Viggo rozsiadł się wygodnie na krześle, nadal z kuflem w dłoni.

— No, przecież jesteś moim kotkiem.

— W twoich ustach brzmi to strasznie kiczowato. — Linda uniosła nieco ramiona i w końcu się uśmiechnęła.

— Jeśli nikt nie zatrzyma wilków, zanim będzie za późno, nasza sielska Norwegia będzie skończona.

— Naprawdę w to wierzysz?

— Walczę o naszą okolicę, o przyszłość, walczę dla naszych dzieci.

— Nasze dzieci mieszkają w Bergen.

— No to dla ich dzieci.

— Nasze dzieci nie mają dzieci i nie zamierzają ich mieć.

— Walczę dla wszystkich norweskich dzieci, które mieszkają na prowincji.

Linda położyła mu rękę na ramieniu.

— Chodź, Viggo. Idziemy do domu.

— Jeżeli wilki nie są ważne, to co jest ważne? — spytał Hennum, kiedy weszli do kuchni.

— Pieniądze — odpowiedziała Linda.

— Pieniądze?

— Dlaczego nie wykorzystujesz tej swojej młodzieńczej energii do tego, żeby je zdobyć?

— Kojedal mi obiecał, że jesienią będę pilotował niemieckich myśliwych, którzy przyjadą tu na łosie. Im mniej wilków, tym więcej łosi i Niemców, czyli także więcej forsy w kieszeni.

— Jakie to przyziemne — odparła Linda. — Nie mógłbyś wreszcie nauczyć się myśleć z większym rozmachem?

Stanęła tyłem do niego z ręką opartą na szafce, drugą ręką ściągnęła majtki i rzuciła je na podłogę, po czym podniosła wysoko kwiecistą letnią sukienkę, odsłaniając kościste, pomarszczone pośladki, i pochyliła się do przodu.

— Jesteś gotowy?

Hennum odchrząknął, zerwał się z krzesła, stanął tuż za swoją żoną, spuścił spodnie i zsunął do kolan czarne bokserki, po czym pogłaskał ją po siedzeniu lepką dłonią.

— Moment.

— Ile czasu jeszcze potrzebujesz? — rzuciła Linda.

Gdybyś tylko wiedziała, pomyślał Hennum, stojąc ze sflaczałym członkiem w lewej dłoni i marząc o tym, żeby zaczął rosnąć. Czy zabójstwo najbardziej znanego norweskiego badacza jest dla ciebie wystarczająco imponujące?

— No zaraz, zaraz — odpowiedział. — Nie jestem dzisiaj całkiem w formie.

— Czyli nic z tego? To próbujesz mi powiedzieć? — Wyprostowała się, opuściła sukienkę i poprawiła włosy, jakby chciała w ten sposób odzyskać godność. — On gdzieś tam jest — dodała, podnosząc majtki z podłogi. — W lesie za Elverum, w ciemności.

— Kto?

— Svendsbråten, jest tam gdzieś w ciemności. To on jest wilkiem.

Zniknęła na schodach, zmierzając w kierunku sypialni.

Przez chwilę Viggo rozważał, czy nie pójść za nią i nie podjąć na górze jeszcze jednej próby w małżeńskim łożu, miejscu przeznaczonym do robienia takich rzeczy; może udałoby mu się naprawić błąd. Może przyćmione światło, przytłumione kolory i wspomnienie dawnych wyczynów sprawiłyby, że krew napłynęłaby tam, gdzie trzeba.

Nie poszedł jednak na górę. Zamiast tego zbliżył się do okna w dużym pokoju i nerwowo wyjrzał zza firanki, potem to samo zrobił w kuchni — wypatrywał zza szyby podejrzanych ruchów — następnie wyjął z lodówki puszkę seidela, zszedł do piwnicy, zaciągnął zasłony i włączył na Spotify *The Quintessential Billie Holiday*, volum 9. Usiadł na kanapie, położył nogi na szklanym stoliku, zamknął oczy i zaczął śnić na jawie, że jest początek dziewiętnastego wieku, a on mieszka na południu USA w białym drewnianym domu z kolumnami, na plantacji bawełny w Georgii, i że ma mnóstwo niewolników, z którymi może robić, co mu się żywnie podoba.

29

TEJ NOCY LEO miał dziwny, niepokojący sen.

Ragna, Siri i on byli w kuchni w ich małym mieszkaniu. Ktoś próbował dostać się do środka, chciał zabrać Siri. Leo usiłował dodzwonić się na policję, ale nikt nie odbierał. Dzwonił i dzwonił, na próżno. Siri krzyczała, on słyszał, że ten ktoś jest już w mieszkaniu, czuł się bezradny i przerażony, więc gdy klamka się poruszyła, nie zrobił nic, zaakceptował to, co miało się wydarzyć. Lecz zanim drzwi kuchni się otworzyły, Leo się obudził i nie zdążył zobaczyć, kto to był.

O wpół do siódmej wstał, ubrał się, zszedł do restauracji Na Łowy i zjadł w spokoju w prawie pustej jadalni. Za oknem zaczynał się ruch.

Kolejny piękny dzień w Østerdalen. Niebieskie niebo i słońce. Pomyślał o Billu Murrayu w *Dniu świstaka*.

Stado wron skakało po trawie po drugiej stronie szosy i dziobało darń, nadaremnie szukając ziemi.

Leo wrzucił dwie kostki cukru do letniej kawy i zamieszał łyżeczką.

Wyjął telefon i zadzwonił do Siri, chociaż wiedział, że nie odbierze; zostawił jej krótką wiadomość: „Kocham Cię. Zadzwoń, kiedy tylko zechcesz".

Wypił łyk kawy.

Wcale nietrudno było to wyznać. Dlaczego tak długo z tym zwlekał?

Wszedł na stronę vg.no. Na samej górze, pod archiwalnym zdjęciem wilka szczerzącego zęby, zobaczył:

Mężczyzna (30) zabity przez wilki.

Leo kliknął w tytuł i przeczytał lid: „Znaleziony w ubiegły poniedziałek w lesie pod Elverum martwy trzydziestoletni Szwed został śmiertelnie zaatakowany przez wilki. Potwierdzają to źródła bliskie policji". Ktoś z komisariatu dał prasie cynk.

Po śniadaniu poszedł do pokoju, zapakował do plecaka prowiant, który zabrał z bufetu, półlitrową butelkę wody, zapasowy T-shirt i wełniany sweter. Ciągle nie mógł zapomnieć o tym śnie. Na koniec wstąpił do łazienki i nie patrząc na siebie w lustrze, połknął rivotril.

Kiedy wrócił na dół, w recepcji panował chaos, wszędzie było pełno ludzi, plecaków na sprzęt fotograficzny, statywów, walizek. Miał wrażenie, że wiele z tych twarzy widział tu już dziesięć dni wcześniej. Minął tę dzicz, wyszedł na ulicę, wsiadł do tesli i próbował otworzyć Google Maps na dużym ekranie, ale mu się nie udało, sięgnął więc po stary, porządny telefon, wklepał „Bjørnmyra" i ruszył na poszukiwanie Rina Gulliksena. Według GPS-u czekało go dwadzieścia pięć minut jazdy szutrową drogą, a potem jeszcze dwa kilometry pieszo.

Gdy w końcu dotarł do obozowiska, Rino stał oparty o młodą brzozę, ubrany w zielone polowe spodnie i brudny biały podkoszulek. Uśmiechnął się, przesuwając zapałkę z jednego kącika ust w drugi. Potężne, wytatuowane przedramiona trzymał skrzyżowane na piersi, można wręcz było odnieść wrażenie, że na niego czeka.

— Leonard Vangen! — wykrzyknął. — Dotarłeś.

— Wreszcie — odpowiedział zadyszany Leo, grzbietem dłoni wycierając pot z czoła.

Rino podszedł do niego z szerokim uśmiechem na twarzy i wyciągniętymi ramionami. Zamknął go w serdecznym niedźwiedzim uścisku. Leo stał nieruchomo z opuszczonymi rękami.

— Jesteś cały mokry — stwierdził Rino.

— Bo jest cieplej niż w lipcu.

— Indyjskie lato — rzucił Rino, oswobadzając przyjaciela. — Czy indiańskie?

— Chyba indiańskie — rozstrzygnął Leo. Powiódł wzrokiem po schludnym obozowisku. Podniszczony namiot stał wśród zarośli, a na drzewach wisiały narzędzia i inne rzeczy: siekiera, strzelba, rodzaj fletu z ozdobnymi nacięciami, łuk. O pobliską sosnę stał oparty nieduży motocykl. Pośrodku wesoło trzaskał ogień, roztaczając cudowną woń palącej się brzeziny.

— A to ci niespodzianka — powiedział Rino. — Myślałem, że pojechałeś do domu.

— Przeczytałem w gazecie o Szwedzie.

Rino zachichotał.

— I od razu pomyślałeś, że to ja?

— Uważasz, że to zabawne? — obruszył się Leo.

Rino zanurkował w namiocie; po chwili wynurzył się z niego z półtoralitrową plastikową butelką wody, którą Leo wyżłopał duszkiem.

— Nie, nie uważam, że to zabawne — odpowiedział Rino, odbierając pustą butelkę. — Jak mnie znalazłeś?

— Emma Vase.

— Ta mała mnie zdradziła?

— Przypominasz mi pewnego eremitę terrorystę — rzekł Leo. — Teda Kaczynskiego.

— Unabombera?

Leo skinął głową.

— Brudne ciuchy, dziki zarost, mieszkasz sam w lesie, obrażony na cały świat, przekonany o swojej niezachwianej prawości.

— Może faktycznie jesteśmy trochę podobni, Ted i ja.

Leo podszedł do ognia, przykucnął i zapatrzył się w płomienie.

— Różnica między tobą a nim polega na tym, że on był napiętnowany przez władze i to go napędzało.

— Chcesz mi powiedzieć, że ja nie jestem napiętnowany? — roześmiał się ironicznie Rino.

— Ale raczej nie to jest twoją główną motywacją, prawda?

— Ugoda w sprawie drapieżników to skandal.

— Ale chyba nie to jest najważniejsze?

— Chcę jedynie ocalić wilki. — Rino ponownie zniknął w namiocie, a potem wyszedł z niego z zydwestką i brudną owczą skórą, którą wręczył Leo, dając mu do zrozumienia, że ma na niej usiąść, on sam natomiast przyklęknął. — Gdy widzę coś, co mi się nie podoba, to próbuję z tym coś zrobić.

— Z fatalnymi skutkami dla innych. — Leo usiadł na skórze po turecku, zdjąwszy z siebie mokrą koszulę.

— A jest jakaś inna opcja? — Rino włożył swoje dziwne, żółte nakrycie głowy. — Metoda Lea Vangena? Siedzieć w pozycji lotosu i oddychać przez nos, kiedy te pazerne bydlaki niszczą naszą planetę?

— Po co ci ta zydwestka? — zainteresował się Leo. — Nie pocisz się pod nią?

— To najpraktyczniejsza czapka, jaka istnieje — odpowiedział Rino. — W słońcu jest w niej chłodno, a kiedy pada, sucho. Też powinieneś sobie taką kupić.

— Masz czterdzieści pięć lat — zauważył Leo. — Mieszkasz sam w leśnej głuszy, nikt nie wie, że istniejesz. Mógłbyś jutro umrzeć i nikogo by to nie obeszło. Raczej nie powinieneś pouczać innych, jak mają żyć.

— Ciebie by obeszło.

— Słucham?

— Gdybym jutro umarł.

Zapadła cisza.

— Jestem tutaj, żeby zapobiec masakrze — oznajmił Leo.

— Ja też — odparł Rino i również zapatrzył się w płomienie, jakby to one były winne wszelkim szubrawstwom tego świata.

— Chcesz urządzić małą rzeź, żeby uniemożliwić dużą, poświęcić kilka istnień i w ten sposób nie dopuścić do tego, żeby później było jeszcze gorzej. Taki jest twój tok myślenia?

— Nie mam wyboru. Peter Singer uznałby, że pozbycie się Szweda było moralnie słuszne. Gdybym tego nie zrobił, zginęłoby więcej ludzi.

— To są tylko twoje przypuszczenia. Nie możesz tego wiedzieć na pewno.

— Jeżeli nikt nie powstrzyma tych facetów, dalej będą zabijać. — Rino wstał. — Po owocach ich poznacie, a nie po słowach.

— Kto to powiedział?

— Tak jest napisane w Biblii.

Leo podszedł do swojego plecaka, wyjął z niego suchy T-shirt i wciągnął go przez głowę. Powiedział Rinowi, że na stronie vg.no winę za śmierć Szweda przypisano wilkom, na co ten jedynie wzruszył ramionami i stwierdził, że ludzie już nie wierzą w to, co czytają w gazetach.

Leo zatrzymał wzrok na kołczanie pełnym strzał i kunsztownym łuku, które zawieszone były na brzozie przy namiocie.

— Czy to długi łuk?

— Tak — potwierdził Rino. — Barlind. Sam go zrobiłem.

Leo zdjął go z gałęzi i przyjrzał mu się uważnie. W minione lato na Gåsøyi strzelał trochę z Kjartanem z łuku sportowego.

— Skąd wziąłeś cis?

— Znalazłem kiedyś w jakimś ogrodzie w Sunnmøre.

Leo powiódł palcami po cięciwie.

— Flamandzka?

— Zgadza się. Dakron pięćdziesiąt.

Leo odwiesił łuk na miejsce i wrócił do paleniska.

— A teraz pewnie zamierzasz się pozbyć tych dwóch pozostałych gości?

— Skąd ten pomysł?

— Tylko spekuluję.

Rino przykucnął obok niego.

— Jeśli człowiek nie odkrył czegoś, za co jest gotowy zabić, nie zasługuje na to, żeby żyć.

— Do diabła, ale sypiesz cytatami — rzucił Leo.

Rino uśmiechnął się lekko.

— Kto to powiedział? Stalin?

— Martin Luther King.

Rino zniknął między drzewami. Niedługo potem wrócił z naręczem brzozowych polan, z których kilka od razu dołożył do ognia.

— Widziałeś to wszystko? — spytał Leo.

Rino skinął głową.

— Nie mogłeś nic zrobić?

— Nie miałem broni — odparł, po czym pochylił się nad paleniskiem i zaczął dmuchać na żar.

— Dlaczego nie wspomniałeś mi o tym, kiedy rozmawialiśmy przed komisariatem?

— Nie chciałem cię w to wciągać.

— Ale nie omieszkałeś powiedzieć mi wystarczająco dużo, żeby rozbudzić moją ciekawość.

— Nie miałem takiego zamiaru.

— Na pewno?

Rino uśmiechnął się chytrze, mechanicznie grzebiąc patykiem w ogniu.

— Nie możesz tak po prostu mordować ludzi — rzucił Leo. — To tak nie działa.

— A jaka jest inna opcja?

— Złapać ich, osądzić w procesie i wsadzić do więzienia.

— Dobry z ciebie człowiek, Leo — stwierdził Rino.

— Jakie ty masz, kurwa, pojęcie o byciu dobrym człowiekiem?

— Wiesz tak samo jak ja, że to niemożliwe. — Rino odłożył kij. — Nie mamy żadnego dowodu, nic, co wskazywałoby na ich powiązania ze Szwedem i jego psami.

— Przemoc niczego nie rozwiązuje — powiedział Leo. — Jestem przeciwny przemocy w każdej postaci.

— Od czasu do czasu jest po prostu niezbędna — odparł Rino. — Jeżeli zabicie kogoś może zapobiec śmierci wielu innych ludzi, jest nie tylko usprawiedliwione, ale wręcz moralnie właściwe. Peter Singer.

— To bezduszne, kompletnie brak ci empatii.

— Empatia wcale nie jest taka dobra. Często prowadzi do faworyzowania i ma negatywne konsekwencje dla tych, którzy nie są faworyzowani. Według Singera najważniejsze jest to, żeby naszymi wyborami kierowała racjonalność, a nie uczucia.

Leo pokręcił głową.

— Na własne zdanie cię już nie stać?

— Ale on ma rację, tak po prostu jest. — Rino odkaszlnął i splunął w płomienie. — To nie są zwyczajni ludzie.

— Masz na myśli zastępcę burmistrza?

— On tylko bezwolnie idzie za resztą. Największa i najohydniejsza bestia nazywa się Erik Svendsbråten. — Wypowiedział to nazwisko z głęboką pogardą, powoli, rozciągając sylaby. — A właściwie Lars-Erik Bale.

— To on nie nazywa się Erik Svendsbråten?

— Posiedziałem trochę w bibliotece, żeby znaleźć cokolwiek o niejakim Eriku Svendsbråtenie. Na nic nie natrafiłem. Nikt o takim nazwisku nie występuje w Elverum i w okolicy. Widziałem go kiedyś z daleka. Nie miałem wyboru: zadzwoniłem do Emmy, dowiedziałem się, gdzie on mieszka, i wybrałem się do niego, do zapuszczonej, małej chałupy głęboko w lesie pod Myklebu.

Leo był zaskoczony, że Rino ma telefon, i spytał, dlaczego go o tym nie poinformował.

— Nie chciałem, żebyś wydzwaniał do mnie bez przerwy — odpowiedział Rino z drwiącym uśmiechem.

— Ta Emma wydaje się całkiem sensowna — stwierdził Leo. — Przypomina mi moją córkę.

— À propos — wtrącił Rino, przybierając łagodny wyraz twarzy. — Co z nią?

— Nie najlepiej.

— Jest chora?

— Nie chce jeść.

Rino zmarszczył czoło.

— Jest wybredna?

— W ogóle odmawia jedzenia.

— Będzie dobrze. Wszystko się ułoży, zobaczysz.

Obaj wpatrzyli się w niemal niewidoczne płomienie.

— Rodzina jest najważniejsza — rzekł Rino, zabijając komara, który usiadł na jego byczym karku.

Leo pomyślał o synu Gulliksena. Podobno ostatnio mieszkał z matką w Oslo. Poczuł, że ściska go w gardle.

— A co u twojego syna? — spytał. Musiał to zrobić, nie w porządku byłoby nie okazać zainteresowania w tej sytuacji. — Kontaktowałeś się z nim?

Rino powoli pokręcił głową.

— Nie widziałem go od pięciu lat.

— Ile ma teraz?

— Dwadzieścia lat i trzy dni.

— Dlaczego się do niego nie odezwałeś? — rzucił Leo, chociaż dobrze znał przyczynę.

— To by tylko wszystko skomplikowało. — Rino dołożył do ognia kolejną szczapę drewna. — Svendsbråten — rzucił, odchrząkując. — Wróćmy do niego.

— Okej — zgodził się Leo i przełknął ślinę.

— No więc wybrałem się do tej rudery w kompletnej głuszy koło Myklebu, znalazłem w szufladzie jakąś starą legitymację. Okazało się, że gość jest dawnym wojskowym, służył jako żołnierz najemny i ochroniarz w Kongu, Angoli i Liberii, normalna ścieżka. Pamiętam go z lat dziewięćdziesiątych, ze środowiska windykatorów w Oslo. Niezły skurwiel, jeden z tych najgorszych.

Potem Rino opowiedział Vangenowi, jak zakopał psy na trzęsawisku. Miał nadzieję, że może ludzie przestaną wreszcie obwiniać wilki. Dodał jeszcze, że Hennum i Lars-Erik Bale i tak wyjdą z tego cało, bo takim jak oni zawsze się udaje.

Leo musiał przyznać, że Rino ma rację. Powiódł wzrokiem po obozowisku: wypłowiały namiot, sprzęty pozawieszane na drzewach, strzały i łuk, zardzewiała pilarka, cuchnąca owcza skóra, nędzny motocykl, popieprzony facet w wyświechtanych ciuchach. Potwornie surowy i samotny. Co będzie zimą? Strasznie było mu żal Rina, współczuł mu, że tak ułożyło mu się życie, że mieszka w lesie sam jak palec, nie ma nawet z kim pogadać. Nikt nie wie, że żyje, nawet jego rodzony syn. Jest skazany na wegetację w ukryciu i samotności. Biedny Rino Gulliksen, równie dobrze mogłoby go wcale nie być.

— A może byś się po prostu spakował i zostawił to całe Elverum? — spytał Leo.

— I dokąd miałbym pójść?

— Chyba nie roztrwoniłeś pieniędzy?

Pokręcił głową przecząco.

— Wciąż mam cztery miliony w walizce.

— Co byś powiedział na Brazylię? Albo Wietnam? Mógłbyś na przykład otworzyć bar na plaży.

— Ale teraz one mnie potrzebują.

— Kto?

— Wilki.

Leo podniósł się z ziemi i otrzepał spodnie z igieł i piasku.

— Muszę wracać. Trafię do samochodu?

— Raczej wątpię. — Rino uśmiechnął się szeroko, wciąż jeszcze miał trochę podpuchnięte oczy. — Chyba byłoby lepiej, gdybyś tu został.

Leo wepchnął wilgotną koszulę do plecaka i zaczął iść w stronę drogi. Gdy znalazł się między brzozami, Rino krzyknął:

— Leonardzie Vangenie!

Zatrzymał się i odwrócił.

— Musisz żyć tak, jakby twoje życie wisiało na włosku!

Leo uniósł kciuk i ponownie ruszył przed siebie.

— Leonard!

Przystanął znowu, tym razem się nie obrócił, tylko stał plecami do Rina z rękami opuszczonymi wzdłuż tułowia.

— Każdego pieprzonego dnia! — wrzasnął Gulliksen, który nigdy nie zobaczył łez płynących po policzkach przyjaciela, brnącego dalej w kierunku samochodu.

30

PO POŁUDNIU Balder Brekke szedł korytarzem szkoły wyższej w Evenstad. Trząsł się i było mu niedobrze. Został wezwany do gabinetu profesora Gilberta na rozmowę w cztery oczy.

Kiedy w końcu się przełamał i opowiedział Emmie o swojej podwójnej grze, zdawał sobie sprawę, że ona może powtórzyć wszystko profesorowi, co najwyraźniej zrobiła.

Co prawda w skrytości ducha łudził się nadzieją, że wszystko pozostanie między nimi, wyczuł jednak w jej głosie chłód, a w spojrzeniu pojawiły się nieufność i dystans, których nigdy wcześniej nie widział.

Rozumiał, że jest zawiedziona i zła, i nie miał do niej pretensji, że powtórzyła wszystko Gilbertowi. Jego zdrada i tak wyszłaby na jaw, gdyby w końcu wyznał prawdę Embretowi Tomtebergetowi.

Dosyć kłamstw, dosyć oszukiwania.

Zdecydowanym krokiem, ale z mocno bijącym sercem szedł w kierunku gabinetu profesora. Kiedy znalazł się pod jego drzwiami, zaczerpnął powietrza najgłębiej, jak to możliwe, zatrzymał w płucach, policzył do pięciu, wypuścił je powoli i zapukał.

— Wejść! — krzyknął Gilbert po drugiej stronie.

Balder wszedł i zamknął za sobą drzwi.

Profesor siedział za biurkiem i grzebał w szufladzie. Nawet nie podniósł wzroku.

— Moment — powiedział, dalej szukając czegoś obiema rękami. — Tu jesteś! — zawołał z triumfem, podnosząc coś do góry.

Balder chrząknął.

— Nie lubię gadać z ludźmi w małych, ciasnych klitkach — oznajmił Gilbert. — Idź na parking i usiądź w moim samochodzie, zaraz przyjdę.

— Rozmawiał pan z Emmą? — spytał Balder, marszcząc czoło.

— Nie tutaj — szepnął Gilbert, wskazując na drzwi.

— Czytał pan dzisiejszą gazetę? — rzucił jeszcze Balder przed wyjściem.

Gilbert pokazał mu język.

— Idź i poczekaj w aucie.

Balder czekał na fotelu pasażera w toyocie profesora. Na dworze było gorąco i wilgotno, jak w szklarni. Ciemne chmury kłębiły się naokoło, ale nad nimi niebo było błękitne. I tak od dwóch dni. Ani kropli deszczu. Gilbert wyszedł na parking, zatrzymał się, uniósł głowę i wciągnął głęboko powietrze. Potem wsiadł do samochodu.

Flanelowa koszula Baldera w niebieską kratę miała ślady potu pod pachami. Czekając na profesora, zwymiotował na żwir obok auta i trochę ją zapluł; woń wymiocin wypełniała kabinę.

— Kiepska forma? — spytał Gilbert.

— Nie najlepsza — potwierdził Balder.

— Będzie burza. Czuję to.

— Według Yr ma padać — powiedział Balder. — Rośliny potrzebują deszczu.

— Niemal się poryczałem. — Profesor pokręcił głową i obrzucił swojego asystenta melancholijnym spojrzeniem.

Balder milczał.

— Oszukałeś nas. — Gilbert wcisnął zapalniczkę obok odtwarzacza CD.

— Nie chciałem nikogo zranić.

— To czego chciałeś? — Profesor włożył sobie w kącik ust niedopałek znaleziony wcześniej w szufladzie biurka.

— Nie wiem.

Profesor milczał, czekał na dalszy ciąg.

— Chodziło o to, żebym zinfiltrował Evenstad — kontynuował Balder. — Zaczęło się już o tym mówić, kiedy miałem pięć lat. — Palcem wskazującym podrapał się po wewnętrznej stronie dłoni. — Na wigilijnych kolacjach, urodzinach, letnich spotkaniach przy grillu. Powtarzali mi, że idealnie się nadaję do tej roboty. Tylko z tego powodu zdecydowałem się w liceum na profil biologiczny.

— Czy próbujesz mi powiedzieć, że nie miałeś wyboru? — Gilbert zapalił niedopałek zapalniczką, po czym wetknął ją z powrotem na miejsce.

— Wuj Gunnar zaoferował, że przez dwa lata będzie opłacał mi stancję, a wuj Viggo obiecał mi samochód. Kuzyni przekonywali mnie, że mam niepowtarzalną szansę zrobić coś ważnego w życiu, coś, co naprawdę będzie się liczyć. Niełatwo oprzeć się czemuś takiemu, kiedy ma się osiemnaście lat.

— Niewiarygodne. Makabryczne.

Balder przysunął się do drzwi i przycisnął czoło do chłodnej szyby.

— Taka jest moja rodzina.

— Jak Ku Klux Klan.

Balder uśmiechnął się słabo.

— Tylko zamienili białe prześcieradła na stroje maskujące — bąknął ze ściśniętym gardłem.

— Jak długo tu jesteś? — spytał Gilbert, wydmuchując obłok dymu i opuszczając boczną szybę o kilka centymetrów.

— Trochę ponad dwa lata.

— I przez cały ten czas dostarczałeś im informacji?

Balder potwierdził skinięciem głowy ze wzrokiem utkwionym w spoconych dłoniach.

— Wiesz, co powinienem zrobić?

Balder pokręcił głową.

Gilbert odchrząknął.

— Muszę myśleć przede wszystkim o szkole i jej interesie.

— Chce mnie pan wyrzucić?

— A mam inne wyjście?

Na parking wjechał czerwony pick-up i zatrzymał się o kilka miejsc od nich. Gilbert podkręcił szybę, aby nikt nie zobaczył, co się dzieje w jego aucie.

— Wiem, że wypuszcza pan wilki — odezwał się Balder i popatrzył profesorowi prosto w oczy. — Chce pan, żebym powiedział o tym Tomtebergetowi?

Gilbert uciekł spojrzeniem w bok.

— Ludzie pomawiają mnie o to od trzydziestu lat. Masz jakieś dowody?

— Przypuszczam, że Tomteberget się ucieszy, jeśli ktoś z pana ludzi zechce świadczyć przeciwko panu.

— Zamierzasz to zrobić? Taką drogę wybrałeś? — Gilbert spojrzał na niego ze współczuciem, ostatni raz zaciągnął się skrętem, po czym opuścił szybę i cisnął peta na asfalt.

— W gruncie rzeczy nie. — Balder oddychał ciężko przez nos. — Chcę tylko wyłożyć wszystkie karty na stół.

— Nigdy nie jest tak, że wszystkie karty są na stole — odparł Gilbert. — Zawsze znajdzie się jakiś sukinsyn, który będzie trzymał waleta w tyłku.

— Mam dość kłamstw. Chcę powiedzieć prawdę.

— Prawda to coś, co dzieje się obok nas, kiedy jesteśmy zajęci układaniem planów — rzucił Gilbert. — John Lennon.

Balder uśmiechnął się krzywo.

— *Życie* to coś, co dzieje się obok nas, kiedy jesteśmy zajęci układaniem planów.

— A czy to nie to samo?

— Po jakimś czasie zacząłem żałować, bo zrozumiałem, że oni są szaleńcami, i dlatego dawałem im coraz mniej. — Balder westchnął. — Często kierowałem ich w fałszywą stronę.

— To, co zrobiłeś, jest całkowicie niewybaczalne. — Gilbert położył dłonie na kierownicy i wcisnął plecy w oparcie fotela. — Ale pamiętam jeszcze ze studiów na uniwersytecie w Oslo wstęp do antropologii społecznej. I zdaję sobie sprawę, że jesteś jedynie wytworem lokalnej kultury.

Balder uśmiechnął się smutno.

— Najbardziej mi żal tej kobiety, która zginęła. — Spojrzał na profesora. — Nie przypuszczałem, że wuj Viggo jest zdolny do czegoś takiego.

— Przecież nie ma pewności, że to byli oni — wtrącił Gilbert. — Ufasz w stu procentach intuicji tego pustelnika i Emmy?

— To byli oni. Na pewno. Obserwowałem ich, jak planowali ostatnie polowanie. Sposób, w jaki o niej rozmawiali, spojrzenia, jakie wymieniali między sobą…

— A mnie najbardziej boli to, że złamałeś serce Emmie — dodał Gilbert. — Biedna dziewczyna.

Balder uniósł wysoko brwi.

— Dogadaliśmy się, nie powiedziała panu?

— Myślę, że mimo wszystko czuje się głęboko oszukana. — Profesor stuknął go w ramię. — Wspominała ci o swoim nowym kompanie z lasu?

Balder skinął głową.

— Wygląda na to, że jest nim zafascynowana.

— A może zostawmy wszystko własnemu biegowi? — zasugerował profesor z szerokim uśmiechem.

— Co pan ma na myśli?

— Wiele wskazuje na to, że to ten dzikus dorwał Szweda, pozwólmy mu więc dorwać także pozostałych, niech się nawzajem powyrzynają. — Pstryknął głośno palcami obu dłoni. — Ta cała banda to dzikie zwierzęta.

— Wuj Viggo to moja rodzina.

— Wuj Viggo to bandzior.

— Robi jedynie to, co mu każe Svendsbråten. Nie zasługuje na śmierć. — Balder paznokciem palca wskazującego usiłował wyjąć sobie coś spomiędzy przednich zębów.

— Jeśli nie piśniesz słowa o wypuszczaniu wilków, reszta pozostanie między nami — Gilbert wyciągnął do niego rękę.

— Umowa stoi — zgodził się Balder i uścisnął dłoń profesora.

— Wielu zapomina, że my, ludzie, też jesteśmy częścią natury — westchnął Gilbert, kładąc znowu ręce na kierownicy.

Nagle zabrzęczała jego komórka. Profesor wyjął ją z kieszeni spodni i wszedł na Messengera, po czym poinformował Baldera, że na torfowisku przy Kråkberget leży martwy wilk.

— Kto przysłał wiadomość? — zainteresował się chłopak.

— Niejaki Per Nabben. To na pewno jakiś fałszywy profil. Bez przerwy dostaję coś takiego.

— Zamierza pan tam jechać?

— Muszę.

— Dlaczego pan musi? To może być pułapka.

Gilbert szukał czegoś w komórce.

— Bo na tym polega moja praca. — Otworzył w aplikacji mapę okolicy. — Prawie do samego końca prowadzi szutrowa droga.

— Gdzie to jest?

— Na Kråkmyrze, niedaleko jeziora Ryssjøen, w ogóle nie znam tych okolic.

— Coś mi się zdaje, że gdzieś w tamtym rejonie wykładane są przynęty, a oni mają tam chyba jakąś czatownię.

— Oni, czyli polujący na wilki?

— Wuj Viggo wspominał kiedyś, że zastrzelili tam ładnych parę sztuk.

Gilbertowi zrzedła mina.

— Wysiadaj, Brutusie!

— Mogę pojechać z panem.

— Nie ma mowy — rzucił, unosząc wysoko zaciśniętą pięść. — „Jedyną rzeczą, której powinniśmy się bać, jest sam strach".

— Ma pan ze sobą broń? — spytał Balder.

— Wysiadaj! — powtórzył profesor.

Balder opuścił kabinę i zatrzasnął drzwi.

Gilbert wycofał samochód z miejsca parkingowego, wrzucił jedynkę, podjechał do Baldera i opuściwszy szybę po stronie pasażera, przechylił się w jego stronę.

— Jeśli nie wrócę, możesz powiedzieć Emmie, że ją kocham?

Balder czekał na ironiczny uśmiech, ale się nie doczekał. Profesor zasunął szybę i dodał gazu, podczas gdy jego asystent tkwił w miejscu i patrzył za samochodem znikającym na drodze w kierunku Glommy w tumanie wzbitego kurzu.

31

— JESTEŚ PEWNY, że nie da się ustalić nadawcy? — spytał Erik Svendsbråten i wypił łyk bulionu prosto z termosu.

— Na sto procent — zapewnił Viggo Hennum. — Wiadomość została wysłana z fałszywego profilu.

— Nie odpowiedział?

— Nie martw się, przyjedzie. To ciekawskie bydlę.

Siedzieli w szopie na skraju Kråkmyry, każdy w swoim fotelu ze strzelbą na kolanach. Hennum uniósł prawą nogę i podrapał się w pachwinę. Svendsbråten tkwił bez ruchu, źrenice miał wielkie jak szklane kulki. Loke leżał w kącie i lizał się pod ogonem. Powiewy wiatru z zachodu szarpały na dworze gałęziami i liśćmi, zagłuszały burczenie w brzuchu Hennuma, ale i tak przebił się przez nie wkrótce warkot starej toyoty, która zatrzymała się na końcu drogi, kilkaset metrów przed trzęsawiskiem.

Svendsbråten oparł strzelbę o fotel, podszedł do krótszej ściany chaty, ostrożnie wyciągnął z wyciętego otworu piankę izolacyjną i ujrzał profesora, który właśnie dostrzegł wilka leżącego na mokradle — zastrzelili go tam trzy dni wcześniej. Gilbert zdecydowanym krokiem ruszył w kierunku martwego drapieżnika.

— Tak jak się umówiliśmy — szepnął Svendsbråten. — Gotowy?

Gdy Hennum spojrzał na niego, stwierdził, że jego towarzysz wygląda na zdeterminowanego i chyba wręcz podekscytowanego tym, że za chwilę dokona zabójstwa z premedytacją.

— Jest sam? — spytał drżącym głosem, drapiąc się po głowie obiema rękami.

— Sam jak palec.

Svendsbråten cofnął się do fotela, chwycił broń i się pochylił.

— Jesteś pewny, że to rozsądne? — szepnął Hennum, usiłując wsunąć lufę strzelby w otwór strzelniczy.

— To prawdopodobnie najrozsądniejsza rzecz, jaką kiedykolwiek zrobiłeś — odpowiedział Erik.

— Cały się trzęsę — bąknął Viggo.

— Oddychaj przeponą — rzucił szeptem Svendsbråten, po czym zdjął okulary i umieścił lufę w szczelinie. — Celuj w płuca.

— Nigdy nikogo nie zabiłem — powiedział Hennum.

— Wiem. Już mi to mówiłeś.

— Znam go od trzydziestu lat.

— To nie pora na sentymenty.

— Muszę się odlać — wymamrotał Hennum. Dygotał tak mocno, że lufa stukała o drewno.

Wysoka, chuda postać przystanęła tuż obok martwego wilka i rozejrzała się dookoła badawczo, jakby wietrzyła niebezpieczeństwo. Po chwili profesor przyklęknął i zaczął głaskać zabitę zwierzę po grzbiecie i po brzuchu, raz po raz, jakby miał przed sobą żywego psa, skorego do zabawy. Następnie podniósł się i oparł ręce na biodrach.

— To nekrofil, bez dwóch zdań — szepnął Svendsbråten. — Celuj w płuca. Mamy idealny kąt.

— Nie dam rady — odparł Hennum. Odgłosy dobiegające z jego brzucha przypominały huk odległych grzmotów.

— Słyszałeś o tym? — spytał Svendsbråten, spoglądając na Hennuma.

— O czym?

— Że żołądek to zwierciadło duszy.

— A nie oczy?

— Jebany cykor — warknął Svendsbråten. Przyłożył jedno oko do celownika, drugie zamknął, nabrał głęboko powietrza, zatrzymał je, odczekał pięć sekund i wypalił.

Nieopisany huk wypełnił szopę. Hennum podskoczył na fotelu i uderzył czołem o ścianę, a pies zerwał się z miejsca i zaczął ujadać. Postać na mokradle osunęła się na kolana, uniosła ręce i padła twarzą na ziemię. Svendsbråten syknął jak zdenerwowany kameleon, po czym wypadł z chaty z bronią w rękach. Hennum i Loke popędzili za nim, depcząc mu po piętach.

Gdy dobiegli na miejsce, przystanęli i utkwili wzrok w dwóch ciałach leżących wśród kości, czaszek i szczęk, pozostałości zwierząt od dawien dawna zostawianych tu na przynętę. Długi korpus mężczyzny częściowo nakrywał wilka, jakby profesor próbował go chronić. Drapieżne zwierzę wydawało się drobne, kruche i zupełnie niegroźne. Czerwona ciecz sącząca się z piersi Gilberta, wypływająca także z nosa i ust, wsiąkała od razu w torf. Loke obwąchiwał człowieka i zwierzę, był podniecony, machał ogonem, ujadał i wył, próbował zlizywać krew, zanim zniknęła w glebie.

— Strzał w płuca — rzucił Svendsbråten. — Utopił się we własnej krwi.

Rozległ się dzwonek telefonu. Erik pochylił się nad profesorem i wyjął komórkę z kieszeni jego kurtki, poczekał, aż zamilknie, po czym odblokował wyświetlacz i sprawdził, kto dzwonił.

— To twój bratanek — oznajmił.

— Co? — Hennum był obecny jedynie fizycznie, gapił się na swojego towarzysza nieprzytomnym wzrokiem.

— Balder. To chyba on, no nie? Chcesz do niego oddzwonić?

Viggo runął na kolana. Z jego otwartych ust zwisały nitki śliny, gdy chwyciwszy się za głowę, wydał z siebie chrapliwy, gardłowy krzyk, który dobywał się z głębi trzewi, z miejsca, gdzie do tej pory nigdy nie musiał szukać schronienia.

— Opamiętaj się — powiedział Svendsbråten. — Strzał w płuca to bardzo humanitarna śmierć.

Gdy Hennum podniósł na niego wzrok, zaczęła mu drżeć powieka, jakby nagle rozpoznał postać ze snu, do którego za dnia nie chciał wracać myślami.

— Co my, kurwa, teraz zrobimy? — spytał głosem zdławionym płaczem.

— To, co zwykle — odparł Svendsbråten, zdejmując z głowy czapkę. — Obwiążemy go łańcuchami i wrzucimy do Storsjøen.

32

TEGO SAMEGO DNIA wieczorem Balder kopał dół w trawniku przed pomalowanym na czerwono domkiem, który wynajmował nad rzeką dwa kilometry od Evenstad. Nie miał żadnego planu, nie wiedział, do czego go wykorzysta, być może w ogóle do niczego.

Porywy wiatru marszczyły taflę wody w rzece, zrywały liście z brzóz i niosły je ponad wodą, pokrywając ją stopniowo złocistym dywanem. Ciemne chmury na horyzoncie kłębiły się coraz bardziej, rysowały się na nim niczym łańcuch górskich szczytów, wciąż jednak były daleko — nad Balderem rozpościerało się błękitne niebo. Mimo to w powietrzu czuć było deszcz. Natura potrzebowała wody, każde żywe stworzenie w dolinie potrzebowało jej, by zmyć stary brud i rozkwitnąć po raz ostatni przed nadejściem mrozu i zimy, która zabije wszelkie życie.

Nie powinien był pozwolić, aby Gilbert pojechał tam sam. Już prawie wskakiwał do bmw, by popędzić na Kråkmyrę, ale w końcu nie starczyło mu odwagi. Dzwonił do niego z pięćdziesiąt razy, wciąż jednak odzywała się poczta głosowa. Nadal miał nadzieję, że wyładowała mu się bateria, choć wiedział, że stary profesor nigdy nie zapominał jej naładować.

Może powinien zadzwonić do wuja, dać mu szansę na przedstawienie swojej wersji? Czy pojechać prosto do Tombergeta? A może zatelefonować do Emmy?

Odłożył szpadel, obszedł domek naokoło, sięgnął po telefon leżący na białym plastikowym stole przy wejściu i wybrał numer wuja. Brak odpowiedzi. Zadzwonił więc do Emmy i w skrócie opowiedział jej o informacji, którą dostał profesor, a także o własnych obawach.

— Zaraz przyjadę — odpowiedziała chłodno Emma.

— Nie musisz.

— Będę za piętnaście minut.

Dwadzieścia minut później Emma wjechała na podwórze i szybko wyskoczyła z samochodu. Poszła od razu za dom, gdzie zastała Baldera w zielonych kaloszach, spodenkach piłkarskich, brudnym białym T-shircie i starym słomianym kapeluszu na głowie. Walił motyką jak opętany w zieloną darń. Błyskawica rozdarła niebo nad zielonym morzem drzew na południowym wschodzie. Oboje spojrzeli w tamtą stronę, jakby w tym rozbłysku kryła się jakaś wiadomość skierowana do nich; poczekali na grzmot, który rozległ się po dwudziestu sekundach, odległy i słaby.

— Możliwe, że znowu nas ominie — odezwał się Balder. Nie patrzył w ogóle na Emmę, tylko wciąż spoglądał na niebo, błyskawice, chmury i drzewa tracące liście na wietrze.

— Wątpię — odparła.

W milczeniu przeszli przed front domku.

Balder przyniósł z lodówki dzbanek z sokiem z czarnej porzeczki i nalał go do dwóch szklanek. Podał jedną Emmie, która usiadła na werandzie na plastikowym krześle.

— Nadal nie dał znaku życia?

Balder pokręcił głową.

— Rozmawiałeś z nim?

— Odbyliśmy przyjemną, długą rozmowę w jego samochodzie. — Przysiadł na balustradzie werandy. — A teraz nie odbiera. Powinien wrócić już trzy godziny temu.

W oczach Emmy pojawiły się łzy. Odwróciła wzrok.

— To nie wróży nic dobrego — zauważył Balder.

— Na pewno — rzuciła Emma.

Zamilkli na dłuższą chwilę. Z oddali dobiegały grzmoty.

— Dlaczego pozwoliłeś mu jechać samemu? — Zimne spojrzenie wzmacniało wyrzut zawarty w jej słowach.

— Przecież wiesz, jaki jest uparty.

Emma ukryła twarz w dłoniach.

— Co miałem zrobić? — Balder bezradnie rozłożył ręce. — Zatrzymać go? Przemocą?

— Twoi kumple go zabili.

— Tego nie wiemy. Poza tym to nie są moi kumple.

— Czuję to. — Emma spojrzała na niego. — On nie żyje. Dlaczego tam nie pojechałeś?

Balder uciekł spojrzeniem, popatrzył na Glommę.

— Bałem się.

Emma nerwowo przygryzła dolną wargę.

— Boisz się własnego wuja?

— Możemy pojechać tam teraz — zaproponował.

— Za późno. Gilbert leży już na dnie któregoś jeziora.

— W takim razie najwyższa pora, żeby pójść do Tomtebergeta — powiedział Balder.

— A co potem?

— Będę musiał stąd zniknąć. Iść do wojska albo odebrać sobie życie.

— Obie opcje są drastyczne.

Podeszła do balustrady i oparła ręce na biodrach.

— I co według ciebie zrobi Tomteberget? Przecież nie mamy żadnego dowodu. Na nic. — Zapatrzyła się w świeżo skoszone, złociste łany na polach nad rzeką. — Bjarne nie żyje. Za późno na wszystko.

— Mogę zeznawać przeciwko wujowi.

— I co powiesz? Że *wydaje* ci się, że twój wuj zabił Gilberta?

— Tak czy inaczej, muszę porozmawiać z lensmanem. Policja powinna pojechać na Kråkmyrę, rozejrzeć się, sprawdzić.

— Obiecujesz, że nie piśniesz ani słowa o naszym przyjacielu? — Po policzkach Emmy płynęły łzy.

— Nie dam rady dłużej kłamać.

— On może być naszą ostatnią nadzieją.

— Nadzieją? Przecież to kompletny świr.

— Nieprawda. — Zakryła twarz dłońmi. Szeroko rozstawione palce drżały. — Jest czysty, skupiony, walczy w imię czegoś, w co wierzy.

— Przywiązał tamtego Szweda do palików wbitych w ziemię, sama widziałaś.

Emma oddychała gwałtownie.

— Ale przynajmniej jest szczery — dodała, patrząc mu w oczy. — Czego nie można powiedzieć o innych.

Balder zeskoczył z balustrady, wziął ze stolika kluczyki i ruszył do samochodu. Emma chciała coś dodać, nie zdołała jednak wykrztusić ani słowa. Balder usiadł za kierownicą, włączył silnik, wycofał, wrzucił jedynkę i ruszył z piskiem opon. Światło słońca, przedzierające się przez osikowe liście, błyskało niczym złote monety na lakierze samochodu, a słowa Emmy, które w końcu popłynęły swobodnie, utonęły w szumie wiatru i ryku silnika.

33

VIGGO HENNUM wtoczył się do knajpy Pod Głuszcem, kupił przy barze półlitrowy kufel piwa i kieliszek jägermeistra, po czym usiadł przy stoliku pod oknem. Poczuł coś na kształt radości, kiedy jego otępiały mózg zarejestrował, że oprócz niego i właściciela w lokalu nie ma nikogo. Halvor Storsveen, biathlonista, który wygrał tę knajpę w pokera w Koppang, stał za barem i grał na telefonie. Wyglądając przez okno, Hennum potrząsnął prawą nogą i podrapał się po lewym ramieniu. Głowę miał pełną myśli, którymi nie mógł się z nikim podzielić.

Kiedy poprzedniego wieczoru wrócił do domu, upił się niemal do nieprzytomności rosyjską wódką z przemytu i zasnął w piwnicy w swoim fotelu. Gdy obudził się sześć godzin później, pił dalej. Bycie pijanym dobrze mu robiło, ale nie rozwiązywało problemów.

Otworzyły się drzwi i do środka wkroczył Erik Svendsbråten ze swoim psem na rękach. Skierował się prosto do baru, pstryknął palcami i coś zamówił. Potem lekkim krokiem podszedł do stolika, ostrożnie postawił psa na podłodze, pogłaskał go po łbie i usadowił umięśnione ciało na krześle naprzeciwko Hennuma.

— Jak się miewasz, Viggo?

— Przecież gadaliśmy o tym parę godzin temu — wybełkotał Hennum i opróżnił kufel. Był już tak pijany, że zachowywał się prawie tak jak zawsze, tylko miał problemy z wysłowieniem się.

— Nie pytam dlatego, że jestem ciekaw, co z tobą — zaczął Svendsbråten — po prostu chcę dać ci szansę, żebyś mógł się wygadać.

Hennum chrząknął i utkwił przekrwione oczy w blacie stołu.

Storsveen podszedł do stolika z butelką ciepłej cavy i dwoma plastikowymi kieliszkami, napełnił je po brzegi, wymamrotał coś pod nosem i wrócił za bar.

— Będziesz pił? — zdziwił się Hennum. — Myślałem, że nie tykasz alkoholu.

— Dzisiaj jest wyjątkowy dzień — odpowiedział Svendsbråten. — Dzień radości.

— Trafimy do piekła.

— Przecież ty nie wierzysz w Boga. Więc jak możesz wierzyć w diabła?

Hennum próbował wydedukować, dlaczego jedno ma wykluczać drugie, ale w końcu dał za wygraną.

— Padł jak podcięty — rzucił Svendsbråten. — To było piękne.

Hennum oparł podbródek na dłoniach.

— Dlaczego ty nie pijesz? Zawsze mnie to zastanawiało.

— Alkohol mi nie służy. — Svendsbråten rozsiadł się wygodnie i zapalił cygaro. — Kiedy sobie popiję, zmienia mi się osobowość.

— Może to lepiej? — Hennum opuścił ręce i napiął mięśnie twarzy, usiłując wyglądać przerażająco.

Svendsbråten patrzył na niego z kamienną twarzą.

— Kiedy jestem pijany, mam skłonność do mordowania ludzi.

— Wydaje mi się, że masz taką skłonność też na trzeźwo.

— Pocieszny się robisz, kiedy jesteś wstawiony. — Svendsbråten uniósł kieliszek. — Za jego wysokość alkohol!

Hennum zrobił to samo, całkiem otumaniony.

Zanim jednak Svendsbråten zdążył przytknąć plastikowy kieliszek do ust, otworzyły się drzwi wejściowe i do środka wszedł drągal w okularach przeciwsłonecznych i kamizelce z owczej skóry na gołym torsie. Ogolony na łyso facet ruszył prosto do stolika zajętego przez Hennuma i Svendsbråtena, chociaż wszystkie pozostałe były wolne.

— Pozwolicie, że się dosiądę? — rzucił nieznajomy.

Viggo popatrzył na niego z rozdziawionymi ustami. Erik rozparł się na krześle.

— Cuchniesz owcą — oznajmił Hennum, którego zahamowania już dawno utopiły się w wódce. — Tam jest wolne miejsce. — Wyciągnął palec w kierunku stolika pod ścianą.

— A ja wolę tutaj — odpowiedział nieproszony gość, wskazując na krzesło obok Hennuma. — Lubię gawędzić sobie z ludźmi. Jestem towarzyski. Świętujecie coś?

— A ty to kto? — rzucił Hennum, starając się przybrać najgroźniejszą minę, na jaką było go stać, ale nie bardzo mu się to udało.

— Bardzo nam miło, ale wolelibyśmy zostać sami — wtrącił Svendsbråten. — Zastępca burmistrza niedługo zostanie dziadkiem i właśnie to świętujemy.

Loke warczał, wpatrując się w nieznajomego i waląc ogonem w podłogę.

— Jak uroczo — rzekł Rino. — A ja myślałem, że świętujecie z tej okazji, że zamordowaliście jednego z najbardziej znanych w Norwegii profesorów, trzy wilki i Bogu ducha winną kobietę, no i to, że zrujnowaliście życie małemu chłopcu.

Nie mogli go już dłużej lekceważyć. Nie odrywali od niego wzroku, śledzili każdy jego ruch, gdy wyciągnął krzesło i posadził na nim swój potężny tyłek. Rino oparł się wygodnie i splótł dłonie na brzuchu.

— Jak się masz, Larsie-Eriku. Czy wolisz jednak, żebym cię nazywał Erikiem Svendsbråtenem?

Zagadnięty przechylił się powoli ponad stołem bez najmniejszej oznaki strachu czy paniki i zmierzył kolosa wzrokiem od góry do dołu.

— Rino Gulliksen? Prawda?

Rino zdjął okulary przeciwsłoneczne, położył je na stole i zmrużył oczy.

— Kopę lat, co?

— Myślałem, że nie żyjesz.

— Pogłoski o mojej śmierci były mocno przesadzone.

— Jasny gwint. — Svendsbråten uderzył pięścią w stół. — Znam niejednego, który sporo by zapłacił za informację, że żyjesz.

— Co ty powiesz? No, to ile by zapłacił?

— Dwieście koron. Co najmniej! — Svendsbråten zdjął czapkę oraz okulary i też położył je na stole.

Hennum był kompletnie zdezorientowany, starał się więc skupić na kieliszku z cavą.

— Svendsbråten — wycedził Rino. — Nieźle brzmi, swojsko, pasuje do tego miejsca.

— Prawda? Do tej pory nieźle się sprawdzało.

— Gdzie się podziewałeś? — spytał Rino.

— Miałem już dość budzenia ludzi po nocach w Oslo, więc wyjechałem do Afryki i wyrywałem ze snu tamtejszych.

— O co chodzi z tym twoim stylem na amisza?

Mężczyzna podający się za Erika Svendsbråtena przeciągnął dłonią po brodzie okalającej jego twarz.

— Staram się, jak mogę, wtopić w tłum.

— Chyba wiesz, że amisze to pacyfiści?

— Nie wiedziałem.

— A wiesz, dlaczego noszą tylko brody?

— Zadajesz trudne pytania.

— Bo zarost kojarzy im się z wojskiem.

— Nabijasz się z mojej brody? — spytał Svendsbråten.

— Oszalałeś? — Rino wyrzucił ramiona do góry. — Oczywiście mógłbym nie wspomnieć ani słowem o twojej brodzie, ale wtedy pewnie byś pomyślał, że powodem, dla którego o niej nie wspominam, jest to, że nie chcę cię obrazić, a wtedy z kolei ja bym pomyślał, że sądzisz, że nic nie mówię, bo nie chcę cię obrazić, i tak dalej. Powstałby straszny mętlik. Więc dużo lepiej jest powiedzieć na samym początku o brodzie i mieć to z głowy.

— Zawsze lubiłeś mleć jęzorem.

— Co tutaj robisz? — spytał Rino. — Dlaczego Elverum?

Bale alias Svendsbråten wyłożył mu, dlaczego spór o wilki przerodził się w Norwegii w wojnę, opowiedział, jak bardzo miał dość wielkiego miasta, przyznał, że nie potrafi się odnaleźć w spokojnych czasach, że żyje z kłusownictwa i że jedyne, z czego można tu mieć pieniądze, to wilki. Hennum milczał, blady jak ściana. Rino zaś siedział i słuchał z dłońmi spoczywającymi na stole; wpatrywał się w nie, jakby należały do kogoś innego.

Kiedy Bale skończył swoją opowieść, Gulliksen powiedział:

— Homar ma szczypce do cięcia i szczypce do miażdżenia, zgadza się?

— Zgadza — potwierdził Svendsbråten.

Rino podniósł wzrok.

— Natomiast krab kieszeniec ma parę jednakowych szczypiec.

Bale skinął głową.

— To jest metafora.

— Zrozumiałem — odpowiedział Svendsbråten.

Rino oparł się wygodnie i założył ręce na piersi.

— Tylko nie rozumiem, kto jest homarem, a kto kieszeńcem — dodał.

— Zastanów się nad tym do naszego następnego spotkania.

— A co *ty* tutaj robisz, do jasnej cholery? — spytał stary żołnierz najemny, po czym pochylił się nieco i podrapał za uchem swojego psa. — Oto jest pytanie.

— Ratuję wilki przed takimi jak ty.

— A od kiedy to one cię tak obchodzą?

— Zawsze mnie obchodziły.

Svendsbråten zarżał głośno.

— Gdy widzieliśmy się ostatnio, interesowały cię tylko pieniądze, dragi i anaboliki. Co się stało?

— Zmieniłem się — powiedział Rino. — Każdy może się zmienić.

— Wcale, w mordę, się nie zmieniłeś, jesteś takim samym bydlakiem jak zawsze.

Rino uśmiechnął się pobłażliwie.

— Identyfikuję się z wilkami.

Svendsbråten uderzył dłońmi w blat stolika i zaczął się śmiać, początkowo powściągliwie, potem coraz głośniej, aż w końcu całym jego ciałem wstrząsał niepohamowany rechot. Hennum nigdy dotąd nie widział, żeby Lars-Erik czy też Svendsbråten, czy jak tam on się naprawdę nazywał, śmiał się tak serdecznie; wyglądało to dziwnie, sztucznie, Viggo nie do końca rozumiał, co go tak rozbawiło, lecz mimo to skwapliwie skorzystał z możliwości, żeby zmienić atmosferę sądu ostatecznego panującą przy stoliku. Rino patrzył na nich z kamienną twarzą.

Svendsbråten nagle przestał się śmiać i włożył okulary na nos. Hennum rechotał jeszcze chwilę, przerwał jednak raptownie, gdy tylko się zorientował, że jest jedyną osobą w całym lokalu, która się śmieje.

— Identyfikujesz się z wilkami? — powtórzył Svendsbråten, zmieniając głos. — Co się z tobą stało, do kurwy nędzy?

— Odebraliście życie komuś, kogo podziwiałem. — Rino splótł dłonie i oparł na nich podbródek, zsuwając się na brzeg krzesła. — To błąd.

— To był arogancki skurwiel — odezwał się Hennum.

Svendsbråten posłał mu mordercze spojrzenie.

— Ups — bąknął Viggo i zasłonił usta dłonią.

— To był nieszkodliwy stary mężczyzna — oznajmił Rino.

— Zabił naszego przyjaciela — wtrącił Hennum. — I mojego kota.

Pod lewym okiem Rina zaczął lekko drgać nerw, nikt z pozostałych jednak tego nie zauważył.

— Zamordowaliście niewłaściwego człowieka — oświadczył.

— Tylko mu się odpłaciliśmy — odrzekł Svendsbråten. — A to chyba wolno.

— Nie słyszałeś, co powiedziałem? — Rino odchylił się do tyłu. — Profesor Gilbert nigdy nie skrzywdził nawet muchy. Dosłownie. To nie on zamordował waszego kompana.

— Więc kto to zrobił? — spytał Hennum, usiłując wytrzymać jego spojrzenie, ale oczy zaszły mu mgłą i musiał uciec wzrokiem w bok.

— Ja — oświadczył Rino.

Svendsbråten wypił łyk cavy, mlasnął językiem i ostrożnie postawił plastikowy kieliszek na stoliku; w ogóle nie wydawał się zaskoczony.

— A szczupak w skrzynce?

— Też ja.

— Wnyki?

— Ja.

— Dół pułapka?

— Ja.

— A mój kot? — zapiał Hennum. — Nasz Billie?

— Przykro mi z powodu kota — rzekł Rino.

— Jesteś chorym skurwielem — rzucił Hennum, bliski płaczu.

— Wcale nie — zaprotestował Rino. — Jestem zwyczajnym facetem, który próbuje robić to, co moralnie słuszne.

— Mordujesz koty, psy i ludzi, ale chcesz ratować wilki? — Svendsbråten znowu wybuchnął chrapliwym śmiechem, nie poruszając ani jednym mięśniem twarzy. — Gdzie tu logika?

Rino zerknął na Lokego, który warczał pod stołem.

— Ładny pies. Co to za rasa?

— Gończy fiński — poinformował Svendsbråten.

— Wygląda na to, że za mną nie przepada.

— Denerwujesz go. — Svendsbråten znowu się pochylił i pogłaskał ulubieńca po grzbiecie. — Dużo przeszedł jako szczeniak.

— Przykro słyszeć — wtrącił Rino.

— Loke jest nadwrażliwy — dodał Lars-Erik. — Można powiedzieć, że dźwiga na barkach cały świat.

Rino wstał powoli, włożył okulary przeciwsłoneczne, wsunął krzesło pod stolik i położył dłonie na jego oparciu.

— Mam dla was radę.

Svendsbråten wysunął pierś.

— No, jestem ciekawy.

— Żyjcie każdego dnia tak, jakby to był wasz ostatni.

— A to dlaczego?

— Bo któryś piękny dzień faktycznie okaże się ostatnim.

— To groźba? — spytał Svendsbråten.

— Tak — potwierdził Rino. — Na waszym miejscu zamykałbym na noc drzwi. — Utkwił wzrok w Hennumie. — Może nawet trzymałbym mauzera pod poduszką.

34

TEJ NOCY LEO przewracał się z boku na bok zlany potem; w żaden sposób nie mógł zmrużyć oka.

Cały dzień poświęcił na szukanie Rina, który nie odbierał telefonu. Był też w obozowisku przy Bjørnmyrze, siedział tam kilka godzin i czekał — na próżno.

Ciężarówki mknęły w obie strony drogą krajową numer trzy między północą kraju a Trondheim, w oddali wciąż rozlegały się grzmoty, raz po raz lało, gdzieś nieustannie szczekał pies.

Kiedy zadzwoniła do niego Emma Vase i powiedziała mu o profesorze Gilbercie, zdrajcy Balderze Brekkem i o tym, że rozmawiała z Rinem, nie był specjalnie zaskoczony, tylko się zasmucił. Wiedział bowiem, że to wszystko musi się skończyć katastrofą, prędzej czy później.

Gilbert prawdopodobnie nie żył, został zlikwidowany, tak jak jeden z jego ukochanych wilków, a Rino nigdy się z tym nie pogodzi.

Dlaczego odebrali życie profesorowi? To było dziwne. Czy to zemsta? A jeśli tak, to za co?

Czy ma zadzwonić do Tomtebergeta i powiedzieć mu o Rinie? Czy pojechać do domu, zaszyć się w nim i pozostawić tych szaleńców i wilki samym sobie? Czy powinien jednak spróbować jakoś pomóc Rinowi?

Przez otwarte okno słychać było szelest liści na wietrze; niemający końca pociąg towarowy sunął po mokrych szynach.

Kiedy Leo ocknął się o szóstej, po godzinie zawieszenia w wielobarwnej mgle między jawą a snem, dokładnie wiedział, co musi zrobić.

Wstał, włączył telewizor i znalazł kanał informacyjny TV 2. Najpierw podano wiadomości z zagranicy, a po nich nadano wywiad z liderem Partii Centrum, Trygvem Slagsvoldem Vedumem, przeprowadzony przed budynkiem parlamentu.

Dziennikarz: „Jaka jest reakcja Partii Centrum na ostatnie wydarzenia w Elverum?".

Vedum: „Mieszkańcy Elverum są śmiertelnie przerażeni. To niedopuszczalne. Politycy ze stołecznego grajdołka muszą wreszcie zacząć się liczyć z obywatelami z prowincji".

Dziennikarz: „Czy to oznacza usunięcie wszystkich wilków po norweskiej stronie?".

Vedum: „Mamy taką nadzieję". Nieznaczny uśmiech. „Ludzie na wsi nie mogą żyć w strachu o własne życie".

Powrót do serwisu informacyjnego: „Policja z Elverum właśnie potwierdziła, że znaleziony we wtorek pod Elverum martwy mężczyzna został zamordowany przez wilki oraz że była to ta sama wataha, która dwudziestego piątego sierpnia w tym samym miejscu pozbawiła życia Phung Johansen, pochodzącą z Drammen. Jak informuje policja, mężczyznę znaleziono przywiązanego za ręce i nogi do pali wbitych w ziemię…".

Przejście do rozmowy z lensmanem Tomtebergetem. Całkiem dobrze się prezentował w policyjnej czapce z tą swoją kanciastą bródką; patrzył niewzruszenie prosto w kamerę i mówił jak automat: „Zalecamy wszystkim mieszkańcom gminy Elverum pozostawanie w miarę możliwości w domach. Proszę stosować się do wydawanych ostrzeżeń i nie chodzić w pojedynkę po lesie".

„Czy policja podejrzewa, że za tym wszystkim mogą kryć się działania o charakterze kryminalnym?"

„W obecnej chwili nie możemy niczego wykluczyć".

O wpół do siódmej Leo ubrał się i zszedł do restauracji, pełnej podekscytowanych ludzi, którzy zwęszyli sensację. Po lekkim śniadaniu — kilku owocach, jogurcie, soku i kawie — udał się do siłowni w piwnicy i zafundował sobie kolejkę ćwiczeń na przyrządach. Zaczął spokojnie, z niewielkim obciążeniem, od małej liczby powtórzeń, potem stopniowo zwiększał zarówno obciążenie, jak i tempo, aż w końcu dał sobie taki wycisk, że wszystko inne wydało mu się nagle odległe i nieważne. Potem przeszedł do salki wyłożonej matami i zrobił serię pompek, przysiadów i podnoszeń na drabinkach. Czuł, jak krew napływa mu do mięśni, wiedział, że jest w nędznej formie, ale jednocześnie zdawał sobie sprawę, że wystarczy zacząć, że to może być początek czegoś nowego.

Kiedy wykonał swój zestaw ćwiczeń, usiadł na niskim fotelu z ręcznikiem zarzuconym na ramiona; oparł dłonie na macie, nabrał głęboko powietrza i je wypuścił. Gdy podniósł wzrok, zobaczył, że do sali wszedł dziennikarz z „Nationen". Był ubrany w obcisłe czarne szorty, które wyglądały jak majtki, i żółty podkoszulek, na czole miał białą opaskę. Ruszył od razu w kierunku czarnego worka zwisającego z sufitu na łańcuchu i zaczął go okładać gołymi pięściami, podskakując, drepcząc, tańcząc, robiąc uniki i zwody. Leo próbował niezauważalnie przemknąć obok z ręcznikiem na głowie, jednak mu się nie udało.

— Witam, witam — zagadnął go dziennikarz.

— Siemanko — bąknął Leo.

Mężczyzna wskazał na jego stopy.

— Wie pan, że buty Masai to ściema i że nie przynoszą żadnego efektu?

— Nie, nic mi o tym nie wiadomo — odpowiedział Leo.

— Hollywoodzcy celebryci nosili je, ponieważ miały rzekomo przyspieszać spalanie i wyrabiać mięśnie ud i pośladków, a fizjoterapeuci zalecali je dlatego, że podobno pomagają utrzymać naturalny chód i redukują bóle pleców. — Szybkie dwa cudzysłowy. — Ale z ostatnich badań angielskich wynika, że buty Masai nie dają żadnych pozytywnych efektów, wręcz przeciwnie. Niestety.

— Dziękuję za wyjaśnienie — powiedział Leo i ruszył do przebieralni, gdzie zdjął z siebie ubranie i buty.

Był w niej sam. W białym szlafroku narzuconym na ramiona, z kosmetyczką w dłoni. Gołe, białe, lodowato zimne kafelki pod stopami.

Siri w dzieciństwie dużo ćwiczyła. Piłka nożna, taniec — każdego dnia miała jakieś zajęcia. Gdyby wykazywała trochę więcej zapału, pasji, być może wybrałby się na jakiś mecz z jej udziałem albo pojechał na rozgrywki wyjazdowe, może nawet podjąłby się jakiejś funkcji, zostałby arbitrem czy opiekunem zawodów.

Zerknął na swoje odbicie w lustrze wiszącym na ścianie w drugim końcu pomieszczenia. Kogo on próbuje oszukać? Prawda jest taka, że zawsze myślał przede wszystkim o sobie.

Wyjął z kosmetyczki fiolkę z rivotrilem i potrząsnął nią jak jakimś egzotycznym instrumentem do wybijania rytmu.

Stał pośrodku pustej przebieralni ze szklaną buteleczką w dłoni; wyjął tabletkę i utkwił w niej wzrok. Taka mała, a taka skuteczna, fantastyczny wynalazek, wyżyny sztuki medycznej. Wysypał resztę na dłoń, czterdzieści osiem sztuk, przyglądał się im przez kilka sekund, po czym wszedł do toalety, wrzucił wszystkie do sedesu i spuścił wodę.

Po szybkim prysznicu wracał korytarzem do swojego pokoju, stąpając boso po granatowej wykładzinie, gdy nagle zadzwoniła komórka, którą trzymał w dłoni. Odebrał i usłyszał głos lensmana Tomtebergeta.

— Jest pan jeszcze w Elverum?

Leo zawahał się przez moment.

— Byłem w domu, ale wróciłem.

— Wroldsen twierdzi, że widziała pana wczoraj przed Jafsem.

— Całkiem możliwe. Zatrzymałem się w Scandic Elgstua.

— Podobno ładnie tam — rzucił lensman.

— Nie wybieram byle czego.

Zapadła cisza.

— Po co pan wrócił? — spytał po chwili lensman.

— Na jesienne wędkowanie w Glommie. To sezon na lipienie. — Nic lepszego nie przyszło mu do głowy.

— Łowi pan na muchę?

— Kiedyś tak. — Leo oparł się o ścianę. — Postanowiłem znowu spróbować.

Po drugiej stronie zalegała cisza, jakby Tomteberget na coś czekał, na jakieś zwierzenie.

— Wczoraj złowiłem półkilogramowego — powiedział Leo.

— Gratulacje! — odparł lensman. — Czytał pan dzisiejszą gazetę?

— Nie, ale oglądałem telewizję.

— Jasne. Jak wypadłem?

— Bardzo dobrze. Godnie i z klasą.

— Chętnie porozmawiałbym z pana znajomym.

Leo wyczuł subtelną zmianę tonu.

— Z Evenem? — dopytał. Serce omal nie wyskoczyło mu z piersi. Pomyślał o cudownych pigułkach, które spuścił w klozecie. — Nie miałem od niego znaku życia od momentu, gdy odebrałem go z komisariatu. — Sam słyszał, jak żałośnie brzmi jego kłamstwo.

— Oczywiście. — Chwila ciszy. — Właśnie odbyłem długą i owocną rozmowę z asystentem Balderem Brekkem. Opowiedział mi nieprawdopodobnie chorą historię.

Leo zsunął się plecami po ścianie, usiadł na wykładzinie i podciągnął pod siebie stopy.

— Tak?

— Balder Brekke powiedział mi, że pański znajomy widział całe zajście z Phung Johansen i chłopcem i że to nie wilki zamordowały tę kobietę.

— O Jezu! W takim razie kto?

— Psy wilkowate, specjalnie wytresowane do zabijania. Wspominał panu o tym?

— Ani słowa.

— Wie pan co? — lensman zawiesił głos, jakby specjalnie stopniował napięcie. — Wydaje mi się, że Balder Brekke mówi prawdę.

— A skąd on się tego dowiedział? — spytał Leo.

— Twierdzi, że spotkał pańskiego znajomego w lesie.

Brekke nie chce, żeby Emma była zamieszana w tę sprawę, pomyślał Leo. Próbuje ją chronić. Miło z jego strony.

— I co w związku z tym?

— To oznacza, że pana znajomy mógłby być świadkiem w sprawie ataku wilków. Być może dzięki niemu te sukinsyny wreszcie zostałyby skazane.

— O Jezu — powiedział znowu Leo.

— Według mnie pan o tym wszystkim wie — oznajmił Tomteberget. — I dlatego jest pan tutaj.

Leo nie odpowiedział; kręciło mu się w głowie, myślami był zupełnie gdzie indziej.

— Balder powiedział mi też, że to Even przywiązał Szweda, że to była swego rodzaju zemsta.

Leo nadal milczał.

— A teraz zniknął Bjarne Gilbert.

— Profesor? — Leo nagle się ocknął.

— Jakby zapadł się pod ziemię.

Leo miał chaos w głowie, zdawał sobie sprawę, że to, co teraz powie, może być rozstrzygające. Czy ma skłamać, czy być szczery? W końcu postanowił milczeć.

— Kilka dni temu spotkał się pan z nim w Restauratorze.

— Zgadza się.

— Zna go pan?

— Nie.

— To po co się spotkaliście?

— Miał jakieś prawnicze pytania dotyczące wilków.

— Prawnicze pytania dotyczące wilków — powtórzył Tomteberget z przekąsem. — Balder i ja obawiamy się, że Gilbertowi mogło stać się coś złego.

— To znaczy?

— Nie wiem. A jak pan sądzi?

— Nie mam pojęcia — odpowiedział Leo, ale zaraz się zorientował, że nie najlepiej to zabrzmiało.

— Myślę, że pana znajomy przywiązał Szweda w odwecie za to, co stało się Phung Johansen.

— Nigdy bym...

— Jak dobrze zna pan Evena?

— Niezbyt dobrze.

— Jak pan go poznał?

— Kiedyś uratował mi życie, wiele lat temu.

— Jak on się naprawdę nazywa?

Leo milczał przez chwilę, nie był w stanie zapanować nad kotłowaniną myśli.

— Chyba zdaje pan sobie sprawę, że mogę pana wezwać na świadka i kazać powtórzyć to wszystko pod przysięgą? Dobrze pan wie, że wprowadzanie policji w błąd jest karalne.

— Jestem adwokatem — odparł Leo. — Znam prawo.

— Ma pan szansę nam pomóc, panie Vangen. Teraz albo nigdy.

— Nie wiem, gdzie on może być, przykro mi — odrzekł Leo i przycisnął czerwoną ikonkę telefonu na wyświetlaczu.

35

ZASTĘPCĘ BURMISTRZA Vigga Hennuma obudziło walenie do drzwi. Zerknął na swatcha na prawym nadgarstku. Za kwadrans dziewiąta. Sobota dzisiaj czy niedziela? Nie pamiętał. Kto, do jasnej cholery, zawraca mu tyłek o tak nieprzyzwoitej godzinie?

Prawie nie zmrużył oka od zbrodni na Kråkmyrze i zajścia z tym dzikusem Pod Głuszcem, budził się bez przerwy z przerażeniem, że ten obłąkany gość stoi w sypialni ze strzelbą, nierzadko razem z Bjarnem Gilbertem. Dopiero po paru sekundach docierało do niego, że to sen. Kiedy potem leżał i usiłował zasnąć, w głowie wirowało mu mnóstwo myśli, nie starczało dla nich miejsca. Poprzedniego wieczoru, po trzech godzinach przewracania się z boku na bok, coraz bardziej trzeźwiejąc po wypitym vargtassie, połknął wreszcie trzy zielone proszki nasenne Lindy, zszedł do piwnicy i położył się na kanapie.

Lars-Erik Bale, czy jak on tam się w końcu nazywa, nie odbierał telefonu ani nie odpowiadał na esemesy, jakby zapadł się pod ziemię.

Kiedy Viggo szedł po schodach na górę w niebieskich jedwabnych bokserkach w białe słonie, które kupił sobie w Tajlandii, w żółtym podkoszulku i ze zsuniętą na czoło przepaską na oczy, miał złe przeczucia. W głębi ducha żywił nadzieję, że to tylko sąsiad z drugiej strony ulicy przyszedł z pretensjami, że spryskiwacz stoi w złym miejscu, jednak kiedy przez szybę w drzwiach wejściowych zobaczył mrugające niebieskie i czerwone światła, poczuł, jak krew uderza mu do głowy, serce zaczęło mu dudnić jak silnik diesla w starej łodzi na jeziorze Mjøsa, a wielka gula w gardle rosła tak szybko, że prawie nie mógł oddychać. Nie mylił się: gdy otworzył drzwi i dla otrzeźwienia przetarł oczy, starając się sprawiać wrażenie zmęczonego, ale też beztroskiego, ujrzał lensmana Tomtebergeta i funkcjonariuszkę Wroldsen stojących w deszczu w towarzystwie dwóch policjantów po cywilnemu, w dżinsach i swetrach; domyślił się, że ci gogusie są z policji kryminalnej.

Kiedy Tomteberget przywitał się uprzejmie i spytał Vigga, czy wie, gdzie przebywa profesor Gilbert i dlaczego na jabłoni obok krzewów czarnej porzeczki wisi pięć wilkopodobnych cuchnących psów, Hennum nie znalazł na to dobrej odpowiedzi.

Przeniósł spojrzenie z czterech osób na podjeździe na pięć potężnych zwierzaków dyndających na porannym wietrze. Potem zatrzymał na chwilę wzrok na lensmanie, próbując wyglądać na zaskoczonego, chociaż wcale nie był zaskoczony, w ogóle nie wiedział, co się z nim dzieje. Gdy Tomteberget podał mu iPhone'a z niezwykle wyraźnym zdjęciem, na którym widnieli on, Viggo, a ponadto Svendsbråten, Szwed i pięć psów, zakręciło mu się w głowie. Wpatrywał się w psy z rozdziawionymi ustami, i jedyne, co mu w tej chwili przyszło na myśl, to piosenka Billie Holiday, jedna z jego ulubionych od najdawniejszych lat. Zaczął nucić po cichu, ledwie słyszalnie:

Southern trees bear a strange fruit
blood on the leaves and blood at the root
Black bodies swinging in the southern breeze
strange fruit hanging from the poplar trees.

Tomteberget zmarszczył czoło, skrzyżował ręce na piersi i z mieszaniną współczucia i pogardy wpatrywał się w mężczyznę, który na jego oczach wydawał się wpadać w obłęd. Funkcjonariuszka Wroldsen przybrała zatroskany wyraz twarzy, dwaj faceci ze stołecznej kryminalnej chrząknęli znacząco.

Hennum wiedział, że piosenka mówi o linczu na Murzynach w południowych stanach Ameryki, ale możliwość skoncentrowania się w tym momencie na tekście i melodii przynosiła mu ulgę, dlatego kontynuował coraz głośniej:

Pastoral scene of the gallant south
the bulging eyes and the twisted mouth
scent of magnolias sweet and fresh
then the sudden smell of rotting flesh.

Tomteberget pozwolił mu śpiewać dalej, przejść do wersji Niny Simone, którą lubił jeszcze bardziej i którą wykonał z jeszcze większym zaangażowaniem i uczuciem, angielszczyzną godną polityka partii pracy:

Here is a fruit for the crows to pluck
for the rain to gather, for the wind to suck
for the sun to rot, the tree to drop
here is a strange and bitter crop.

Piosenka dobiegła końca. Pominął cztery zwrotki. Obejrzał się za siebie. Linda stała w szlafroku z ręcznikiem na głowie i z papierosem w prawej ręce i gapiła się na niego z otwartymi ustami. Na twarzy Vigga pojawiła się desperacja. Oczy mu się zaszkliły, a po chwili po policzkach potoczyły się łzy. Gdy krople dosięgły drżącej górnej wargi, mięśnie wokół oka zaczęły drgać niekontrolowanie, a tętnica na szyi nabrzmiała. Viggo osunął się na kolana w otwartych drzwiach, wyrzucił do góry ramiona i wrzasnął:

— To oni! To oni wynajęli Szweda z psami, żeby zaatakowały kobietę! Robiłem wszystko, co w mojej mocy, żeby temu przeszkodzić!

Za płotem zebrała się grupa ciekawskich, głównie sąsiadów, co najmniej dziesięć osób; stali i przyglądali się dziwnemu spektaklowi rozgrywającemu się na werandzie Hennuma. Niektórzy wyciągnęli telefony, nagrywali i robili zdjęcia.

Viggo ukrył twarz w dłoniach.

— I to oni załatwili Gilberta!

— Oni, czyli kto? — spytał Tomteberget.

Hennum opuścił ramiona wzdłuż tułowia, pociągnął nosem, po czym spojrzał lensmanowi w oczy i powiedział:

— Erik Svendsbråten i Trym Kojedal. A któżby inny?

* * *

Podczas gdy Hennum kłamał jak najęty przed lensmanem i śledczymi z kryminalnej, próbując ratować własną skórę i pociągnąć burmistrza Kojedala za sobą w otchłań, Lars-Erik obudził się nagi i samotny pod podwójną pierzyną w małym czerwonym domku w leśnych ostępach. Uniósł się na łokciu i zaczął macać wokół siebie w ciemności w poszukiwaniu Lokego, który zawsze spał tuż przy nim. Psa jednak nie było.

Zapalił nocną lampkę, odrzucił pierzynę, zerwał się na równe nogi i golusieńki wybiegł na skrzypiącą werandę z powiewającym na wietrze fiutkiem w stanie porannego wzwodu, żeby sprawdzić, czy Loke nie wymknął się przypadkiem przez otwór w drzwiach. Kiedy stwierdził, że nie ma go na stałym miejscu, na owczej skórze w rogu werandy, pomyślał, że pewnie poszedł za róg i położył się pod stołem kempingowym, co czasami mu się zdarzało, kiedy chciał mieć święty spokój. W tym momencie spostrzegł żółtą kartkę przymocowaną pinezką do drewnianej ściany, pomalowanej na czerwono.

Wziął ze stołu na werandzie okulary z oprawkami w stylu lat siedemdziesiątych, wsadził je na nos, pochylił się — wzwód był w zaniku — i przeczytał na głos:

— „Spotkajmy się o szóstej przy Grytmyrze. Przyjdź sam, jeżeli chcesz zobaczyć psa żywego. Pozdrawiam, Rino G.”.

Poruszał głową w górę i w dół jak waran z Komodo, żyły na jego szyi napięły się jak druty, a mięśnie policzków pod gładką skórą nabrzmiały jak szklane kulki. Gwałtownym ruchem chwycił klucz francuski leżący na plastikowym stole i cisnął nim z całej siły w okno sypialni — potłuczone szkło rozprysnęło się po podłodze i łóżku, on zaś ryknął jak istota nie z tego świata.

36

NIECO PÓŹNIEJ tego samego dnia Leo dreptał tam i z powrotem po parkingu przed hamburgerownią Jafs i przeżuwał łośburgera z sosem i sałatą, najzdrowszą rzecz, jaką znalazł w menu. Nadal mżyło.

Zero chemii w organizmie, pierwszy raz od ponad dwóch miesięcy. Trochę drżały mu ręce, całe ciało było w lekkim dygocie; wciąż miał poczucie, że zbliża się dzień sądu ostatecznego. Pomagało mu ciągłe bycie w ruchu.

Zjadłszy pół burgera, położył resztę na drewnianym stoliku przed okienkiem, przez które wydawano jedzenie na wynos. Przez chwilę wpatrywał się w komórkę, którą trzymał w lewej ręce, po czym wybrał numer Rina Gulliksena.

— To ty — odezwał się Rino w słuchawce. — Czekałem na telefon od ciebie. — Był zdyszany, jakby wykonywał jakąś fizyczną pracę. Leo pomyślał, że jego przyjaciel chyba kopie w ziemi.

— Co robisz? — spytał go.

— Nie chcesz wiedzieć — odpowiedział Rino.

Leo uznał, że Gulliksen ma rację.

— Słyszałeś o Gilbercie?

Rino przerwał to, co robił, po drugiej stronie zaległa na chwilę całkowita cisza.

— To moja wina. — Pauza. — To ja go zabiłem.

Leo nie rozumiał, co Rino ma na myśli, spytał go zatem, dlaczego twierdzi, że to jego wina.

— Ci idioci myśleli, że to Gilbert przywiązał Szweda.

No jasne, Leo wreszcie zrozumiał. To dlatego uśmiercili profesora. Byli przekonani, że to on kryje się za tym wszystkim. Tak więc Rino pośrednio odpowiada za to, że zamordowali jego wielkiego bohatera.

— Dlaczego tak uważasz? — spytał mimo wszystko.

— Sami mi to powiedzieli.

— Słucham? — Leo przeciągnął dłonią po włosach. — Rozmawiałeś z nimi?

— Spotkaliśmy się w przytulnej kawiarni w centrum, wypiliśmy po kieliszku cavy i pogawędziliśmy chwilę.

— Po co, na litość boską, się z nimi spotkałeś?

— Chciałem popatrzeć im w oczy. — Rino znowu zaczął kopać. — I uświadomić, że nie ujdzie im to na sucho.

— Czy nie widzisz, co się dzieje, kiedy mordujesz ludzi? — Leo nie mógł się już powstrzymać. — Gdybyś zostawił tego Szweda w spokoju, Gilbert nadal by żył.

Rino nie odpowiedział; słychać było, że dalej kopie.

Leo zaczął żałować, że go poniosło, więc po chwili zrelacjonował Gulliksenowi swoją interesującą rozmowę z lensmanem — opowiedział o nielojalnym asystencie, który zdradził Tomtebergetowi szczegóły swojego spotkania z Evenem w lesie wraz z uzyskanymi od niego informacjami o Hennumie, Svendsbråtenie, Phung i Gilbercie, a także o tym, że to Even przywiązał Szweda do bali wbitych w ziemię.

— To znaczy, że ten chłopak próbuje chronić Emmę, nie chce jej w to mieszać? — spytał Rino.

— Na to wygląda — potwierdził Leo.

— Lensman nadal nie wie, kim jest Even?

— Nie. Wie tylko, że ten ekscentryczny facet, który przyszedł do niego z chłopcem, prowadzi własną wojnę w lesie w okolicy Elverum. — Leo podszedł do pomalowanego na brązowo drewnianego stolika, wziął resztę burgera, odgryzł kęs i mówił dalej z pełnymi ustami: — Tomteberget ma wystarczająco dużo informacji, żeby w końcu do ciebie dotrzeć. Może najwyższa pora wynieść się w cholerę z tej gminy?

Rino nie odpowiedział. Chyba znowu kopał. Leo wyobraził go sobie z gołym torsem moknącym na deszczu, ze szpadlem w rękach i komórką wciśniętą między ramię a brodę.

— Czytałeś dzisiaj internetowe wydanie „Østlendingen"? — spytał Leo.

— Nie czytam lokalnych gazet — wydyszał Rino. — *Paywall.*

— Dziś rano aresztowali Hennuma. Oryginalny pomysł z tymi psami na jabłonce.

— Dzięki — stęknął Rino. — Przy okazji posłałem też lensmanowi parę zdjęć, uznałem, że mogą mu się przydać.

— Innymi słowy, wilki zostały oczyszczone z podejrzeń.

— Miejmy nadzieję. — Przestał kopać. — To jest mimo wszystko najważniejsze.

— Co teraz? — Leo ruszył w kierunku wejścia do hotelu. — Masz jakiś plan?

— Jestem umówiony na spotkanie z Larsem-Erikiem. — Gulliksen odkaszlnął. — Pora to zakończyć.

Właśnie to chciał usłyszeć Leo, a kiedy spytał, czy jest coś, co mogłoby go od tego odwieść, usłyszał:

— On z zimną krwią zamordował Gilberta i nakarmił psy Bogu ducha winną Phung Johansen. Nie zasługuje na to, żeby żyć.

— Jego miejsce jest w więzieniu — wtrącił Leo bez przekonania.

— Do więzienia powinien trafić Viggo Hennum — odparł Rino. — A miejsce Larsa-Erika Balego jest zupełnie gdzie indziej.

Leo usłyszał przytłumione szczekanie i ciche skomlenie.

— Sprawiłeś sobie psa?

— Potrzebuję przynęty, żeby zwabić naprawdę duże i niebezpieczne bestie.

— Gdzie jesteś?

— Nic ci do tego, Leonardzie. Wracaj do domu, do miasta. To nie jest twoja wojna. Ale i tak cię kocham — powiedział Rino i się rozłączył.

Leo gapił się na wyświetlacz telefonu, usiany kropelkami wody. Była godzina druga. Zjadł na stojąco resztę łośburgera, a potem wszedł do hotelu, udał się prosto do swojego pokoju, spakował walizkę, ostatni raz zszedł pokrytymi linoleum schodami, wymeldował się w recepcji, powiedział „do widzenia" dobrze pachnącemu Szwedowi, wyszedł na parking, skierował się do stacji zasilania samochodów elektrycznych na tyłach hotelu i wsiadł do naładowanej na sto procent błękitnej tesli.

37

OŁOWIANE CHMURY wisiały nisko na niebie, gdy Lars-Erik Bale wjechał do niedużego, sennego miasteczka. Niedzielne popołudnie w Renie, pusto na ulicach. Mikroskopijne krople deszczu pokrywały przednią szybę, przelotne ulewy przechodziły jedna za drugą; burza jeszcze do nich nie dotarła, ale to tylko kwestia czasu.

Czarną jak smoła toyotę z napędem na cztery koła z dwudziestosześciocalowymi felgami zatrzymał przed szwajcarską willą na obrzeżach centrum, wysiadł z samochodu i wszedł po zewnętrznych schodach na piętro; spojrzał w prawo, w lewo i za siebie, aby się upewnić, czy nikt go nie widzi. Następnie zadzwonił do drzwi.

Emma Vase otworzyła mu ubrana w białe majtki i obszerny czerwony T-shirt z czarnym wizerunkiem Che Guevary na piersi. Sprawiała wrażenie szczerze zaskoczonej na widok mężczyzny oraz rewolweru, który trzymał w prawej ręce. Spokojnym głosem poprosił ją, żeby się ubrała, i oznajmił, że wybiorą się razem na krótką przejażdżkę.

Prowadząc samochód po szutrowej drodze w kierunku Grytmyry, lewą ręką trzymał kierownicę, w prawej zaś dzierżył antykwaryczny rewolwer, raz po raz rzucając okiem na przerażoną dziewczynę z mysimi warkoczykami, w wiatroszczelnej kurtce, skuloną na siedzeniu pasażera, która mimo wszystko starała się wyglądać na twardą i nieporuszoną.

Zawsze, kurwa, to samo, pomyślał. Dlaczego ludziom tak bardzo zależy, żeby nie pokazać po sobie, że się boją? Dlaczego z tym walczą, dlaczego nie potrafią się po prostu przyznać, że najchętniej narobiliby w gacie?

„Dokąd jedziemy?", spytała. „Czego pan ode mnie chce?" „Kim pan jest?" Bla, bla, bla. Stara śpiewka. Nie zamierzał odpowiadać, nie zamierzał jej niczego dawać, chciał, żeby się trzęsła. Nie znał jej, osobiście nic do niej nie miał, była jedynie środkiem do osiągnięcia dwóch celów: odzyskania Lokego i zemsty na Rinie Gulliksenie. Znał natomiast ten typ i gardził wszystkim, co ta dziewczyna sobą reprezentowała. Czyli bogatą, świetnie wykształconą, uprzywilejowaną klasą wyższą, lewicowymi samarytanami urodzonymi ze srebrną łyżeczką w dupie. Spijali śmietankę w najbogatszym kraju świata i przyjmowali jako oczywistość, że są swego rodzaju rasą panów, że na to zasługują. W gruncie rzeczy gardzili innymi ludźmi, udawali jednak, że jest inaczej, że troszczą się o nich, a zwłaszcza o ciemnoskórych.

Ci pięknie pachnący, otrzaskani w świecie, technologicznie zaawansowani — wszyscy należeli do tego samego klubu, klubu, z którego on, Lars-Erik, miał być wyłączony do końca życia. Z takimi jak on — z ludźmi od czarnej roboty — tamci nie chcieli mieć do czynienia. Burmistrz Kojedal był jednym z nich, nigdy go nie zaprosił, nigdy nie wypił z nim choćby naparstka, nie porozmawiał, zawsze trzymał go na odległość wyciągniętego ramienia.

Zacisnął mocniej palce na rewolwerze kupionym za dwa tysiące w Gävle od szwedzkiego neonazisty — model dziesięć, Smith and Wesson Special kaliber trzydzieści osiem, o kobaltowej rękojeści pokrytej gutaperką. Doskonale leżał w dłoni, ale był trochę ciężki, oparł go więc na wieku skrytki między siedzeniami.

Zaczęły się schody. Przyjemny pobyt emeryta w Østerdalen dobiegł końca. Hennum wyśpiewa wszystko, to cena za sprzymierzanie się z wymoczkami. Ale zanim on, Lars-Erik, stąd spieprzy, musi uratować Lokego i zaprowadzić porządek. W sumie nieźle się urządził, ma za sobą kilka dobrych lat. Pobyt w Elverum okazał się sukcesem. Teraz może wrócić do Angoli albo znaleźć jakąś fuchę w Oslo i zacząć od nowa z czystą kartą.

— Nie musi pan tego robić, wie pan o tym? — pisnęła dziewczyna.

— Czego robić? — spytał, z przykrością słuchając jej skomlenia.

— Tego, co pan zamierza.

— Muszę to zrobić — odpowiedział. — Obiecałem to sobie.

— A co pan zamierza?

— Po co mi pani mówi, żebym czegoś nie robił, skoro nie ma pani pojęcia, co planuję.

— Bo ciągle jeszcze może pan zawrócić.

— Zamierzam zamordować jednego faceta.

— Nie musi pan tego robić.

— Zabrał mi psa.

— To przecież tylko zwierzę.

Najchętniej zastrzeliłby ją na miejscu, nie mógł jednak schrzanić wszystkiego, zanim na dobre się zacznie. Dziewczyna dalej zadawała pytania, naciskała, nie poddawała się. Wciąż sądziła, że może uda jej się odwrócić sytuację. Lars-Erik położył rewolwer na kolanach i korzystając z okazji, że Emma wydawała się zupełnie nieobecna, sięgnął pod siedzenie, wyciągnął spod niego termos, odkręcił nakrętkę i wlał w siebie trochę letniego bulionu. Tym razem nie żałował dodatku, musiał być w optymalnej formie.

Czy ma zatrzymać samochód i pokazać tej małej wywłoce, gdzie jej miejsce? Na samą myśl o tym poczuł przyjemne świerzbienie w kroczu. Ale nie czas na to. Teraz najważniejszy był Loke.

Kiedy droga przez las się skończyła, wyłączył silnik i wyszedł z samochodu na deszcz i wiatr. Żałował, że nie wziął myśliwskiej pałatki maskującej, której zwykle używał podczas polowań w złą pogodę. Rewolwer trzymał w prawej ręce, termos w lewej. Uniósł nieco głowę, wciągnął zapach sosen, deszczu, mokrego mchu i torfowiska. Woń wilgotnego lasu iglastego zawsze działała na niego kojąco. Okrążył auto, otworzył drzwi od strony pasażera i kazał dziewczynie wysiąść, po czym chwycił ją za ramiona i pchnął przed siebie na niemal niewidoczną ścieżkę.

Rino nie zaprosił go na pogawędkę, zmusił go do pojawienia się tutaj, żeby go zabić.

Szedł tuż za nią z rewolwerem przyłożonym z tyłu do jej głowy, tak by Rino nie mógł go trafić, nie ryzykując postrzelenia dziewczyny.

Wiatr wiejący od strony nagich gór schodził w dolinę, targając krzewami i drzewami, porywał z ziemi liście i wszystko, co się dało. Deszcz zacinał niemal poziomo, ostre krople kłuły niczym igły w skórę i oczy. Szare chmury prawie ocierały się o czubki drzew, ołowiana kurtyna przesłaniała rozległy krajobraz. Dziewczyna nawet się nie domyślała, jak bardzo blisko jest śmierci, i miała się tego nigdy nie dowiedzieć. Kiedyś była w tej okolicy na polowaniu, postrzeliła małego łoszaka w zad i tropiła go później przez wiele godzin. Gdy zwierzę w końcu padło na wrzosowisku, zabiła je nożem, który miała przy pasku, podcięła mu gardło, a potem zadźwigała je na plecach do samochodu zostawionego dziesięć kilometrów dalej.

38

BYŁ TAK BLISKO, że Emma czuła jego pot, odór tytoniu z ust, resztek mięsa tkwiących między żółtymi zębami i bulionu, którego opił się po drodze. Popatrzyła w jego dzikie oczy, na okulary w staroświeckich oprawkach, bródkę kaznodziei, orli nos i nieduże, okrągłe uszy. Zastanawiała się usilnie, kim on jest, kto kryje się pod tą czarną cyklistówką, jak go podejść. Kiedy po raz dwudziesty spytała, co tutaj robią i z kim mają się spotkać, odpowiedział w końcu:

— Z jednym bydlakiem.

— Z Rinem Gulliksenem?

Ubrany na czarno mężczyzna nie odpowiedział, tylko zaczął gwizdać jakąś melodię; Emma pamiętała ją z wycieczek samochodowych z rodzicami, które odbywali, kiedy była małą dziewczynką. To utwór Rogera Whittakera, białego pieśniarza z Kenii, *New World in the Morning*; mama Emmy należała do jego zaprzysięgłych fanów.

Kiedy doszli do polanki w lesie i niedużego torfowiska o powierzchni dwóch boisk piłkarskich, ujrzeli psa. Siedział na tylnych łapach na ziemi pokrytej brunatnordzawym torfem, pożółkłą trawą i wełniankami smaganymi przez wiatr. Był nieruchomy jak posąg Anubisa ze starożytnego Egiptu. Podekscytowany porywacz przestał gwizdać i napił się bulionu z termosu. Popchnął Emmę, dając jej do zrozumienia, że ma przyspieszyć kroku.

Gdy zbliżyli się do psa, Emma dostrzegła wokół jego szyi grubą linkę, przywiązaną do krótkiego, mocnego łańcucha, który z kolei był zamocowany na paliku wbitym w ziemię. Gdy tylko zwierzę rozpoznało swojego pana, zerwało się na cztery łapy, zawyło i zaskomlało, zaczęło wywijać dziko ogonem, szarpało się i targało metrowym łańcuchem, aby zerwać się z uwięzi. Svendsbråten przemówił głośno do swojego ulubieńca:

— No, już dobrze, mój ty skarbeńku, już dobrze, moja psinko.

Emma zerknęła na niego — miał łzy w oczach, ale się uśmiechał. Zawodowy morderca był zdruzgotany widokiem swojego psa uwięzionego w taki sposób, a jednocześnie uszczęśliwiony, że wciąż widzi go żywego.

Emma omiotła wzrokiem otoczenie. Nigdzie ani śladu Rina Gulliksena, dookoła puste torfowisko, wrzosowiska i rzadki las sosnowy jak okiem sięgnąć. Wiatr przybrał na sile, jeszcze szybciej rozpylał krople deszczu i gnał chmury, które wisiały tak nisko, że równie dobrze mogły być mgłą. Podrywał do góry mokre warkocze dziewczyny, przeszywał zimnymi podmuchami nasiąknięte wodą spodnie i turkusową wiatrówkę. Emma dzwoniła zębami. Jej porywacz, ubrany jedynie w cienką czarną koszulę, wyglądał tak, jakby w ogóle nie czuł zimna.

Kiedy podeszli całkiem blisko do psa i mężczyzna, wciąż schowany za Emmą, próbował uwolnić swego przyjaciela, przyklękając przy nim i przemawiając nieustannie: „No chodź, psinko, chodź do tatusia, chodź do mnie", nagle ziemia zapadła się pod nimi.

Wszystko potoczyło się tak szybko, że Emma nie zdążyła nawet o niczym pomyśleć, raptem grunt ustąpił jej spod nóg — poczuła ulgę, że pozbyła się bełkoczącego psychopaty, i jednocześnie paraliżujący strach, że zaraz się zabije. Spadały na nią kaskady torfu, piasku i mokrej ziemi — ciemność, chaos i wreszcie lądowanie na tyłku na miękkim podłożu.

Przez chwilę leżała nieruchomo na plecach, próbując ocenić, czy jest cała. Kaszlała, charczała i pluła, w ustach i w nosie miała pełno błota. Podniosła się i potrząsnęła głową, aby się otrzeźwić. Pulsowało jej w skroniach. Strzepała piasek i ziemię z brzucha, ud i ramion, usunęła palcami błoto z oczu, włosów i uszu.

Rozejrzawszy się, stwierdziła, że znajduje się na dnie ciemnego dołu, otoczona czarnymi ścianami o wysokości trzech metrów.

Przez ułamek sekundy sądziła, że jest w dole sama, że jej się udało, ale potem usłyszała jakieś charkotanie, uniosła głowę i zobaczyła Svendsbråtena. Leżał na wznak trzy metry dalej, częściowo przysypany ziemią i torfem, i mierzył do niej z rewolweru. Jego twarz i brodę pokrywał szlam, okulary i termos gdzieś się zapodziały, ale cyklistówka siedziała mocno na głowie, tylko trochę przekrzywiona, oczy zaś błyszczały jak reflektory w półmroku. Kiedy w końcu wstał, Emma zauważyła, że jego prawe przedramię zwisa bezwładnie pod dziwnym kątem. Najwyraźniej było złamane w łokciu. Svendsbråten klął na czym świat stoi; w końcu, machnąwszy bronią w lewej ręce, wrzasnął:

— Rino!

Odpowiedziała mu cisza.

— Rino Gulliksen!

Emma usłyszała ujadanie i wycie, a po krótkiej chwili na tle ciemnoszarego nieba ukazała się głowa psa. Krople deszczu rozpryskiwały się na jej skórze, trafiały prosto w oczy. Gończy fiński wytknął łeb zza krawędzi — nadal miał linkę na szyi. Duże uszy łopotały na wietrze. Żywa przynęta, przemknęło jej przez głowę, jak w dawnych czasach koza nad jamą na wilki.

— Podejdź do brzegu stołu z rękami do góry, bo jak nie, to rozwalę jej łeb! — krzyknął Svendsbråten i siarczyście splunął w błoto.

Słychać było jedynie szum deszczu i wiatru oraz wycie psa.

— A co będzie potem? — Rino Gulliksen musiał stać blisko krawędzi, nie było go jednak widać.

Emma patrzyła na bandytę z podciętym skrzydłem, jakby był robakiem w jabłku. On zaś wskazał jej rewolwerem, że ma uklęknąć w błocie.

— Potem zginie twój pies — kontynuował Rino Gulliksen. Mówił cicho i spokojnie, po prostu stwierdzał fakty. — A po nim ty.

Emma musiała bardzo się skupić, aby dosłyszeć jego słowa przedzierające się przez ujadanie psa, szum wiatru i plusk ciężkich kropli padających w błoto i kałuże dookoła nich.

— Czyli wygląda na to, że sprawa jest załatwiona — wrzasnął Svendsbråten z pianą na ustach. Chyba dotarło do niego, że odebranie jej życia nie byłoby szczególnie rozsądne i że Emma jest jego jedynym atutem.

— Po co przywlokłeś tu dziewczynę? — rzucił Rino. — Nie taka była umowa.

Svendsbråten zarżał, podrapał się pod nosem palcem wskazującym lewej dłoni, w której wciąż dzierżył rewolwer, spojrzał na Emmę i powiedział:

— Myślałeś, że przyjdę sam?

— W gruncie rzeczy miałem nadzieję, że twoje rozdęte ego w końcu cię zgubi.

— Życie dziewczyny jest więcej warte niż Lokego! — wrzasnął jeszcze głośniej Lars-Erik, aby przekrzyczeć odgłosy natury.

Rino pokazał się na brzegu wykopu. Na głowie miał żółtą zydwestkę, zawiązaną na rzemień pod brodą. Jego tułów krył się pod czarnym workiem na śmieci, udającym ponczo. W ręce trzymał strzelbę z upiłowaną lufą.

— Cześć, Emmo — odezwał się do niej z uśmiechem.

Emma próbowała odwzajemnić uśmiech, lecz nie zdołała. Svendsbråten przytknął jej rewolwer do skroni.

— Wszyscy wiedzą, że życie człowieka jest więcej warte niż życie zwierzęcia — rzekł.

— Według Petera Singera jest inaczej — odparł Rino.

— O czym ty, kurwa, mówisz?

— Wiem, że Loke to jedyny przyjaciel, jakiego masz — powiedział ze spokojem Rino.

Svendsbråten usiłował roześmiać się szyderczo, jednak mu się nie udało.

Pies przylgnął do nogi Rina. Merdał ogonem i już nie ujadał — zyskał nowego przyjaciela. Rino pochylił się i pogłaskał Lokego po głowie.

— Pewnie jest dla ciebie niedobry, tak, mój pieseczku? — Svendsbråten zwrócił się do psa jak do małego dziecka z nieudolnie skrywaną zazdrością. — Tatuś zaraz do ciebie przyjdzie i cię uratuje.

— Rany boskie — rzucił Rino. — Co z twoją ręką?

Svendsbråten spojrzał na swoje przedramię, które dyndało jak wahadło w starym zegarze dziadka. Patrzył na nie z fascynacją, jakby nie należało do niego.

— Mam propozycję — odezwał się, wskazując rewolwerem na swoją majtającą kończynę. — Przyniesiesz drabinę i zejdziesz tutaj, żebyśmy wszyscy jechali na tym samym wózku. Potem opuszczę dół, zabiorę psa i zniknę z twojego życia.

Rino nie odpowiedział, tylko patrzył na nich.

— Musisz dokonać wyboru! — krzyknął Svendsbråten.

Mocniej przyciskając rewolwer, zmusił Emmę, aby odchyliła głowę do tyłu. Spojrzała na Rina, sztywna ze strachu i zimna, i pomyślała, że gdy tak stoi w łopoczącym poncho z worka na śmieci, przypomina mantę, rybę, której rozpiętość płetw wynosi z sześć metrów. Widziała ją z bliska pod wodą, kiedy jako dwunastolatka mieszkała pół roku na Tobago. Któregoś razu miała też okazję zobaczyć, jak manta wyskakuje z wody i szybuje dwadzieścia metrów w powietrzu niczym gigantyczny ptak. Gdy tak patrzyła na Rina i szybko przebiegała myślami swoje krótkie, ale uprzywilejowane życie, dochodząc do wniosku, że jeszcze za wcześnie je opuszczać, zauważyła, że nagle Rino na ułamek sekundy podniósł wzrok i wyraz jego twarzy nieznacznie się zmienił, jakby dostrzegł kogoś, kogo nie spodziewał się zobaczyć. Następnie zniknął z jej pola widzenia. Słyszała, że stara się uwolnić psa z uwięzi. Następnie pojawił się znowu na krawędzi ze skomlącym psem na rękach, zaczerpnął głęboko powietrza i skoczył.

Wylądował lekko jak kot, puścił psa, po czym przeturlał się po błocie i stanął na równe nogi.

Emma patrzyła na niego z niedowierzaniem. Co on, na litość boską, zamierza?

Svendsbråten upadł na kolana i objął Lokego bezwładną prawą ręką, wtulił nos w sierść i nieporadnie próbował poklepać ulubieńca.

Emma spojrzała z wyrzutem na Rina, który mrugnął do niej.

— Zapomniałeś o drabinie — zauważył morderca.

— Faktycznie — powiedział Rino.

— I co teraz?

— To ty masz rewolwer.

— Sporo się zastanawiałem nad tą metaforą ze skorupiakami. — Svendsbråten machnął bronią, sygnalizując Rinowi, że ma uklęknąć w błocie przy Emmie. — I nadal jej nie rozumiem.

— Musisz coś zrobić z tą ręką — wtrącił Rino.

— Nie ma o czym mówić — odpowiedział jego dawny znajomy, po czym ręką z rewolwerem podniósł z ziemi termos, umieścił go między nogami, odkręcił pokrywę i z dzikim spojrzeniem pociągnął z niego duży łyk.

— A co jest dla ciebie niejasne? — spytał Rino.

— Czy to ty jesteś homarem, a ja kieszeńcem?

— Wybierz sobie.

— Co chcesz przez to powiedzieć? — Twarz Svendsbråtena zasnuła się smutkiem. — Jak to: wybierz sobie?

— Tak tylko to sobie wymyśliłem, bez specjalnego celu — odparł Rino.

— Czyli łamałem sobie głowę na próżno? Po prostu straciłem czas?

Rino bezradnie rozłożył ramiona.

— Na to wygląda.

Svendsbråten charknął i splunął w błoto.

— Połóż ręce na karku.

— Jaki jest plan, Lars-Erik? — rzucił Rino. — Wykończysz nas?

Emma nie rozumiała, dlaczego Gulliksen nazywa Svendsbråtena Larsem-Erikiem, w ogóle wielu rzeczy nie rozumiała, na przykład tego, dlaczego, do jasnej cholery, on wskoczył do dołu.

— Czemu tu zeskoczyłeś? — Svendsbråtena najwyraźniej dręczyło to samo pytanie. — Przecież był remis.

— Czasami robi się rzeczy, które można wyjaśnić dopiero po jakimś czasie — odparł Rino.

Svendsbråten uśmiechnął się i znowu machnął rewolwerem. Pies przytulił się do jego nogi. Jego pan schylił się i pogłaskał go po mokrej sierści.

— Rzeczy, których n i e można wyjaśnić po czasie — powiedział z triumfem. — To miałeś na myśli, prawda? Rzeczy, których n i e można wyjaśnić.

Rino milczał.

Emma trzęsła się jak liść osiki, mimo to starała się być silna, nie uciekać przed spojrzeniem bandyty. Przemknęło jej przez głowę, że to dobrze, że leje, bo deszcz spłukuje łzy — bydlak nie będzie miał satysfakcji. Ale zapasy jej dzielności już się wyczerpały, opuściła ją odwaga, Emma zrozumiała bowiem, że niedługo umrze, pojęła nagle, że ten dziki, ubrany na czarno facet stojący przed nią różni się od wszystkich ludzi, jakich do tej pory spotkała. Przez chwilę się zastanawiała, czy nie porwać się na jakiś desperacki krok, czy na przykład nie rzucić się na niego, nie próbować go obezwładnić. Zawsze kiedy oglądała filmy, w których ludzi czekało stracenie, na przykład Żydów w obozach koncentracyjnych w czasie drugiej wojny światowej, niewolników na południu Ameryki, tubylców w Amazonii, wszystkich tych traktowanych jak bydło — zadawała sobie pytanie, dlaczego nie próbowali uciekać. Dlaczego pozwolili się pokonać? Przecież nie mieli nic do stracenia. Dlaczego nie odeszli z honorem? Tymczasem jej nogi zupełnie zdrętwiały, cała energia i wola przetrwania na dobre opuściły jej ciało. Czuła się rozczarowana samą sobą, zawstydzona. Zawsze bowiem była przekonana, że w sytuacji kryzysowej będzie walczyć do ostatka.

Svendsbråten najwyraźniej sycił się tą chwilą, na jego twarzy malowały się triumf i satysfakcja, dopóki mały przedmiot nie przebił się przez jego ociekającą wodą czarną koszulę gdzieś między pępkiem a piersią. Bandyta popatrzył zaskoczony na obce ciało, jakby nie wierzył w to, co widzi, po czym upadł na kolana w błoto.

Emma niemal natychmiast rozpoznała ów przedmiot. Widziała go u Rina, w jego obozowisku. Był to stary grot ze szkliwa lawowego.

Svendsbråten opuścił ręce wzdłuż tułowia, rewolwer wysunął mu się z dłoni i wpadł w kałużę. Po chwili mężczyzna dotknął mikroskopijnego ostrza kciukiem i palcem wskazującym lewej dłoni, usiłując je wyciągnąć lub wepchnąć do środka, było jednak zbyt małe, aby je chwycić. Spróbował zatem dosięgnąć końca strzały wystającego z jego pleców. Od góry, od dołu, z boku, przeklinał i złorzeczył, prawe przedramię zwisało bezwładnie. Svendsbråten stracił kontrolę nad ciałem, przypominał ośmiornicę wyrzuconą na brzeg.

Emma wpatrywała się oniemiała w szamoczącą się postać. Bandyta miał pianę na ustach, bełkotał coś w języku, którego nigdy wcześniej nie słyszała, wzniósł oczy do nieba, jakby starał się skomunikować z kimś w górze, aż wreszcie duże, czarne źrenice zniknęły w czaszce, ciemna postać runęła do przodu, pacnęła w kałużę twarzą do dołu i tak już pozostała.

Na górze, na samej krawędzi wielkiej jamy, Emma ujrzała — dotychczas zasłoniętą tułowiem Svendsbråtena — sylwetkę mężczyzny z solidnym łukiem w dłoniach i kołczanem na plecach. Ten łuk widziała w obozowisku Rina — łuk wikingów z cisowego drewna, z którego olbrzym był bardzo dumny. Chociaż twarz ocieniała niebieska zydwestka, Emma nie miała wątpliwości, na kogo patrzy. Duże oczy Leo Vangena przepełniało zdumienie, jakby zrobił coś, z czego konsekwencji wcześniej nie zdawał sobie sprawy, i teraz czekał na reprymendę.

— W samą porę — odezwał się Rino, wstając z kolan. — Co tak długo?

Leo nie odpowiedział; wciąż stał na brzegu dołu i wpatrywał się w sztywne ciało leżące w błocie. Deszcz i wiatr osłabły, teraz już tylko mżyło i lekko wiało. Pies skomlał i wył, machał ogonem, podbiegł do swojego pana, obwąchał mu głowę i włosy i chyba zrozumiał, że coś jest nie tak, bo podniósł tylną prawą łapę i nasikał mu na plecy.

— Nie miałem wyboru — przemówił w końcu Leo i zsunął do tyłu zydwestkę.

— Gratuluję nowej czapki! — zawołał Rino.

— Dzięki.

— Właśnie to próbowałem ci wytłumaczyć — rzekł Rino. — Czasami człowiek nie ma wyboru.

— Uratował nam pan życie — wtrąciła Emma.

— Nie miałem wyboru — powtórzył Leo, wpatrując się w strzałę, w Balego i kałużę wokół niego, która zaczynała się robić coraz bardziej czerwona.

Rino pochylił się nad ciałem i przyłożył palec do tętnicy na szyi.

— Nie żyje? — spytał Leo.

— Martwy jak śledź w beczce — odpowiedział Rino.

— Myślisz, że by to zrobił? — dopytywał się Leo, ocierając dłonią wodę z czoła, nosa i policzków.

— Co?

— Czy myślisz, że by was zabił?

— Na pewno — potwierdził Rino.

Pies obwąchał tył czaszki Balego, a potem zaczął chłeptać czerwonobrązową wodę z kałuży.

— Jasne, że by nas zabił — włączyła się Emma. Czuła, że dygoczący adwokat potrzebuje wsparcia.

— Leo — odezwał się Rino. — Czy byłbyś tak miły i przyniósł drabinę? Leży między brzozami, jakieś sto metrów na prawo od ciebie.

Wydostawszy się z dołu, stanęli na jego krawędzi i jeszcze raz spojrzeli na mężczyznę ze strzałą w plecach leżącego na dnie. Pies siedział przy nim i patrzył na nich, zadzierając łeb. Przestało padać, wiatr też całkiem ucichł. Jasnoszara zasłona chmur nieco się uniosła, daleko na zachodzie niebo się otworzyło, odsłaniając turkusową szczelinę w morzu szarości.

— To będzie trudno wytłumaczyć — stwierdził Leo.

— Wytłumaczyć? — Rino spojrzał na przyjaciela. — Niczego nie będziemy tłumaczyć.

— Co masz na myśli? — spytała Emma, odnosząc wrażenie, że jest zadziwiająco racjonalna.

— Oboje pojedziecie do domu, jak gdyby nigdy nic. Jeśli będą was pytać, powiecie lensmanowi, że ja to zrobiłem.

— Ale to ja go zabiłem — powiedział Leo, nie odrywając wzroku od Balego leżącego w zimnym, mokrym dole. — Strzeliłem mu w plecy.

— Zgadza się — przyznał Rino. — Zrobiłeś to, co moralnie słuszne. Zabiłeś jednego człowieka, a uratowałeś życie dwóch osób albo jeszcze wielu innych. Singer byłby z ciebie dumny.

— Wcale nie ma pewności, że faktycznie by was zabił — nie ustępował Leo.

— Przecież to oczywiste, na pewno by to zrobił — przekonywała Emma.

— Będziesz musiał nauczyć się żyć z tą niepewnością — rzekł Rino.

— Zajrzałem do twojego obozowiska — Leo wciąż nie odrywał spojrzenia od Balego.

— Domyśliłem się — odparł Rino, spoglądając na zielone kalosze przyjaciela. — A gdzie się podziały twoje buty Masai?

— Obuwie Masai to ściema, nie ma żadnego dobroczynnego działania. — Leo zdjął z ramion kołczan i położył go na ziemi.

— Jak nas znalazłeś? — zainteresował się Rino.

— Zajechałem do Balego, do jego przytulnej chatki w lesie, licząc na to, że tam go dopadniesz. I znalazłem kartkę od ciebie.

— Czyli się przejąłeś — podsumował Rino. — Jestem z ciebie dumny. — Podszedł do Leo, wziął go w ramiona i poklepał po plecach.

— To dlatego zeskoczyłeś do dołu — Emma zwróciła się do Rina. — Bo zobaczyłeś, że przyjechał.

Rino uśmiechnął się z brodą wtuloną w zydwestkę przyjaciela.

— To było jedyne rozwiązanie, jeśli dobrzy ludzie mieli przeżyć.

— Co zrobimy z ciałem? — spytała Emma, jakby już wiele razy była w podobnej sytuacji.

— O to się nie martw. — Rino odsunął drżącego adwokata na długość ramienia. — Zawieź Emmę do Reny, a potem pojedź prosto do siebie, na Gåsøyę. Nigdy was tu nie było, nikt nigdy nie może się dowiedzieć, że maczaliście w tym palce.

— A co z psem? — spytała Emma.

— Mogę go wziąć — zachrypiał Leo. — Zawsze chciałem mieć psa.

Rino zszedł do dołu i wyniósł z niego Lokego, po czym przekazał umorusane zwierzę przyjacielowi.

— Tylko nie zapomnij go nakarmić — zlecił. — I porozmawiaj ze swoją córką.

— A co z tobą? — spytał Leo. — Co będzie z tobą?

— Muszę doprowadzić sprawy do końca, a potem wyniosę się stąd, dokąd mi się tylko spodoba. — Wskazał na stado gęsi wysoko na niebie, ciągnące w kierunku południa. — Jestem wolny jak ptak.

— Otworzysz bar na plaży w Brazylii? — spytał Leo.

Rino uśmiechnął się drwiąco.

— Wszyscy ludzie, których kocham, mieszkają w Norwegii.

— Możesz odwiedzić mnie na Gåsøyi — zasugerował Vangen. — Wstąpić na obiad.

— Byłoby super — odpowiedział Gulliksen. — Mógłbym przy okazji poznać Siri.

— Jesteś zaproszony, wpadaj, kiedy chcesz.

Rino spojrzał na ciało na dnie dołu i podrapał się po brodzie.

— Muszę tu tylko posprzątać i załatwić jeszcze parę innych rzeczy.

— Przyjedź, kiedy będzie ci pasować — powtórzył Leo ze szklistymi oczami.

— Byłoby wspaniale — Rino uśmiechnął się melancholijnie. — Naprawdę wspaniale.

39

TRZY DNI po krwawym zajściu na torfowisku w Østerdalen Leo obudził się dosyć wcześnie we własnym łóżku. Czuł się wypoczęty, nie bał się, co przyniesie dzień; pierwszy raz, odkąd pamiętał, przespał trzy noce z rzędu jak nowo narodzone dziecko, bez żadnych wspomagaczy. Przez otwarte okno słyszał fale uderzające o brzeg, wiatr szumiący w drzewach i krzyk mew. Kiedy przypomniał sobie, że zabił człowieka, jego ciało przeszył prąd, jakby wpadł na ogrodzenie elektryczne, ale zaraz potem powrócił spokój. Odebrał życie z zimną krwią, wbił facetowi strzałę w plecy. Mimo to czuł się lżejszy niż przez wiele ostatnich lat. Uratował przed nieuchronną śmiercią dwoje ludzi, Bale zaś dostał to, na co zasłużył.

Odetchnął głęboko, sięgnął po komórkę leżącą na nocnym stoliku i z lekkim uśmiechem na ustach zadzwonił do Ragny.

— Jak ona się czuje? — spytał.

— Lepiej — usłyszał. — Wczoraj wypuścili ją ze szpitala. Dzisiaj zjadła banana.

— To dobrze — odrzekł ze ściśniętym gardłem.

— Wspomniała o tobie wczoraj.

— Tak? Co powiedziała?

— Że dziwnie się zachowywałeś, kiedy u niej byłeś.

Leo się roześmiał.

— Ale w sumie chyba się ucieszyła, że ją odwiedziłeś.

— Tak myślisz?

— Proponuję, żebyś sam do niej zadzwonił.

— Oczywiście.

— Tylko odczekaj kilka dni. Wciąż jest trochę niestabilna.

— Poczekam, ile tylko będzie chciała.

— To może trochę potrwać, Leo, zdajesz sobie z tego sprawę?

Pokiwał głową z przejęciem, czego Ragna nie mogła widzieć.

— Może resztę życia.

— Mam mnóstwo czasu. Zdzwonimy się — powiedział, po czym nacisnął czerwoną ikonkę telefonu.

Po długim ciepłym prysznicu przeszedł do kuchni w białym szlafroku, który przeszmuglował w walizce na kółkach z hotelu Scandic Elgstua. Znalazł składniki na zdrowe smoothie — banana, mrożone truskawki, płatki owsiane i jogurt jagodowy. Gdy mikser huczał na pełnych obrotach, zawibrowała komórka na kuchennej szafce. Leo spochmurniał, widząc na wyświetlaczu nazwisko Embreta Tomtebergeta. Obawiał się tego telefonu. Wyłączył robota i odebrał połączenie.

— Jest pan jeszcze w Elverum? — spytał lensman.

— Musiałem wrócić do pracy — odpowiedział Leo.

— Kiepsko się wędkowało?

— Okropna pogoda. Za bardzo wiało.

— Rzeka jest brązowa jak Amazonka — rzekł Tomteberget. — Miał pan jakiś sygnał od swojego znajomego?

— Nie skontaktował się ze mną, niestety.

— To smutne. Miejmy nadzieję, że nic mu się nie stało.

— Oby — Leo udał, że nie słyszy ironii w głosie lensmana.

— Nie miałby pan ochoty opowiedzieć mi trochę więcej o Evenie?

— Powiedziałem już wszystko, co wiem. — Leo usiadł na krześle.

— Zniknął — stwierdził Tomteberget. — Dotarliśmy do miejsca, w którym koczował, ale ptaszek wyfrunął z gniazda.

— To wagabunda, wciąż przenosi się z miejsca na miejsce — rzekł Leo.

— I nie powie mi pan, jak on się nazywa?

— A nie Even?

Tomteberget się roześmiał.

— Według mnie najgorsze przestępstwa popełniane przez ludzi prawie zawsze są wynikiem całkiem przypadkowego łańcucha zdarzeń. Gdyby zdarzenia miały nieco inny przebieg albo nastąpiły w innej kolejności, prawdopodobnie w ogóle nie doszłoby do zbrodni.

— Czy chce pan przez to powiedzieć, że życiem kierują przypadki?

— Próbuję powiedzieć, że każdy z nas jest w stanie zrobić okropne rzeczy.

Leo poczuł ciarki na plecach. Wstał i podszedł do okna.

— Zastępca burmistrza się przyznał? Widziałem w telewizji.

— Hennum pękł jak zbutwiała gałąź. Opowiedział ze szczegółami o polowaniach na wilki, o Szwedzie, Phung Johansen, chłopcu, Gilbercie, Balderze, Svendsbråtenie, o całym tym towarzystwie. Próbował nawet pociągnąć za sobą w przepaść burmistrza. Twierdził, że to na jego zlecenie zabijano.

— Czy oni nie są przyjaciółmi z dzieciństwa?

— Ja odczytuję to jako nieporadną próbę zemsty za długie życie pod butem Kojedala.

— Ale profesor Gilbert twierdził, że to burmistrz finansuje polowania na wilki.

— To będzie przedmiotem innego dochodzenia. — Tomteberget odchrząknął.

— Czyli Kojedalowi się upiecze?

— Na to wygląda — odparł lensman. — Jeśli to pana pocieszy, ostatniej nocy doszczętnie spaliła się jego osiemnastowieczna posiadłość rodzinna. Nie mamy na razie pewności, ale wiele wskazuje na to, że ktoś podłożył ogień. Spłonęła także stodoła, chociaż leży sto metrów od zabudowań mieszkalnych i była kompletnie mokra. Dosyć zagadkowe jest też to, że zanim wszystko ogarnął ogień, trzydzieści krów i piętnaście cieląt znalazło się na zewnątrz.

— Podpalacz wyprowadził zwierzęta przed wznieceniem pożaru?

— Nie widzę innego wyjaśnienia.

Leo się uśmiechnął i przeciągnął dłonią po policzku; oczami wyobraźni ujrzał Rina z kanistrem benzyny w ręce.

— Najsmutniejsze w tym wszystkim jest to, że burmistrz nie był ubezpieczony. Po dwudziestu latach przepracowanych w branży ubezpieczeniowej uważał, że ubezpieczenia to jeden wielki szwindel, pieniądze wyrzucone w błoto.

— To rzeczywiście bolesne — wtrącił Leo. — Ale jeśli chodzi o polowania na wilki, to nic mu nie będzie, zwyczajnie mu się upiecze?

— Sprawę prowadzi policja kryminalna. Ich nie interesują polowania na wilki. Tylko zabójstwa.

— Pewnie ludzie są zawiedzeni, że wilki okazały się niewinne — powiedział Leo.

— Owszem, wiele osób w Elverum poczuło się tak, jakby dostało w pysk.

Zapadła cisza.

— Hennum twierdzi, że to pański znajomy przywiązał Szweda — odezwał się po chwili Tomteberget.

— Tak? — Leo starał się, by w jego głosie słychać było zaskoczenie.

— Rino Gulliksen.

Przeszył go lodowaty dreszcz. Zakaszlał, nie znajdując w głowie żadnej rozsądnej odpowiedzi.

— Hennum podał mi jego nazwisko, sprawdziłem w systemie i znalazłem parę starych zdjęć i dokumentów, zagłębiłem się w sprawę. Gość z charakterem. Zabójstwo Terjego Klavenesa w Bærum w dwa tysiące jedenastym, konflikt z Thorvaledem, Gunnarem i Einarem Vegami w Brønnøysundzie i wywołanie fali powodziowej w Storbørii. Ni mniej, ni więcej. Rino Gulliksen żyje.

Leo nie miał pojęcia, co powiedzieć, więc spytał tylko:

— Mówił pan o tym komuś?

— Policja kryminalna ma te same informacje.

— Wspomniał im pan o mnie?

— A dlaczego miałbym im o panu wspominać? Przecież pan chyba nie zrobił nic złego?

Leo popatrzył przez okno na Kjartana, który stał w ogrodniczkach. Z młotkiem i dłutem w dłoniach pracował nad jakąś rzeźbą.

— Dostałem telefon — rzekł. — Nie wiedziałem, że Rino Gulliksen żyje, dopóki nie zobaczyłem go u pana w komisariacie.

— Kłamie pan — rzucił Tomteberget. — Twierdził pan, że nazywa się Even.

— Nie chciałem go zdradzić. Nie miał łatwego życia.

Długą chwilę panowała cisza.

— Technicy znaleźli krew i inne pozostałości piętnastu różnych gatunków zwierząt w miejscu, w którym zginął Gilbert. Tam zawsze wykładano przynętę — powiedział Tomteberget.

— Boże drogi! — rzucił Leo, a jego serce trochę się uspokoiło.

— Kompletnie chora historia.

— A co z Gilbertem? — spytał Leo.

— Znaleziono też sporo ludzkiej krwi. Zakładamy, że profesora. Posłano próbki do laboratorium.

— Co zrobili z ciałem?

— Hennum mówi, że wrzucili je do Storsjøen, ale jeszcze na nie nie natrafiliśmy. To duże i głębokie jezioro.

— Widziałem w telewizji konferencję prasową — wtrącił Leo. — Dobrze pan wypadł.

— Dziękuję. Hennum obciąża winą Erika Svendsbråtena, który, nawiasem mówiąc, nie nazywa się Erik Svendsbråten.

Leo usiadł na krześle; poczuł nagle, że jego dłonie i stopy są lodowate. Serce znowu przyspieszyło.

— Nie?

— Okazuje się, że facet nazywa się Lars-Erik Bale. Pochodzi z Oslo i jest dobrze znany policji.

— Nieźle. — Leo ujrzał go w dole ze strzałą w plecach i z twarzą wciśniętą w błoto.

— Bale jakby zapadł się pod ziemię. Cały jego dobytek jest w domu, ale on sam, samochód i pies zniknęli bez śladu.

Leo spojrzał z pogodnym wyrazem twarzy na gończego fińskiego, który leżał w kącie na niebieskiej poduszce.

Lensman odchrząknął.

— Proszę na siebie uważać, panie Vangen.

— Postaram się.

— Mógłbym się panem zająć — dodał Tomteberget. — Niech pan o tym pamięta. Mam jednak wrażenie, że tutejsi ludzie w gruncie rzeczy dostali to, na co zasłużyli.

— Mam nadzieję — rzekł Leo. — Dziękuję.

— Proszę do mnie zadzwonić, jeśli pan uzna, że ma coś do dodania.

— Oczywiście — odparł Leo i zakończył rozmowę.

40

FUNKCJONARIUSZKA Sigrun Wroldsen uważała, że ma mnóstwo uroku osobistego, i to fałszywe wyobrażenie pozwoliło jej wierzyć, że lensman Tomteberget jest w niej zakochany do tego stopnia, iż bez najmniejszego problemu uda jej się wywinąć z drobnych tarapatów, w które wpadła, gdy Viggo Hennum podczas przesłuchania wyjawił, że była wtyczką myśliwych w komisariacie.

Dlatego poczuła się ogromnie zaskoczona, gdy Embret spojrzał jej głęboko w oczy i dał dwie opcje do wyboru. Albo zrezygnuje z pracy i wyniesie się z gminy Elverum, albo złoży podanie o jednoroczny urlop bezpłatny i przyjmie posadę kulturalno-oświatowej w męskim ośrodku dla uchodźców w Tronsvangen Seterhotell w Alvdal.

Po kilku sekundach namysłu Wroldsen zdecydowała się na drugą opcję i gdy w środę rano Tomteberget przyszedł o ósmej do pracy, ona w swoim małym pokoiku pakowała już do kartonu wszystkie książki na temat polowania i dyplomy strzeleckie.

Tomteberget właśnie zdążył zasiąść w wygodnym fotelu za biurkiem, gdy zadzwonił telefon stacjonarny. Strażnik z ratusza poinformował, że jakiś mężczyzna o obskurnej powierzchowności siedzi oparty o główne drzwi wychodzące na Storgata i śpi. Jego zdaniem wygląda na żebraka, więc chciałby, żeby go stamtąd usunąć, zanim urzędnicy przyjdą do pracy.

To pewnie jeden z Romów, którzy przez całe lato przesiadywali przed Elverum Amfi i nękali lokalną ludność.

Tomteberget najchętniej zleciłby Wroldsen, aby poszła przepędzić tego człowieka, uznał jednak, że byłaby to dla niej zbyt duża przyjemność, w związku z czym postanowił zrobić to sam. Z poranną kawą w papierowym kubku w ręce wyszedł na poranny chłód. Było pochmurno, bezwietrznie, zaledwie kilka stopni powyżej zera, padał deszcz ze śniegiem. Jesień ich ominęła, lato przeszło od razu w zimę.

Spojrzał z daleka na postać pod ratuszem. Kiedy zbliżył się do podnóża kamiennych schodków, zwrócił uwagę na nakrycie głowy, czarną cyklistówkę ze skóry, a gdy wszedł na najwyższy stopień, zobaczył, że czarna koszula siedzącego mężczyzny jest przesiąknięta krwią. Spodnie, koszulę, szyję, bródkę kaznodziei i popielatoszarą twarz pokrywało zaschnięte błoto. Jedno oko było otwarte i pożółkłe, wpatrzone tępo na wprost, drugie — zamknięte. W ustach tkwił kijek, wetknięty w poprzek, spod niego wystawał siny język. Tomteberget podszedł blisko i pochylił się nad ciałem, aby mu się przyjrzeć. Kijek okazał się rodzajem fletu o ozdobnych nacięciach, wielkości mniej więcej niedużego fletu podłużnego. Instrument unosił bladą górną wargę, odsłaniając duże, brązowe kły i sprawiając, że Lars-Erik Bale wyglądał jak wyszczerzone drapieżne zwierzę. Przypominał Tomtebergetowi wilka z Vegårshei ze zdjęcia wiszącego w jego biurze nad szafką na dokumenty.

Opieka redakcyjna
Waldemar Popek

Redakcja
Anna Milewska

Korekta
Jacek Błach, Anna Rudnicka, Aneta Tkaczyk

Projekt okładki i stron tytułowych
Jacek Panczakiewicz

Ilustracja na okładce
Julia Tochilina/iStock by Getty Images

Redakcja techniczna
Robert Gębuś

Książkę wydrukowano na papierze Ecco Book Cream 80 g vol. 2,0

Printed in Poland
Wydawnictwo Literackie Sp. z o.o., 2019
ul. Długa 1, 31-147 Kraków
bezpłatna linia telefoniczna: 800 42 10 40
księgarnia internetowa: www.wydawnictwoliterackie.pl
e-mail: ksiegarnia@wydawnictwoliterackie.pl
fax: (+48-12) 430 00 96
tel.: (+48-12) 619 27 70
Skład i łamanie: Nordic Style
Druk i oprawa: Drukarnia Abedik